Aus blassem Gold und Stein

Lena Maria Steiger

Bibliografische Information der Deutschen Nationalbibliothek:
Die Deutsche Nationalbibliothek verzeichnet diese Publikation
in der Deutschen Nationalbibliografie; detaillierte bibliografische
Daten sind im Internet über http://dnb.dnb.de abrufbar.

© 2019 Lena Maria Steiger
Herstellung und Verlag
BoD – Books on Demand, Norderstedt

ISBN: 9783738629224

„Seine starren Blicke hinterlassen
gewaltige Spuren in meinem Herzen,
und das Funkeln seiner Augen erfüllt die
Dunkelheit mit Sternenstaub."

Lena Maria Steiger

Für alle Leserinnen und Leser

I.

Alles fing mit einem Streit an. Mein kleiner Bruder Bill und ich saßen in unserem eigentlich gemütlichen Garten, doch das Streiten unserer Eltern machte ihn ziemlich ungemütlich. Mom und Dad schienen mir auf einmal völlig fremd zu werden. Lautstark warfen sie sich Vorwürfe gegen den Kopf und hastig presste ich meine Hände gegen Bills' kleine Ohren. Er sollte nicht mitbekommen, warum und wie sich unsere Eltern stritten. Ja, warum? Ich versuchte dem Summen der fleißigen Honigbienen zu lauschen und an eine Welt zu denken, die es niemals geben würde. Eine Welt aus Honig. So süß, so friedlich, Honigduft, ohne Eifersucht, ohne Streit. Doch das Aufprallen eines Blumentopfes auf Granit riss mich aus meinem schwachen Traum. Erschrocken zuckte Bill in meinen schützenden Armen zusammen. Flüsternd versuchte ich ihm zu erklären, was passiert war, doch ich wusste es eigentlich selbst nicht. In meiner Fantasie log ich, dass Jess, unser Kater, mit seinem Schwanz den Topf umgestoßen hätte, aber Bill befreite sich zornig aus meinen doch nicht so schützenden Armen, verstand, was geschehen war, und schrie mit seiner ganzen Kraft: "Ich weiß genau, dass du mich anlügst! Als ob Jess so was macht! Es war Mom, Mann! Sie wars!"

Er griff nach seinem Kuscheltier, ein Hase aus braunem Stoff mit blauen Knopfaugen, und rannte davon. Er rannte. Und rannte. Und rannte! Mit einem bitteren Geschmack auf den Lippen, vermutlich von den tausend Liter Tränen, die mir übers Gesicht liefen, ging ich ins

Haus zu meinen Eltern. Keiner beachtete mich, keiner fragte nach Bill, was nicht anders zu erwarten war. Mein Dad saß inmitten von unzähligen Scherben, sein linker Arm war blutig geschnitten und er hatte Tränen in den Augen. Er blickte mich hilfesuchend mit kreidebleichem Gesicht an. Mom kehrte dunkelbraune Erde zusammen, die überall verstreut auf dem Boden lag. Bei jedem Schritt, den sie tat, atmete sie laut aus. Ob sie weinte, konnte ich nicht sagen, sie zeigte ihr Gesicht nicht. Doch der Anblick reichte mir, um zu wissen, was passiert war, deshalb schlug ich die offen stehende Tür hinter mir zu und rannte wie Bill. Nicht weit weg, aber ich rannte. Irgendwann blieb ich, nicht wissend, wo ich war, stehen, sah in den sternenklaren Himmel und sank verzweifelt auf den taufeuchten Untergrund. Ich liebte Dad und ich liebte Mom, aber ich liebte sie nicht zusammen. Alleine waren sie jeder für sich wundervolle Eltern, aber zusammen funktionierte gar nichts. Die Gedanken an Bill, an meine ständig streitenden Eltern und an die Zukunft überschlugen sich in meinem Kopf. Was danach geschah, weiß ich nicht.

Als ich meine Augen wieder öffnete, merkte ich, dass ich in meinem Bett lag. Wie war es dazu gekommen? Ich war irgendwo hingerannt ... irgendwohin, wo mich keiner kannte. Und es war Nacht gewesen. Als ich mich aufsetzte, blickte ich in das starre Gesicht meiner Mutter. Sie saß ganz vorne auf meiner Bettkante und streichelte meine nackten Füße.

„Frag einfach nicht!", sagte sie und schob eine meiner Haarsträhnen hinter mein Ohr.

O doch, ich frage sehr wohl, dachte ich und stieß ihre Hand grob weg. Sie sah gekränkt aus und mir tat es leid, aber ich wollte gar nicht, dass es mir leid tat, und deswegen sah ich verärgert in eine andere Richtung. Durch mein Fenster konnte ich den Himmel sehen. Er war über und über bedeckt mit grauen Wolken. Es war ein kalter Tag.

„Bill ist nicht da", sagte sie dann und unterbrach die schmerzende Stille.

Natürlich ist er nicht da, dachte ich, *er ist ja gestern auch weggerannt.* Am liebsten hätte ich gesagt, dass ich auch gern woanders wäre, irgendwo, wo man nicht zusehen musste, wie der eigene Vater weint, aber das konnte ich ihr nicht einfach so ins Gesicht sagen ... es hätte sie zu sehr verletzt. In letzter Zeit verletzte sie sowieso so vieles. Deshalb gab ich einfach keinen Laut von mir und zuckte kaum wahrnehmbar mit den Schultern. Ich wusste ja selbst nicht, wo er war, und beim Gedanken, dass mein fünfjähriger Bruder irgendwo in dieser grauen, farblosen Welt umherlief, mutterseelenallein, zog sich mein Herz zusammen.

„Warum bin ich hier?", fragte ich dann doch nach einer Weile. Mom sah mich an, ich spürte ihren Blick auf meiner Haut, aber ich sah sie nicht an. Ich wollte nicht.

„Dein Vater."

Wie sie das sagte! Als wäre es eine Sünde, auch nur dieses Wort zu kennen.

„Dein Vater", wiederholte sie, „hat dein Handy geortet und dich nach Hause geholt."

Ah, ja, mein verdammtes Handy. Warum zur Hölle hatte ich mein Handy mitgenommen?

Erster Rat für dein zukünftiges Leben:

Nimm niemals dein Handy mit, wenn du von zu Hause abhaust!

Ich stand auf, konnte es nicht ertragen, hier in diesem Haus zu sein. Verschwommen bildete sich ein Bild vor meinen Augen. Ein Bild, das meinen Vater zeigte. Mein Vater zwischen den Blumentopfscherben. Mein Vater, dessen Arm nicht zu erkennen war, weil sein Blut, das ihn am Leben hielt, herunterlief. Blut.

Ich rannte nach unten, so schnell, dass meine Mom nicht hinterherkam. Mein Dad schlief auf der Couch. Wahrscheinlich wollte Mom nicht, dass er bei ihr im Bett schlief. Dad schlief schon seit acht Monaten auf der Couch. Armer Dad.

„Danke!", flüsterte ich in seine schlafenden Ohren und gab ihm einen Kuss auf den Kopf, in dem so viel Wissen steckte. Sein verwundeter Arm war verbunden. Auf dem weißen Verband waren rote Blutspuren zu sehen, und als Mom im Türrahmen stand, auf uns, meinen Vater und mich, blickte, fragte ich sie, warum sie sich gestritten hatten. Sie sagte nichts, sondern stand einfach nur da und sah uns beleidigt an. Mittlerweile weiß ich, warum, aber damals wusste ich es nicht, und wenn ich zurückdenke, bin ich wahrhaftig froh darüber, es nicht gewusst zu haben.

Jede Lüge, die sie sagte, war wie eine Klinge, und ich spüre jetzt, wie sie mir das Herz in Scheiben schneiden.

2.

Ja, das war es. Mein Leben. Nein, natürlich war es nicht immer so. Eigentlich waren wir die glücklichste Familie, die man sich vorstellen kann. Kein Streit, keine finanziellen Probleme, kein Verlust von Menschen, die uns wichtig waren. Wir Kinder hatten alles, was wir wollten, uns ging es wahrhaftig gut und jeder war neidisch auf unser so glückliches und farbenfrohes, lustiges Leben. Aber dieser vergangene Tag veränderte nicht nur die Beziehung zwischen uns, sondern unser ganzes Leben.

Meinen Bruder sah ich danach nie wieder. Kein einziges Lebenszeichen. Rein gar nichts. Meine Eltern hatten zwar die Polizei benachrichtigt, aber die konnte uns nicht helfen. Leider. Ich weinte. Dad weinte. Mom weinte. Wir weinten alle. Ozeane hätten wir mit unseren hoffnungslosen, salzigen Tränen füllen können. Jeder, der Geschwister hat oder hatte, weiß oder kann sich vorstellen, wie schwer es ist, sie zu verlieren. Ohne die Schwester oder den Bruder fehlt ein Teil von uns. Ein Teil unserer Seele. Unseres Herzens. Unseres Lebens. O ja, diese bittere Niederlage ließ nicht nur mein Herz in Diamantensplitter zerbrechen.

Mittlerweile war Bill schon zwei Wochen weg, und der fehlende Sohn verschlechterte die ohnehin schon völlig zerstörte Beziehung meiner Eltern um ein ganzes Menschenleben. Aber hey, Leute, es waren immer noch meine Eltern! Ich hatte sie trotzdem gern. Doch ohne nachzudenken wusste ich, warum sie nicht mehr miteinander auskamen, und deshalb würde ich mit meiner Mom nach England ziehen. Besser gesagt: ich musste! Ich wäre gern bei meinem Dad geblieben. Er war wegen seiner Armverletzung, die Mom ihm zugefügt hatte, acht Tage im Krankenhaus gewesen und Mom hatte nicht eine Sekunde daran gedacht, ihn zu besuchen. Also musste ich mit dem Rad bis in die Stadt fahren, da sie auch mich nicht zu ihm fahren wollte.

Dad durfte auch nicht mit nach England. Mom fand, er würde ihr Leben nur noch mehr zerstören, wenn er mitkommen würde. Also zog Dad mit Jess nach Hamburg. Er wolle ein neues Leben beginnen, und das könne er nur, wenn er wo anders wohne, hatte er gesagt. Das Dorf, die Umgebung, das Haus, die Straße, der Garten würden ihn nur an sein altes Leben erinnern. Außerdem redeten die Leute, seit sie alle wussten, dass Bill verschwunden war, schlecht über unsere Familie und Dad verkraftete solch negative Kommentare meiner Meinung nach nicht. Dad war ein liebevoller Mensch, keiner, der böse dachte, keiner, der „Verdammt!" schrie, wenn sein Leben ihn zerriss. Er war verletzbar, immer für uns da und dachte nie an sich selbst. Er war ein Bilderbuch-Dad und dachte nicht mal im Traum daran, seine Frau mit einer anderen zu betrügen. Er hatte Mom geliebt. Ich war der festen Überzeugung, dass er sie immer noch liebte. Er würde mir fehlen. Sehr. Alle würden mir fehlen. Dad. Jess. Bill. Meine Freunde.

3.

Und so standen wir drei eines Tages vor dem Haus, das meine Eltern einst friedlich gebaut hatten, in dem Bill und ich unsere wunschlos glückliche Kindheit verbrachten und das nun seine letzten Tage, Jahre, Jahrzehnte alleine verbringen musste. Ich stand da. Meine Koffer zu meiner linken und meine Eltern zu meiner Rechten. Leise tropften Tränen auf mein weißes Kleid und hinterließen dunkle Wassertropfen. Still las ich noch den Zettel durch, der an unserer Haustür hing. Mom hatte ihn geschrieben, falls Bill doch noch auftauchen würde. Ob er *wirklich* wiederauftauchen würde? Mein Blick wanderte. Zu den Fenstern meiner Kindheit – Küche, Wohnzimmer, Schlafzimmer, Kinderzimmer ... all die Orte, die ich nie vergessen würde.

Das Haus steckte voller Erinnerungen und keine würde ich so mitnehmen können, wie sie in diesem Haus geblüht hatte. Und so standen wir da, alle das ausgeräumte Haus im Blick, Stunde für Stunde. Stille. Keiner traute sich, irgendwas zu sagen, sich irgendwie zu bewegen. Bills Zimmer war nicht ausgeräumt. Ich hatte mich geweigert. Es lag alles noch so herum, wie an dem Tag, an dem er vor seiner Gegenwart wegrannte. Leichter Westwind wehte uns durch die Haare und fegte die abgefallenen Buchenblätter wie von Geisterhand zusammen. Jeder hatte seine eigenen Gedanken. Jeder weinte.

Mom unterbrach die Stille, unser Schweigen, mit einem entschlossenen: „Gut. Wir fahren!" Erst fühlte ich mich gar nicht angesprochen, doch als Dad mir in die Seite stieß, riss er mich aus meinen Gedanken. Verdutzt wie ein kleines Küken, das zum ersten Mal das Licht der Welt erblickt, sah ich in die mit Tränen gefüllten Augen meines Vaters. Bei diesem Anblick zog sich mein Herz schmerzhaft zusammen und ich wünschte, ich hätte alles vergessen können, wenn ich die Augen schloss. Und deshalb tat ich es, um nicht zusehen zu müssen, wie Dad vor mir zusammenbrach. Er schlug seine großen, liebevollen Arme, den gesunden und den verletzten, um mich, fuhr mir durchs Haar und flüsterte behutsam: „Machs gut, meine Kleine."

Mit einem Kuss wandte er sich von mir ab und stieg, ohne Mom eines Blickes zu würdigen, in das Taxi, das ihn nach Hamburg bringen sollte. Armer Dad. Mom verdrehte energisch die Augen, nahm mich am Arm und zerrte mich in das dahinter parkende Taxi. Der Fahrer hielt meiner Mom die Tür auf und als er sich auf seinen Platz setzte, winkte er mir durch das Fenster zu. Er hatte ein freundliches Lächeln. Ein ehrliches. Sein Haar war kurz geschoren und seine weißen Zähne funkelten in der untergehenden Sonne, als würde er sie der ganzen Welt zeigen.

„Na die Damen, wo soll es hingehen?"

Seine tiefe Stimme erinnerte mich an Dad und sofort schossen die Tränen in mir hoch. Warum das Ganze? Verzweifelt sah ich unser Haus zum letzten Mal an, als der Motor zu summen und das Radio zu singen begann. *Ich werde es nie wiedersehen. Nie wieder darin wohnen. Nie wieder seinen Duft riechen. Nie wieder im Schatten der großen Bäume im Garten sitzen. Nie wieder ...*

„Flughafen!", antwortete Mom barsch. Sie sah die ganze Fahrt zu mir herüber. Ich fühlte mich beobachtet und sah deswegen aus dem Fenster. Häuser, Gärten, Kinder, Straßen, Bäume so hoch wie Strommasten, Gräser – all das zog an uns vorbei. Sogar der Himmel sah aus, als wollte er mit uns reisen. Ich hielt Ausschau, nach dem Taxi, das Dad nach Hamburg bringen sollte, aber ich sah es nicht. Reden wollte keiner. Der Fahrer versuchte zwar, einige Male ein Gespräch zu beginnen, aber Mom fuhr ihn immer an, wenn er zu Ende gesprochen hatte, und bat ihn, leise zu sein. Wir fuhren ewig. Ich wusste gar nicht mehr, dass wir jemals so lange bis zum Flughafen gefahren waren. Na ja, vielleicht bildet ich mir das nur ein. Schmerz verlängert. Schmerz verlängert brutal.

Ich zeigte auf ein Flugzeug und erschrak selbst, als ich mich dabei ertappte, laut *Mami, Mami unser Flieger* schreien zu wollen. Wie damals, als wir zu einem gemeinsamen Familienurlaub an unglaublich vielen sinkenden und steigenden, großen und kleinen Flugzeugen vorbeigefahren waren.

Neben uns rasten PKWs, Firmenwagen, LKWs. Diese Welt bestand aus Hektik, Perfektionismus und, ja, Schmerz.

In einem der vorbeifahrenden PKWs saß ein Mädchen. Ich musste zweimal hinsehen, um nicht zu denken, mein Ich von vor fünf Jahren zu sehen. Als es mir zuwinkte, blickte ich erschrocken auf den Boden und wackelte mit meinen nackten Zehen, die in Flipflops steckten. Ich wusste nicht warum, aber dieses Mädchen verpasste mir eine lang anhaltende Gänsehaut. Mir wurde übel und Mom reichte mir gestresst eine Tüte. Ich schlug sie sanft zur Seite. Als ich aufsah, fuhr das Auto zwar noch neben uns, doch das mir ähnlich sehende Mädchen war verschwunden.

„Was ist?", fragte Mom und der Taxifahrer sah beunruhigt in den Rückspiegel.

„Es ist alles okay", versuchte ich ihnen einzureden, aber es fiel mir verdammt schwer. Sehr schwer. Meine Mom bestand darauf, anzuhalten, aber ich war mir sicher, wir würden dann den Flug verpassen, und so schlimm war es dann doch nicht. Mit einer Hand reichte mir der Taxifahrer eine Traubenzuckerstange und ich nahm sie dankend an. An seinem Finger steckte ein Ring aus schwungvoll gearbeitetem Silber.

„Sind Sie verheiratet?", fragte ich neugierig, immer noch auf den Ring starrend.

Kaum merklich schüttelte er den Kopf.

Nach einer gefühlten Ewigkeit, mir kam es vor, wie dreihundertsiebenundfünfzig und anderthalb Lichtjahre, blieben wir stehen. Auf gepflastertem Untergrund, inmitten von unzähligen Autos. Endlich. Der Flughafenparkplatz. Überall waren Reisende mit ihren Koffern und, ja, natürlich, strahlenden Gesichtern. Sogar der Taxifahrer lächelte, obwohl er mit uns eine anstrengende Fahrt gehabt hatte. Na ja, eher mit meiner genervten Mutter.

„So Ladys, aussteigen!"

Er hielt uns die Türen auf und reichte uns die Koffer. Als er mir gegenüberstand, fiel mir auf, wie klein er war. Er war nicht wirklich größer als ich. Und doch so reif. Erwachsen. Mitte 40, schätzte ich.

Mom steckte ihm drei Scheine zu, drehte sich um und ging, und er schaute ihr erst schockiert nach, grinste aber, als er seinen Verdienst genauer betrachtet hatte. Und seine weißen Zähne – ein Traum. Welche Geldscheine es waren, kann ich nicht sagen, aber ihr Wert musste bei seiner Freude sehr hoch gewesen sein.

Ich musste laufen, schnell laufen, um Mom einzuholen. Komisch eigentlich. Sie wartete normal *immer*. Und unser Flieger ging erst in einer guten Stunde.

„Hey, warte doch mal!"

Mom blieb stehen.

„Warum eigentlich ausgerechnet nach England?"

Sie zog eine Augenbraue hoch und hielt mir zwei Pässe hin. Einen hielt sie in der linken, den anderen in der rechten Hand.

„Du weißt, dass deine Großeltern und Onkel Calvin in England leben."

„Na und? Deswegen müssen wir doch nicht nach England. Du hast mir immer beizubringen versucht, meine eigene Meinung zu haben. Auf mich selber zu hören und nicht auf die anderen. Weißt du noch, als du immer gesagt hast: Liz, wenn deine Freunde einen pinken Roller haben, brauchst du auch einen, wenn sie nach Amsterdam fliegen, willst du auch hin, und wenn sie von der Brücke springen und sterben, willst du dann auch springen?' Und jetzt bist du genauso. Mann, Mom, du bist schrecklich! Und Mom ... Ich glaube, ich weiß, wie du heißt. Und ich bin mir auch ziemlich sicher, dass ich weiß, wo du gewohnt hast, wann du geboren bist, welche Augenfarbe du hast, wie du aussiehst, wie groß du bist! Und nein, mich interessiert es nicht, wann dein Ausweis gemacht wurde und wann er verdammte Scheiße noch mal abläuft!"

„Melanie Schneider. Geborene Harrison. *Harrison!*", fauchte sie.

Das andere war ihr egal. Sie sagte nur: „Melanie Schneider. Geborene Harrison. *Harrison!*" Typisch Mom.

„Harrison? Hört sich nicht wirklich deutsch an", stellte ich fest, aber etwas Besonderes war das nicht. Meine Freunde hatten auch nicht immer deutsche Namen und waren trotzdem Deutsche. Ich zuckte mit den Schultern, verdrehte die Augen, zog die Augenbrauen hoch. Eine Mimik, die ziemlich anstrengend war, und wenn ich ehrlich bin, bestimmt ziemlich beschissen aussah.

Mom zeigte augenverdrehend auf den Personalausweis in ihrer Linken.

„Mom! Hier steht dasselbe, nur in Englisch!"

O Mann. Sie stand da, sah mich an, als würde sie nicht verstehen, warum ich keinen Plan hatte, was sie von mir wollte.

„Warte, Mom! Woher hast du einen englischen Ausweis?"

Nachdenklich starrte ich sie an. Sie schwieg. *Harrison? Harrison? England?*

„Mom!" Ich stockte wütend. „Du bist nicht ernsthaft Britin?!"

In mir kochte es. Es brodelte. Vor mir stand meine Mom und sie war *Britin*. Verdammte Scheiße! Ich war Halbbritin! Und alles was ihr einfiel, war mit den Schultern zu zucken, ihre Pässe wieder einzupacken, sich auf dem Absatz ihrer meterhohen Schuhe umzudrehen und davonzugehen. Ich stand da wie angewurzelt. Sah ihr nach, meiner Briten-Mutter, und ließ mich heulend auf meinen Koffer sinken, der nach kurzer Zeit nachgab, woraufhin ich schmerzhaft mit meinem Arsch auf den Boden klatschte. Und klar, meiner Mom fiel nichts Besseres ein, als sich umzudrehen und sich kaputtzulachen. Ja, ich fands auch ziemlich lustig ... Und wer die Ironie im letzten Satz nicht verstanden hat: Kopfschuss. Hallo? Erst erfahre ich nach 14 Jahren einfach mal so nebenbei, dass ich Halbbritin bin, und dann werde ich auch noch von Mom ausgelacht, wenn ich weinend auf den Boden falle. Von einem Koffer gefallen. Wie amüsant. Als wäre es nicht bitter genug, Britin zu sein. Halbbritin. Amerikanerin oder so wäre ja ganz cool gewesen, aber bitte um alles in der Welt nicht Britin.

4.

Bis auf ein paar blöde Bemerkungen meiner Mom über meine zu krumme Sitzhaltung verlief unsere Flugreise reibungslos und entspannt. Nur einem kleinen Jungen war so schlecht, dass er nicht mehr in seine Kotztüte traf, obwohl seine Mom sie ihm direkt vor den Mund hielt. Er kotzte einfach daneben, neben eine alte Frau. Die tickte natürlich völlig aus. Sie pikste dem armen Kleinen mit ihren langen weinroten Fingernägeln in die Hüfte. Vielleicht wollte sie ihm wehtun, aber es sah nicht im Geringsten so aus, als würde der Junge von dem Rundgeschnittenen-Fingernägel-es-sollte-wehtun-Gepiekse etwas mitbekommen. Er kotzte einfach weiter. Daneben, natürlich. Die Alte forderte die eh schon völlig gestresste Flugbegleitung auf, ihr aus ihrem Koffer einen neuen Rock zu holen, da der, den sie trug, ein oder zwei Spritzer Kotze abbekommen hatte. Nur war ihr Koffer, wie jeder andere, im Frachtraum. Wie normal auch jeder weiß, kann eine noch so freundliche Stewardess verdammt noch mal nicht während eines Fluges in den Frachtraum und aus einem bestimmten Koffer einen bestimmten Rock holen, der zum Rest des Outfits einer bestimmten alten Frau passte. Aber anscheinend wusste die Alte das nicht und brachte es sogar mit ihrem Ich-schrei-die-Stewardess-so-lange-an-bis-sie-meinen-Rock-holt so weit, dass der Pilot verzweifelt aus seinem Cockpit kam. Die Alte hielt erst dann ihr Maul, als er ihr drohte, sie bei dem nächsten Laut, den sie von sich gäbe, gnadenlos aus dem Flugzeug zu werfen. 19.000 Meter Sturzflug. Wie es aussah, war dies für sie Drohung genug.

Mit Mom hatte ich nach der Aktion draußen nicht mehr geredet. Ich hatte sie auch nicht mehr angeschaut. Aus Ehrfurcht, Angst und Wut. Ich sah sie erst wieder an, als sie mich von der Seite anstupste und grinste. Früher, wenn wir etwas wie das hier erlebten, hätten wir es am Abend Dad so gut wie es ging nachgespielt. Da wir beide nicht die besten Schauspieler Hollywoods waren, starb er bei jeder Bewegung, die wir machten, fast vor Lachen, krümmte sich, weil ihm der Bauch schmerzte und weinte. Und dann mussten wir alle lachen. Mom, Dad, Bill und ich. Ja, so war das gewesen.

Ich stellte mir vor, wie es wäre, ihnen zu erzählen, was uns auf der Reise nach England passiert war. Traurig, weil ich wusste, dass ich das nie würde, schenkte ich meiner Mutter nur ein halbes Lächeln und sah aus dem Fenster. Wolken. Weiße Wolken. Nichts als Wolken. Leicht und so rein. Ich musste daran denken, dass mich meine Mutter mein ganzes Leben betrogen hatte. *Sie* war alles andere als leicht und rein. Das machte die ganze Sache noch schlimmer. Ich fühlte mich leer. So leer. Ich überlegte, ob mein Name oder so vielleicht auch nur ausgedacht, eine geplante Lüge war. Ja, von wegen deutsch. Alle hassten Deutschland. Deutschland war für viele einfach nur das Land des Krieges. Doch ich war froh, für 14 Jahre Deutsche gewesen zu sein.

„Mom, warum hat du mir nie gesagt, dass du Britin bist?"

„Jetzt nicht!"

Na toll.

Mir war langweilig, also klappte ich den Bildschirm vor mir auf und wollte eigentlich fernsehen. Auf meinem Bildschirm tanzten drei Kinder mit ihren Eltern fröhlich im Kreis. Auf einer Blumenwiese mit saftig grünem Gras. Bei ihrer Fröhlichkeit kamen mir die Tränen. Ich musste an Bill und Dad denken, an Mom und den Streit und an England. Was Bill wohl machte? Lebte er eigentlich noch? Verlegen leckte ich mir mit der Zunge die salzig schmeckenden Tränen von der Lippe und klappte den Bildschirm laut zu. Erschrocken sahen sich einige um. Na ja, sollten sie nur mitbekommen, dass es mir nicht gut ging. Ich sah auf Moms Bildschirm. Sie hatte ihn später eingeschaltet, deswegen war sie noch nicht bei der Filmstelle, die mich zu Tränen gerührt hatte. Als auch bei Mom die Kinder zu tanzen begannen, schluckte sie hörbar. *Vielleicht denkt sie ja auch an Bill oder an Dad?* Ohne hinzusehen, griff sie nach meiner Hand, ihr Blick immer noch am Bildschirm klebend. Ich wollte sie zurückstoßen, ließ es dann aber doch lieber sein, da sie fester drückte. Anscheinend ging in ihr etwas vor, als auch die Eltern der Kinder auf ihrem Bildschirm auftauchten. Ich lehnte mich vorsichtig an sie und sah aus dem Fenster. Wolken. Weiße Wolken. Nichts als Wolken. Leicht und so rein. Mom roch wie immer. Nach Seerose. Ich schlief ein.

Als mich der schmerzende Druck auf den Ohren beim Landen weckte, hatte sich meine Nase an Moms' Parfüm gewöhnt. So lange hatte ich ihn nicht mehr intensiv gerochen. So lange hatten wir nicht mehr gekuschelt. Uns so lange nicht mehr umarmt. Ich war ihr wegen der ganzen Sache mit Dad und Bill böse und deswegen, weil sie mir beigebracht hatte, nie zu lügen. Lügen sei eine Sünde, die mir niemals vergeben würde. Dann hatte sie mich aber selbst mein ganzes Leben lang belogen. Doch mein Herz hatte ihr schon vergeben.

5.

Der Pilot und seine Stewardessen (die meiner Meinung nach für ihren Körperbau etwas zu kurze Röcke trugen – ich weiß ja nicht, vielleicht gefällt es männlichen Passagieren, extrem gut gebaute Stewardessen im Miniminirock zu sehen) verabschiedeten sich mit einer knappen Rede von ihren Fluggästen und wir schenkten ihnen zum Dank einen lang anhaltenden Applaus. Danach stiegen wir aus. Auf der Treppe, über die wir sicher vom Flugzeug auf den Boden kamen, blies mir ein kalter Morgenwind durch die zerzausten Haare. Ein gelber Bus brachte uns danach vom Landeplatz zum Hauptgebäude und Passagierempfang. Wir befanden uns auf einem der vielen Flughäfen in London. Welcher es war, wusste ich nicht. Um ehrlich zu sein, war es mir auch völlig egal. Wir warteten still auf unsere Koffer, die auf einem schwarzen Fließband im Kreis fahrend darauf warteten, dass ihre Besitzer sie schnell runterholten. Mom kaufte mir ein Sandwich und ich schrieb Dad eine schnelle SMS.

„Sind sicher gelandet. Mir geht es ganz okay. Wie geht es deinem Arm? Alles okay bei dir und Jess? Liebe Grüße Liz."

Kurze Zeit darauf, schrieb er mir, dass er sich freue, von mir zu hören, und es ihm gut gehe. Es sei auch alles in Ordnung.

Mom zerrte mich zu einem etwas älteren Herrn, der ein Schild in der Hand hielt, auf dem in Großbuchstaben

„HARRISON" stand. Er lachte freundlich. Seine Zähne waren nicht so weiß wie die von unserem Taxifahrer in Deutschland.

„Freut mich, Sie wiederzusehen, Ms. Schneider."

Er schüttelte Mom die Hand.

Freut mich, sie wiederzusehen? Ms. Schneider? Hä? Sie heißt doch eigentlich Harrison?!

Ich verstand nur Bahnhof, aber Mom strahlte. So glücklich hatte ich sie schon ewig nicht mehr gesehen. Und sie unterhielten sich. Lange. Es kam mir vor wie tausend Stunden, denn ich stand daneben (alleine versteht sich) und versuchte ihnen zuzuhören. Aber ich verstand natürlich kein Wort, da sie beide Englisch redeten.

Ich starrte auf unsere Koffer und beobachtete gelangweilt die drei, vier Reisenden (sie waren ebenfalls glücklich), die sich in die offenen Arme ihrer Verwandten und Freunde stürzten und vor Freude weinten. Ich fühlte mich ziemlich beschissen. Die ganze gottverdammte Welt war glücklich, und ich stand wie ein eiserner Mittelpunkt mit meiner Trauer. Irgendwas passte nicht. In der Tat – mein eisernes Ich. Langsam fing ich an, über den Tod nachzudenken.

Auffallen würde es ja keinem, wenn ich nicht mehr da wäre …

Ich kam zu dem Entschluss, dass ein Selbstmord, der wie ein Unfall aussah, die beste Lösung wäre, um sich von all den glücklichen Wesen zu verabschieden.

„Liz, warum weinst du?"

Was?

„Liz! Warum um alles in der Welt weinst du?!", wiederholte Mom, während sie sich vor mich kniete und meine Haare hinter meine Ohren strich.

Ich weinte? Merkte ich gar nicht. Aber da war sie wieder, die Mom, die für alle da war. Pfff, von wegen ...

„Bestimmt nur aus Freude", meinte eine Stimme, und ich wusste genau, wessen Stimme es war. Mr. Smith's. Und erst jetzt wurden mir die nassen Tränenflecken auf meinen Klamotten bewusst. Ich fuhr mir unter den Augen entlang und als ich meine Finger ansah, klebte eine mächtige Ladung Wimperntusche daran. *Oh shit!* In meinem Kopf kreuzten sich die Gedanken – Selbstmord, Bill, Dad und sein Arm, Jess, die Kinder auf dem Bildschirm im Flieger, jetzt und England und dass ich verdammte Scheiße nicht Halbbritin sein wollte. Von wegen bestimmt nur aus Freude. Was bildete sich dieser Smith eigentlich ein? Aus Freude?! Er könnte sich (bestimmt nur) aus Freude mal ganz schnell in einen Flieger setzen und zu den Pinguinen fliegen. *Würde mich nicht stören. So ein widerlicher Kerl.* Er wusste doch gar nicht, was überhaupt los war.

„Du siehst aus wie ein Waschbär", stellte Mr. Smith amüsiert fest. Mom sah bitter zu ihm auf, zog die Augenbrauen hoch – das tat sie immer, wenn sie jemandem sagen wollte, dass er nicht den richtigen Kommentar gebracht hatte – und Smith stoppte sein Lachen schlagartig. Anscheinend wusste Mom, dass ich nicht weinte, weil ich glücklich war. Sie kannte mich zu gut. Sie zerrte mich stumm hoch und schleppte mich, ohne Smith eines Blickes zu würdigen, in die nächste Frauentoilette. Wir ließen ihn mit unserem Gepäck ganz alleine zurück. Na ja, das war mir eigentlich egal. Mom zog aus ihrer Handtasche (die sie doch mitgenommen hatte) Wimperntusche und Make-up-Ent-ferner. Ich sah in den meterhohen Spiegel, der über den Waschbecken hing, und musste Smith recht geben: Ich sah aus wie ein Waschbär. Bestimmt hatte er einen tollen ersten Eindruck von mir.

Zweiter Rat für dein zukünftiges Leben:

Denke niemals über Selbstmord nach, und wenn doch, fang dann niemals an zu weinen, wenn du gerade einen Fremden kennenlernst – vor allem nicht, wenn du dir davor Unmengen Wimperntusche auf die Augen geklatscht hast ... du wirst aussehen wie ein betrunkener Waschbär.

Ich wusch mich gründlich, um nicht wieder von Mr. Smith ausgelacht zu werden, und verzichtete wegen der Gefahr, wieder zu weinen, auf neue Wimperntusche. Als ich fertig war, sah Mom mich an und ich hatte das blöde Gefühl, sie würde auch gleich aussehen wie ein Waschbär.

„Ich kann dich verstehen. Halt dich an mir fest, wenn dein Leben dich zerreißt."

O Mann, Mom ... Sie sagt, ich soll mich an ihr festhalten, wenn mein Leben mich zerreißt. Aber genau sie ist der Grund, warum mein Leben mich zerreißt.

„Mom? Wer ist dieser Mr. Smith?"

Ein reines Ablenkungsmanöver, um Mom sich nicht in einen Waschbären verwandeln zu lassen.

„Ein Butler. *Unser* Butler."

„Woher kennst du ihn?"

„Er ist schon seit Generationen der Butler der Harrisons und wird es hoffentlich so lange sein, bis er vom Menschsein erlöst wird. Mein Großvater hat ihn damals eingestellt, als Smith noch ein Teenager war." Als ob sie das große Fragezeichen in meinem Gehirn erkannt hätte, fuhr sie ohne zu zögern fort: „Er hat mich großgezogen und ist ein Teil unserer Familie. Wir werden in das Haus ziehen, in dem ich als Kind gelebt habe – das Harrison-Haus ... ein mächtiges Haus. Es wird dir gefallen. Mr. Smith wird auch dein Butler sein. Er war immer dein Butler, nur du hast ihn bis jetzt nur einmal gesehen, als du noch ganz klein warst. Drei oder vier Jahre vielleicht. Ich bin mit dir und deinem Vater hergeflogen, als mein Großvater, dein Urgroßvater, starb. Tragisch, Liz. Krebs. Dagegen kann man nichts machen. Das musst du dir merken." Sie sah zu Boden, sah aber noch nicht aus wie ein Waschbär nach zehn Flaschen Wodka.

Aus einer Toilettenkabine kam eine junge Frau mit ihren zwei kleinen Kindern. Sie sah meine Mom mitleidig an, und als sie an uns vorbeiging, sagte sie leise: „Mein Beileid." Mom tat so, als sei alles in bester Ordnung, und bedankte sich höflich bei ihr. Das tat sie immer. Mom hatte einen starken Charakter. Sie war ein Ritter mit rosa Visier. Ihre Gedanken waren ihre Waffen und ihre Augen ihre Flaggen. Ich beneidete sie oft um ihre Kraft, die ich auch gerne gehabt hätte. Meine Niederlage waren meine Tränen.

Wir gingen zurück zu Smith, der mit einem versuchten Lächeln auf uns wartete.

„Mein kleiner Waschbär ... Groß bist du geworden, in all den Jahren."

Smith fuhr mir übers Haar und ich konnte mir das Augenverdrehen nur schwer verkneifen. Mom beschloss zu gehen und Smith nahm uns unsere Koffer ab (typisch Butler). Wir schlenderten nach draußen. Vorbei an Autos, Bussen, Eltern mit Kindern, glücklichen Menschen. Ich bereute nicht, ungeschminkt durch die Gegend zu laufen, denn ich spürte erneut kalte Tränen auf meinen Wangen. Einige Glückliche sahen mich abschätzig an und ich kam mir vor wie ein Nichts ... oder vielleicht wie ein großes Stück Scheiße ... oder beides, wenn das ging. Jedenfalls fühlte ich mich nicht gut.

Wir blieben vor einem schicken schwarzen Bentley stehen und Smith fischte aus seiner rechten Jackettasche geschickt zwei weiße Handschuhe, die er anzog. Während er unsere Koffer in den etwas zu kleinen Kofferraum quetschte, fragte ich Mom, ob das wirklich unser Auto war.

„Ja klar, das war ein Geschenk von uns Kindern zum Hochzeitstag deiner Großeltern."

Mit uns Kindern meinte sie sich und Onkel Calvin – mehr Geschwister hatte Mom nicht. Zu Onkel Calvin hatten wir eigentlich immer ein gutes Verhältnis. Er besuchte uns oft, meist zu Moms Geburtstag oder zu Weihnachten. Onkel Calvin war ein netter, hübscher Mann mit viel Stil. Ich mochte ihn. Immer, wenn er uns besuchte, spielte er mit Dad und mir Backgammon. Irgendwie freute ich mich auf Onkel Calvin. Aber eigentlich nur auf ihn.

Mit seinen weißen Handschuhen öffnete Mr. Smith uns die Autotüren und Mom und ich nahmen auf vornehmem Leder Platz. Smith setzte sich hinters Lenkrad und bog mit hoher Geschwindigkeit auf die Autobahn. Ich musste blinzeln, um sicherzugehen, dass Smith rechts saß. Ich sage euch, nach 14 Jahren Rechtsverkehr wird einem schon nach zwei Minuten Linksverkehr schlecht. Zwar rasten wir auf der Autobahn überwiegend geradeaus, vorbei am Flughafen, in dem wir noch vor nicht mehr als fünf Minuten waren, aber ich beschloss, Dad eine SMS zu schreiben, um von der ganzen Linksfahrerei Ablenkung zu bekommen. Also tippte ich in mein Handy.

„Hi Dad! Krass, hier fährt man Bentley!!!!!! Aber das Linksfahren ist anstrengend und Mr. Smith ist komisch. Mom findet ihn wohl ganz nett. Ich bin schon gespannt auf das Haus. Mom sagt, es sei mächtig. Wie ist deine Wohnung? Geht es dir gut? Ich vermiss dich, Dad. Liz"

„Mom?", flüsterte ich daraufhin. „Wie heißt Smith eigentlich noch?"

„Keine Ahnung. Für uns war er immer nur Mr. Smith. Aber dein Großvater kennt seinen Vornamen. Anscheinend spricht man Butler nicht mit ihrem Vornamen an. Wenn er Post bekommt, ist sie auch immer nur an Mr. B. Smith adressiert. Tut mir leid, Schätzchen. Aber ich schätze mal, dass er einen Vornamen hat, der mit B anfängt. Logischerweise."

Das Schätzen hatte ich von ihr. Wir beide schätzten ziemlich viel. Sie griff als Entschuldigung nach meiner Hand.

„Schon ok", sagte ich verwundert.

Wir fuhren von der Autobahn ab auf die Landstraße Richtung Liverpool. Eigentlich dachte ich, wir würden nach London ziehen.

Komisch. Liverpool ist nicht gerade der nächste Weg, aus Londoner Sicht.

Ich kannte Liverpool nur vom Namen. In Erdkunde hatten wir mal gelernt, dass Liverpool den zweitgrößten Exporthafen Großbritanniens hat und im Nordwesten Englands liegt. Die Einwohner Liverpools werden *Liverpudlians* genannt und von ihnen gibt es ungefähr vierhundertdreiundsiebzigtausendunddreiundsiebzig. In der Stadt ist es bestimmt nicht schwer, sich zu verlaufen. Kurz vor Liverpool schaltete Smith das Radio ein und der Moderator kündigte einen Welthit der Beatles an.

„Liverpool wird auch als Beatles-Stadt bezeichnet, da die Band in den 1960er Jahren hier hervorging. Die Beatles ..."

Ich hörte Mom nicht mehr zu, da mich erstens die Beatles nicht interessierten (weder die Pilzköpfe noch ihre Musik. Außerdem waren sie auch Briten, und das reichte, um sie zu hassen) und zweitens stieg meine Aufregung mit jedem Kilometer, den wir näher an Liverpool heranfuhren. Ich hatte die schlimme Befürchtung, dass niemand Deutsch können würde und ich mich ätzend auf Englisch unterhalten müsste. Nur würde mich keiner verstehen, denn *Apple* und *Orange* waren die einzigen Wörter, die ich problemlos (und natürlich richtig) aussprechen konnte. Und an die Schule wollte ich gar nicht denken. Schlimm genug, dass Englisch in Deutschland ein Hauptfach war, das man nicht abwählen konnte. Aber hier würde Englisch zum Ganztagesstandard werden. In allen Unterrichtsfächern (auch in so was wie Sport), in der Pause, auf der Mädchentoilette, im Direktorat, im Bus, in der Schulkantine. Ich hatte mich schon mal drauf eingestellt, wenige Freunde zu haben.

Smith kutschierte uns noch ein bisschen am Ufer des River Mersey vorbei und Mom erzählte mir (ohne zu wissen, dass ich ihr schon ewig nicht mehr zuhörte) immer noch irgendwelche Dinge, die jeder schon mal über die Beatles gehört haben sollte. Sie musste sich vorkommen wie ein Straßenclown. Sie redete und redete, doch niemand schenkte Mom Beachtung. Nur Smith nickte ab und zu gähnend, als wollte er ihr im Vorbeigehen ein paar Geldmünzen zuwerfen, wie die mitfühlenden Menschen dem Straßenclown.

Schließlich bog Smith in eine Straße ein. Eine schöne Straße. Sie war endlos lang und die Häuser waren hier ziemlich eng aneinandergebaut. Die Straße war nicht geteert, man spürte das Kopfsteinpflaster beim Autofahren buchstäblich im Arsch. Einige Autos standen am Straßenrand und in so manchen Vorgärten blühten farbenfrohe Blumen, Sträucher und Bäume. Die Häuser waren hier aufs Genaueste verschieden. Keines glich auch nur ansatzweise dem anderen, und irgendwie war diese

Verspieltheit freundlich und einladend. Wir hielten vor einem der größten Häuser in dieser Straße. Smith machte uns wie am Flughafen mit seinen weißen Handschuhen die schwarzen Türen des mächtigen Bentleys auf und Mom und ich stiegen aus. Smith brachte unseren Wagen in eine Garage unterhalb der Erde. Mom erklärte mir, dass noch niemand außer Mr. Smith und meinem Großvater in dieser Garage waren. Die zwei pflegten anscheinend ein Geheimnis, das sich in dieser Garage befand, und bisher hätte sich jeder daran gehalten, nur Mr. Smith und Großvater in die Garage zu lassen – und ich solle mich auch daran halten.

Krasse Sache, dachte ich und beobachtete Smith, wie er mit dem schicken Bentley hinab in den Untergrund fuhr. Ich fragte Mom, ob sie nicht wissen wolle, welches Geheimnis Großvater und Smith hätten, aber sie sagte nur: „Großvater ist kein Mensch, der es mag, wenn man sich nicht an seine Vorschriften hält."

Meinen Großvater hatte ich bis jetzt noch nicht kennengelernt, aber er und Smith würden am Schluss nicht die Einzigen sein, die dieses mysteriöse Geheimnis kannten. So wichtig würde es schon nicht sein, wenn es verdammte Scheiße in einer *Garage* versteckt wurde und jeder davon wusste. Und, bitte, welches Geheimnis sollte Smith schon mit meinem Großvater haben?

Wir, also Mom und ich, warteten im großen Hof, der mit Kies bedeckt war, darauf, dass uns Smith die Haustür aufschloss, und er schloss sie von innen auf. Erst dachte ich, er wäre sein eigener Doppelgänger, und dann dachte ich, dass Mom nie von einem Smith 2.0 gesprochen hatte.

Somit schloss ich Ersteres aus. Als drittes dachte ich, es musste wohl einen Geheimgang zwischen Haus und Garage geben – und mit drittens hatte ich recht, weil Mom erstaunt feststellte: „Mr. Smith, ich bin echt immer wieder maßlos überrascht, wie Sie und mein Vater uns diese Verbindung zwischen Garage und Haus verheimlichen können, obwohl sie doch irgendwo hier sein muss. Ich meine in diesem Haus. Sie sind doch kein Magier, der durch Wände gehen kann." Mom lachte über ihren eigenen Witz, und Smith schenkte ihr nur ein halbes Lächeln, als wäre an der Sache mit dem Magier etwas dran, was natürlich völliger Schwachsinn war.

6.

Mom hatte recht, das Haus war wirklich prächtig. Die Eingangshalle, in der wir standen, während Mom sich über ihren wirklich lächerlichen Witz totlachte und Smith die Augen verdrehte, war mächtig groß. Auf dem hochwertigen Marmorboden lagen feine von Hand gefertigte Teppiche und überall hingen Bilder ... oder besser gesagt gruselige Porträts.

„Die sind alle schon tot", erklärte mir Onkel Calvin, der in diesem Moment die Marmortreppe herunterkam. „Bis auf deinen Großvater, der lebt ja noch."

Ich sah zu Onkel Calvin hoch, der sich kein bisschen verändert hatte, und folgte mit meinem Blick seinem ausgestreckten Zeigefinger, der auf das größte Porträt zeigte. Obwohl ich ihn nicht kannte und mir auch nicht hundertprozentig sicher war, dass das, was da gezeichnet worden war, meinen Großvater darstellte, sah ich die Ähnlichkeit zu Mom und Onkel Calvin in seinem Gesicht.

Ich persönlich würde es ja abgrundtief deprimierend finden, wenn ich oder ein hässliches Gemälde, das mich darstellen sollte, inmitten lauter toter Gesichter hängen würde und ich Tag und Nacht daran vorbeilaufen müsste. Jedes Mal, wenn ich da vorbeigehen würde, hätte ich das Gefühl, tot zu sein. Mein Großvater hatte das anscheinend nicht.

Aber mich kümmerten die Porträts weniger, denn ich ließ mich ausnahmsweise glücklich in die für mich offenen Arme meines Onkels fallen. Er war der Einzige, der die Hälfte des deutschen Wortschatzes beherrschte, und der Einzige, den ich hier kannte. Abgesehen von Mom. Ich lehnte mich gegen Onkel Calvins Brust, wie ich es immer getan hatte, wenn er uns besuchen kam. Er roch gut, besser als Moms Seerose. Calvin hatte einen guten Geschmack in Sachen Parfüm.

Hinter ihm tauchte auf der Treppe eine hübsche junge Frau mit zwei noch jüngeren Kindern auf.

„Das sind Evelyn, meine Frau, Lily, unsere älteste Tochter, und Jacob, mein Sohn."

Onkel Calvin stellte mir alle vor und zu meiner Freude konnten Evelyn, Lily und Jacob wenigstens auf Deutsch Hallo sagen. Irgendwie kam es mir vor, als würde ich alte Freunde besuchen. Alle waren so herzlich und ich fühlte mich ziemlich wohl. Wohin man auch sah, überall waren lachende Gesichter und leuchtende Augen. Für einen Moment vergaß ich die Gefühlsbombe in meiner Seele und den Tränenstrudel in meinen Augen.

Smith öffnete eine schwere Holzbogentür.

„Dein Großvater und deine Großmutter, seine zweite Frau", flüsterte Onkel Calvin mir ins Ohr.

„Seine zweite?"

„Ja. Mit seiner ersten Ehefrau war er bloß zehn Jahre zusammen. Angeblich kinderlos."

Bloß zehn Jahre?! Ich war traurig, dass meine Eltern bloß 15 Jahre zusammen gewesen waren, und Onkel Calvin sprach mit einer gewissen Fröhlichkeit, dass sein Vater nur zehn Jahre mit einer anderen verheiratet gewesen war. Aber wenn er sich gar nicht getrennt hätte oder länger mit ihr zusammengeblieben wäre, wären Mom und Calvin gar nicht hier, schätzte ich.

Wie ich so darüber nachdachte, fiel mir auf, dass Jacob ungefähr das gleiche Alter hatte wie Bill und ihm mächtig ähnlichsah. Ich sah weg, um nicht wieder weinen zu müssen, jetzt, wo alle so glücklich waren, und betrachtete meinen Großvater. Er sah, verglichen mit seinem Abbild, ziemlich wohlgenährt aus. Er strahlte wie ein Honigkuchenpferd. Meine Oma war im Gegensatz zu meinem Großvater ziemlich zierlich und hatte weiße Locken. *Sie sieht aus wie eine Oma aus dem Bilderbuch*, dachte ich. Beide, eigentlich alle hier, hatten teure, vermutlich *sehr* teure Klamotten an – abgesehen von Mom und mir. Ich kam mir irgendwie ziemlich arm vor. Und das Schlimmste (für mich als Frau) war, dass meine Cousine Lily (die erst zwölf war, schätzte ich) Wimperntusche trug und ihre Fingernägel mit einem glänzenden Rot lackiert waren. Auch ihre Haare waren der reinste Mädchentraum. Und ich ... meine Augen verweint, meine Nägel abgebissen, meine Haare langweilig hinters Ohr gestrichen, ungeschminkt, zerrissene Jeans mit einfachem, gepunktetem T-Shirt.

Mom begrüßte ihre Eltern und ich meine „neuen" Großeltern. Oma drückte mich ganz sanft an sich und Opa wuschelte mir durchs Haar (das danach noch schlimmer als ohnehin schon aussah).

„Schön, dich wiederzusehen", meinte er.

„Ja, wunderbar", meinte auch Oma.

Ich konnte mich nicht mal vage daran erinnern, einen von beiden jemals zuvor gesehen zu haben, deshalb sagte ich nur ganz leise: „Freut mich auch."

„Habt ihr das gehört? Sie kann sich noch an uns erinnern. An damals, als sie als kleines Kind hier war!" Mein Großvater brüllte förmlich.

Lily verdrehte die Augen. Wegen mir oder Großvater? Sie sah keinen von uns beiden an. Aber ich hätte, schätze ich, auch die Augen verdreht, wenn eine wie ich hier aufgekreuzt wäre, die so tat, als ob sie sich daran erinnerte, wie sie als Baby (!) hier war.

Wie dem auch sei, anscheinend kam nur ich mir vor wie ein kleiner Bauernhund im Palast der Queen. Mom fühlte sich wie zu Hause. Na ja, es war ja ihr Zuhause. Wir traten durch den Holztürbogen, aus dem meine Großeltern kamen, in ein großes Speisezimmer. Über der reichlich gedeckten Tafel hing ein Kronleuchter und Smith polierte mit einem grauen Tuch das Besteck nach. *Typisch reiche Leute.* Bei uns hatte sich früher jeder dahingesetzt, wo er sitzen wollte, und kein Junge dachte auch nur ansatzweise daran, irgendjemandem einen Stuhl zurecht zu schieben.

Während wir aßen (als Vorspeise gab es Suppe, die irgendwie nach gar nichts schmeckte, als Hauptgang irgendwas, das wie Kartoffelpuffer aussah, und als Nachspeise Schokokuchen mit Eis), redete Mom mit Onkel Calvin und ihren Eltern über irgendein langweiliges Zeug aus der Vergangenheit. Jacob redete mit seiner Mutter über den Kindergarten und seine Freunde und Lily beobachtete mich von gegenüber aus mit ihrem scharfen Blick. Ich fühlte mich unwohl. Wenn ich irgendetwas falsch machte (und ich wusste gar nicht, was ihr an meinen Tischmanieren nicht passte, weil ich mich extra bemühte, mich so zu verhalten, wie es mir meine Eltern einst gelehrt hatten), räusperte sie sich absichtlich und alle sahen mich an. Komisches Gefühl. Ich spürte jedes Mal, wenn alle Blicke auf mir ruhten, wie mir das Blut in den Kopf schoss und meine Wangen rot wie überreife Tomaten wurden. Blöde Sache. Irgendwann, so zwischen Hauptgang und Nachspeise, schickte Evelyn Lily nach oben in ihr Zimmer. Angeblich sollte es eine Strafe sein, vom gemeinsamen Essen ausgeschlossen zu werden und ohne Nachtisch einschlafen zu müssen. Ehrlich gesagt wäre ich froh gewesen, *ich* hätte ohne Nachtisch einschlafen dürfen. Ich konnte schon nach der Vorspeise nichts mehr essen und nach dem kartoffelpufferähnlichen Etwas wurde mir schlecht, wenn ich nur an Essen dachte.

Auf jeden Fall musste Lily in ihr Zimmer, weil ihr blödes Korrigieren meiner Fehler wohl auch allen anderen auf den Keks gegangen war. Insgesamt hatte sie sich elfmal geräuspert und ich zweifelte noch immer an meinen Essmanieren.

Als Lily dann weg war, redeten plötzlich alle mit mir – außer Mom, die hörte nur zu. Evelyn redete mit mir über meine Freunde und Jungs und Partys und erzählte mir von ihrer peinlichen Jugend und wie sie Calvin kennenlernte und ihr erstes Date versaut hatte. Sie hatten sich auf der Party eines gemeinsamen Schulfreundes kennengelernt und sich zwei Tage später in der U-Bahn wiedergesehen, rein zufällig. Bei ihrem ersten Date in einem kleinen Café war alles drunter und drüber gegangen. Evelyn hatte erst total viel gestottert und als sie dann aufs Klo gehen wollte, blieb sie mit ihrem Fuß am Tisch hängen und riss die gesamte Tischdecke plus Tassen, Teller und Blumenvase mit. Und als ob das nicht peinlich genug gewesen wäre, stolperte sie auch noch über die Tischdecke und ihr Po landete im umgekippten Kaffee – sie hatte eine weiße Hose an. Arme Sau. Evelyn war mir irgendwie sympathisch und ich mochte sie, obwohl ich sie erst wenige Stunden kannte.

Jacob erzählte mir, er gehe in den Straßenkindergarten. In den würden nur Kinder aus dieser Straße dürfen und die Puzzleecke, die es da gäbe, sei ganz toll und seine Erzieherin auch. Und manchmal würden seine Freunde mit nach Hause kommen und da spielten sie dann in seinem Zimmer. Er erzählte mit großer Freude und ich versprach ihm, ihn irgendwann mal vom Straßenkindergarten abzuholen.

Oma (sie hieß übrigens Olivia, weil ihre Augen angeblich aussahen wie Oliven, und als ich hinsah, um zu überprüfen, ob sie wirklich aussahen wie Oliven, fand ich die Idee ihrer Eltern ziemlich gigantisch, denn ihre Augen sahen ohne Scheiß aus wie Oliven) redete nur davon, wie ich mich als kleines Kind benommen hatte, welche lustigen Sachen ich geredet hätte und wie unglaublich süß ich gewesen sei. Sie zeigte mir drei Fotos, die an der Wand hingen. Auf den Fotos waren Lily, Jacob und ich in unserem zweiten Lebensjahr zu sehen, und ich muss ehrlich gestehen, ich fand mich selbst am tollsten.

Opa erzählte vom Zweiten Weltkrieg, als die Deutschen die Luftschlacht um England planten, und von seinem Lieblingsverein, dem FC Liverpool.

Während er erzählte, stocherte ich in meinem Schokokuchen herum und hörte ihm nur mit halbem Ohr zu, doch es merkte keiner. Er wies mich auch noch mal auf die Sache mit der Garage hin. Anscheinend war es doch was Ernstes, denn er redete ernsthaft, leise und, als es um das Geheimnis ging, ziemlich schnell, sodass ich mir fast gar nichts merken konnte.

Erst als Onkel Calvin anfing, über die Verwandtschaft zu reden, sah ich wieder auf und hörte mit beiden Ohren ganz zu.

„Dein Großvater Paul", begann er, „hat drei Schwestern – Peggy, Arista und Ava. Arista wohnt auch hier im Haus und normal sitzt sie dort." Er zeigte auf einen freien Platz neben Olivia.

„Und wo ist sie jetzt?", fragte ich.

„Heute ist Samstag", fuhr er fort. „Samstags ist sie immer bis spät in der Nacht bei ihrer Freundin Hailey zum Kartenspielen. Und vorher besucht sie immer den Toxteth Park Friedhof. Jeden Samstag."

„Was macht sie denn jeden Samstag auf dem Friedhof?" Ich konnte nicht verstehen, warum viele Menschen so gläubig waren, um jeden Samstag den Friedhof zu besuchen. Außerdem ist doch Sonntag der Kirchentag. Ich selbst ging auch nur Weihnachten und ab und zu an Ostern in die Kirche – bis dahin hatte mich der Teufel nicht heimgesucht und Gott mich nicht bestraft. Überhaupt konnte ich mir nicht vorstellen, dass es Gott oder den Teufel gab.

„Sie besucht ihren verstorbenen Mann Daniel. Tragisch, Liz. Autounfall. Neun Verletzte, vier Tote, darunter Daniel. Er war ein ziemlich lebensfroher Mensch und ich wette, er hätte deiner Großtante Arista noch ein paar hübsche Kinder geschenkt, wenn er nicht gestorben wäre. Arista und er waren so glücklich. Sie hatten ein gemeinsames Haus, doch deine Großtante zog kurz nachdem Daniel starb wieder hier ein. Aber Hailey ist eine gute Freundin. Sie hilft Arista, wo sie kann", belehrte mich Paul, mein Großvater.

Okay, das erklärt natürlich einiges. Würde ich, glaub ich, auch machen.

„Und die anderen? Wie waren noch mal ihre Namen?", fragte ich.

„Peggy und Ava. Peggy heiratete früh die Liebe ihres Lebens, Enzo Cunningham. Schotte. Sie wohnen zusammen in einem gemütlichen Landhaus außerhalb Liverpools. Wenn du willst, können wir sie mal besuchen. Und Ava, angeblich starb ..."

„Sie *starb* an Herzversagen!", unterbrach Paul Onkel Calvin barsch und warf ihm einen bösen Blick zu.

„Komm, Liz, ich zeig dir Ava. Sie hängt draußen in der Eingangshalle", versuchte er die Situation zu retten.

„Ihr Porträt hängt in der Eingangshalle, Calvin. Nicht sie!" Dieses Mal mischte sich Oma Olivia ein.

Besserwisser.

Irgendwie sah Onkel Calvin niedergeschlagen aus, als er mich in die Eingangshalle führte. Er blieb vor einem Porträt stehen, das über einer alten hölzernen Kommode hing.

„Evelyn stellt hier alle zwei Wochen neue für Ava hin", erklärte er, als er meinen fragenden Blick bemerkte, der auf den Blumen in einer schönen Vase ruhte. Schweigend betrachteten wir Ava ... oder besser gesagt, ihr Porträt, auf dem sie wunderschön gemalt worden war. Sie hatte kastanienfarbenes Haar, das unglaublich gut zu ihren grünen Augen passte. Ihr Lächeln war freundlich. Sie sah schon ziemlich hübsch aus.

„Calvin?"

„Hm?"

„Warum hast du gesagt, dass sie *angeblich* an Herzversagen starb?"

„Ava war eine körperlich topfitte, junge Frau. Sie konnte unmöglich ein Herzversagen haben. Sie war immer gesund und hatte nie irgendwelche körperlichen Probleme. Außerdem trank sie nie Alkohol, rauchte nicht und nahm keine Drogen. Nach ihrem Tod bestand die Gerichtsmedizin darauf, sie zu untersuchen. Wegen der Bestattung und so. Du weißt doch, bestimmte Metalle dürfen nicht in die Erde, auch nicht, wenn sie in Körpern toter Menschen stecken. Und nach ihrer Untersuchung schickten sie uns einen Brief, in dem stand, dass sie ohne Probleme beerdigt werden könne. Er war eigentlich an Paul adressiert, aber da ich so meine Zweifel hatte, öffnete ich ihn heimlich, und da stand, dass sie ein gesundes Herz hatte."

„Und warum hat Paul dich dann so scharf korrigiert? Wenn der Brief an ihn adressiert war, hat er ihn doch bestimmt auch gelesen."

Aber Onkel Calvin zuckte nur mit den Schultern. Wir gingen wieder zurück in den Speisesaal und Großvater Paul sah uns wütend an, als ob er gehört hätte, was wir geredet hatten. Komische Familie, in die ich da geraten war, dachte ich, verdrehte die Augen und war mir fast sicher, dass ich alle hier mal in eine Psychiatrie stecken sollte.

Wir setzten uns wieder auf die für uns vorgesehen Plätze und Smith schenkte den Erwachsenen ein weiteres Glas Ginger Wine ein. Ich bekam nur Orangensaft. Nach einer Weile, so nach anderthalb Stunden, schätze ich, verließen wir den Speisesaal und verabschiedeten uns mit „Gute Nacht", „Bis morgen", „Schlaft gut!" voneinander. Onkel Calvin ging mit Jacob und Evelyn in ihr Stockwerk. Sie wohnten alle im zweiten Stock, wo jeder von ihnen sein eigenes Schlafzimmer hatte, während sie sich das Badezimmer teilten. Im ersten Stock hatten meine Großeltern ihr Schlafgemach und Tante Arista (eigentlich war sie ja meine Großtante, aber jeder hier nannte sie nur Tante, also tat ich das auch) hatte ebenfalls ein Schlafzimmer und ein extra Teezimmer, in dem sie und ihre Freundinnen Karten spielten und Tee tranken. Ab und zu würden sie sich auch einen Film ansehen, erklärte mir Jacob. Ansonsten gab es im ersten Stock nichts. Mr. Smith hatte im Erdgeschoss sein eigenes Appartement neben der Küche. Mom und ich schliefen ganz oben im dritten Stock. Ich hatte zwar noch nicht viel von diesem übernatürlich großen Haus gesehen, aber ich fand unseren Stock irgendwie am schönsten. Mom und ich hatten jeweils ein eigenes Zimmer, wir teilten uns ein schönes Bad und einen kleinen weiteren Raum. Außerdem hatten wir eine kleine Treppe, von der ich nicht wusste, wohin sie führte. Smith brachte unsere Koffer hoch und verschwand dann wieder nach unten. Mom schleppte ihre Sachen in ihr Zimmer und ich meine in meines. Es war schon spät und ich war kurz davor, im Stehen einzuschlafen, deshalb beschloss ich, nur das Wichtigste auszupacken und den Rest dann im Lauf der nächsten Tage. Ich zog mich um und tapste auf Zehenspitzen ins Bad, um meine Zähne zu putzen. Mom war auch da und ich fragte sie, wo die Treppe in unserem Flur hinführe.

„Dachterrasse."

Und ich dachte: *Cool.*

Und: *Von da oben muss man ja ganz Liverpool sehen.*

Und ich dachte auch: *Da muss ich mal hoch.*

Mein Zimmer hatte genau die richtige Größe. Ein großes Bett mit niedlicher Bettwäsche, einen ausreichend großen Kleiderschrank, einen ordentlich großen Schreibtisch, einen flauschigen Teppich, ein paar gut riechende Blumen und wunderschöne Fenster, durch die man im Dunkeln die abertausend Lichter Liverpools sehen konnte. Über meinem Bett hing eine mächtig coole Lampe – die konnte sogar die Farben ändern. Rot, Pink, Violett, Grün, Blau, Orange, Gelb, und, und, und. Ich liebte mein Zimmer. Durch eines meiner Fenster sah ich einer blauen Straßenbahn zu, die im Licht vieler Straßenlampen ihre

Kreise fuhr. Achtmal, schätze ich, fuhr sie im Kreis, bevor ich in einen gemütlichen Tiefschlaf sank.

7.

Ich hatte mich schon gut eingelebt. Eigentlich verstand ich mich mit allen blendend, nur mit Lily nicht. Irgendwas ließ uns einander abstoßen wie zwei gleiche Magnetpole.

Es war Montag und ich war höllisch aufgeregt. Ich ging ab jetzt auf eine neue Schule, dieselbe, auf die auch Lily ging, wie mir Evelyn beim Frühstück sagte. Zum Frühstück gab es Pfannkuchen und Spiegelei. Ich aß einen Pfannkuchen und ein halbes Spiegelei – ich musste mich erst noch an das deftige englische Frühstück gewöhnen. Danach ging ich duschen, zog eines meiner schönsten Kleider an und schminkte mich mit Moms Schminke. Die hielt länger und klumpte nicht so wie meine. Ich putzte mich richtig raus für meinen ersten Schultag in der neuen Schule. Alle sagten, ich würde richtig hübsch aussehen, was ich ehrlich gesagt auch selbst fand. Evelyn brachte Jacob in den Kindergarten, weil Onkel Calvin vor der Arbeit noch unbedingt Zeitung lesen musste ... meinte er jedenfalls. Mr. Smith brachte Lily und mich mit dem schwarzen Bentley zur Schule. Während wir fuhren (immerhin sieben Minuten), sah ich mir die Gegend an. Es sah alles ziemlich ok aus ... für England, meine ich.

„Wir gehen aufs Arthur Wynne College. Er wurde 1871 hier in Liverpool geboren, war ein britischer Redakteur und erfand das Kreuzworträtsel. Nur, dass du das weißt", erklärte Lily hochmütig.

Hielt sie mich etwa für doof? Nur weil ich in Englisch auf einer ziemlich schlechten Fünf stand, hieß das noch lange nicht, dass ich ein Hirn hatte, das so groß war wie eine Erbse. Smith suchte im Rückspiegel mein Gesicht, aber ich drehte mich zur Seite und sah wieder aus dem Fenster. Als wir anhielten, wünschte Smith uns einen tollen Schultag und reichte uns die Taschen. So ziemlich alle staunten, als wir ausstiegen.

„Das ist jeden Tag so. Sie sind alle neidisch auf unser Vermögen, Liz. Sei vorsichtig, was du sagst", belehrte sie mich.

„Schon okay."

Mann, Mann, Mann, so eine Zicke.

Lily wurde ganz automatisch in einen Kreis von Schülern eingeschlossen. Sie strahlte und liebte es ganz offensichtlich im Mittelpunkt zu stehen. Sie ließ mich allein zurück. Ich ging selbstständig über den Schulhof und war irgendwie leicht enttäuscht von ihr. Anfangs hatte ich echt gedacht, sie könnte eine coole kleine Cousine sein (Fehleinschätzung).

Plötzlich tippte mir eine zarte Hand auf die Schulter.

„Hey! Du musst die Neue sein. Liz, nicht wahr? Gut siehst du aus."

Ich drehte mich um und blickte in das freundlich lächelnde Gesicht eines wunderschönen Mädchens.

„Ja", sagte ich. „Dankeschön. Du bist aber auch total hübsch."

Das Mädchen lief leicht rot an. Womöglich hatte sie die gleiche dumme Angewohnheit wie ich. War ich doch nicht ganz allein.

„Scarlett. Scarlett Caroll." Sie reichte mir die Hand.

„Liz Harrison."

Wir schüttelten uns kurz die Hände und sie strahlte. Irgendwie freute ich mich, sie kennenzulernen, denn allein hätte ich mich bestimmt nicht zurechtgefunden in diesem überfüllten College.

„Wir gehen zusammen in eine Klasse. Ms. Sheppard, unsere Klassenleitung, hat uns erzählt, dass wir nach dem Wochenende eine neue Schülerin bekommen werden. Und du bist mir sofort aufgefallen, in deinem Kleid. Du warst so allein, und ich dachte, ich muss meinen siebten Sinn auf die Probe stellen und sichergehen, dass ich mit meiner Vermutung recht habe", berichtete sie.

Ich sah mich um und musste feststellen, dass es wohl stimmte. Ich stach buchstäblich heraus. Jeder trug hier Jeans und einfache Tops oder Shirts.

Na ja, dachte ich, *sie haben ja auch nicht ihren ersten Tag.*

Scarlett ging mit mir nach drinnen. Überall standen Schüler in Gruppen zusammen. Es war so voll, dass man sich seinen Weg erst suchen musste, in der Menge der Jugendlichen.

„Ist das immer so voll?", fragte ich, als wir die Steintreppe in den dritten Stock nahmen.

„Ja. Eigentlich nehmen wir keine Neuen mehr auf. Viel zu viele Schüler, findet der Staat. Keine Ahnung, warum sie dich aufgenommen haben."

Das klang hart. Ich wusste, dass sie es nicht so meinte, denn sie lächelte mich lieb an, aber ich kam mir besonders vor. Nicht besonders gut. Eher besonders schlecht.

„Wir haben jetzt Religion bei Ms. Sheppard. Danach eine Doppelstunde Englisch. Dann einen dreistündigen Kurs Musik und dann haben alle Mittag. Anschließend noch zwei Stunden Geschichte. Das wars dann fürs Erste. Ach ja, kurze Vorwarnung: Zoe ist die Reichste von uns allen. Gegen ihre Eltern sind sogar du und deine superreiche Familie arm. Sie trägt immer Markenklamotten und sieht unglaublich scharf aus. Über die Hälfte aller Jungs des Arthur Wynne College steht auf sie, schätze ich. Am besten legst du dich nicht mit ihr an. Sie ist eine ziemliche Zicke und wenn sie dich hasst, hasst dich die halbe Schule. Ich mag sie eigentlich nicht so besonders gern. Und ...“

Ich muss gestehen, ich hörte ihr nicht mehr wirklich zu. Weil ich 1.) nichts mit den Namen Lucy, Katie, Isaac und Mason anfangen konnte und 2.) aufpassen musste, nicht in irgendeinen im Weg stehenden Menschen zu rennen und 3.) nicht wissen wollte, wer mit wem heimlich rumknutschte und deswegen irgendjemand anderen betrog und welches Mädchen auf einer House-Party mit welchem Jungen geschlafen hatte. *Unnötige Informationen,* dachte ich. Was ich im Nachhinein bereute.

Ich folgte Scarlett in einen Raum, in dem bereits einige Schüler waren. Überall hingen Plakate mit Gebeten oder den Zehn Geboten an den weißen Wänden.

Ich dachte: *Typischer Religionsraum.*

Ich dachte auch: *Ich sehe Zoe.*

Es war nicht schwer, sie zu erkennen. Scarlett hatte recht. Sie sah aus wie eine Märchenprinzessin und die Jungs standen Schlange bei ihr.

Und ich dachte: *Gott sei Dank hab ich Scarlett.*

Scarlett brachte mich zur Lehrerin, also ich nahm an, dass es Ms. Sheppard war. Scarlett setzte sich auf ihren Platz und Ms. Sheppard hielt mich an den Schultern. Pünktlich zum Gong setzte sich jeder auf seinen Platz.

„Liz, unsere Neue, möchte sich gerne vorstellen", sagte Ms. Sheppard. Sie war zwar eine sehr attraktive Frau und wirkte sympathisch, aber sie konnte sich doch nicht so sicher sein, dass ich mich vorstellen wollte. Überhaupt hasste ich es, mich vorzustellen. Ganz besonders in Vorstellungsrunden, in denen sich jeder vorstellen sollte. Unnötige Zeitverschwendung.

Auf Ms. Sheppards Wunsch stellte ich mich also vor.

„Hi. Ich heiße Liz. Liz Harrison. Ich wohne erst seit drei Tagen hier in England. Davor lebte ich in Deutschland und war mir immer sicher, Deutsche zu sein. Na ja, seit Kurzem weiß ich, dass meine Mutter Britin ist. Meine Eltern sind seit ein paar Wochen geschieden, deswegen heiße ich jetzt wie meine Mom Harrison und nicht mehr Schneider. Und meine Hobbys ... ähm ... Ich spiele gerne mit meinem Onkel Backgammon."

Scarlett lächelte und zwinkerte mir zu. Ms. Sheppard klatschte und danach stellte sich jeder Schüler kurz vor. Ich konnte mir nur Zoe, Scarlett, Christian und Cameron merken. Die anderen – 23 waren es, schätze ich – hatte ich schon wieder vergessen. Zoe sprach mit einer gewissen

Arroganz und nannte sich selbst die „Queen of Arthur Wynne College". Scarlett hatte drei kleine Geschwister und eine große Schwester, die schon in der Abschlussklasse war. Scarletts Familie war nicht so reich. Christian und Cameron waren Zwillinge. Christian war sage und schreibe fünf Minuten älter als seine Schwester. Cameron war mächtig scharf. Meiner Meinung nach schärfer als Zoe. Und Christian tat es seiner Zwillingsschwester gleich. Er war der hübscheste Junge in meiner neuen Klasse, musste ich zugeben.

Ich durfte mich neben Scarlett setzen und Ms. Sheppard trat ans Rednerpult.

„Wir werden uns in nächster Zeit mit einem Thema befassen, bei dem jeder das umsetzen sollte, was er in den letzten Wochen gelernt hat. Ist es nicht so, dass wir uns manchmal selbst mehr vertrauen, als zum Beispiel unseren besten Freunden oder unseren Eltern? Ist es nicht so, dass wir selbst unser bester Freund sind? Und ist es nicht auch so, dass wir die größten Geheimnisse nur uns selbst sagen? Dass unser Herz unser eigenes großes Rätsel ist? Und dass wir, wenn wir beten, gar nicht so recht wissen, was genau uns wichtig erscheint, sodass wir manchmal gar nicht wissen, was uns fehlt?"

Ms. Sheppard redete die restliche Zeit davon, dass wir auch mal an andere denken sollten, an unsere Freunde und nicht nur an uns selbst, sondern an arme Menschen zum Beispiel und an deren Leid. Und dann sollten wir uns Gedanken über unsere Wünsche machen, und wir kamen zu dem Entschluss, dass unsere Wünsche oftmals ziemlich überflüssig sind und wir uns mehr über Arme den Kopf zerbrechen sollten, als über irgendwelche Computerspiele. Ich fand, Ms. Sheppard hatte recht, und ich fand ihren Unterricht gut.

Der Rest des Tages verlief eigentlich ganz normal. In Englisch lernten wir ein neues Gedicht von Shakespeare kennen und sollten es bis Mittwoch auswendig können – ich war mir sicher, ich würde nicht mal die Hälfte davon schaffen. In Musik sahen wir uns erst eine Doku über die Beatles an und danach sollten wir in Gruppen Infoplakate über das Gesehene machen. Ich arbeitete mit Scarlett, Kathie und Isaac zusammen. Da ich nicht wirklich viel über die Beatles wusste und ehrlich gesagt während des Films aus dem Fenster in den schönen Garten geschaut hatte, überließ ich das Sammeln von Infos lieber den anderen und schrieb diese dafür auf das Plakat. Am Ende würde das schönste Plakat im Schulflur aufgehängt und der Rest im Musiksaal. Das schönste Plakat hatte natürlich Zoe und ihre Gruppe. Sie arbeitete ausschließlich mit Jungs zusammen.

Isaac und Katie waren ganz nett. Isaac lud mich sogar zum Backgammon-Abend zu sich nach Hause ein. Ich sagte, dass ich mir das noch mal überlegen müsse, und er gab mir seine Nummer. Na ja, eigentlich musste ich erst meine Mom fragen, aber ich benutzte die Sache mit dem Überlegen als Ausrede, weil es mir peinlich war, zu einem Jungen wie Isaac sagen zu müssen, dass ich erst meine Mom fragen müsste. Isaac war zwar bei weitem nicht so hübsch wie Christian, aber er war schon ganz beliebt und außerdem ziemlich cool drauf. Und er war mit Scarlett befreundet, was heißen musste, dass er auch nett war. Katie war auch mit Scarlett befreundet und auch ganz freundlich. Ihr gefiel mein Aussehen, das sagte sie jedenfalls.

Zu Mittag aßen wir in der Kantine. Es gab Schnitzel mit Pommes. Schmeckte relativ gut. Ich saß mit Scarlett, Isaac, Katie, Christian und Cameron an einem Tisch. Lily entdeckte ich bei Zoe am Tisch.

Aha, Lily ist also auch so eine Zoe. Nur in klein. Na toll.

Nachdem wir gegessen hatten, gingen wir in den Garten, den ich vom Musiksaal aus betrachtet hatte. Isaac führte uns über einen kleinen Bach zu ein paar alten Baumstämmen, die auf dem Boden lagen, und wir setzten uns. Isaac zog eine Schachtel Marlboro aus seiner Jackentasche und bot uns allen eine Zigarette an. Nur Christian nahm sein Angebot an.

„Ist das nicht gefährlich. Also ich meine, erwischt zu werden?", fragte ich.

„Liz, wir rauchen hier schon seit wir an dieser Schule sind, und bis jetzt hat uns noch keiner gesehen", sagte Isaac.

„Und verpetzt?"

„Nein. Hierher kommt normal niemand außer uns. Den andern ist es hier im Winter zu kalt, im Sommer zu heiß, oder es sind ihnen zu viele Mücken. Außerdem hat Christian mal einer Horde von Mitschülern die Nasen blutig geschlagen, als sie hier aufkreuzten. Seitdem traut sich hier niemand mehr hin."

„Ich finds hier eigentlich recht angenehm."

„Wir auch", bestätigte Cameron.

„Und warum raucht ihr?"

„Weißt du Liz", begann Christian, „hier im College gibt es zwei Gruppen von Schülern. Die Reichen, zu denen du eigentlich auch gehörst, weil du eine Harrison bist, und die weniger Reichen. Die weniger Reichen, deren Eltern normale Arbeiter sind, nennen die Reichen Mondlampen. Keine Ahnung, wieso. Ist schon immer so. Als Tarnname sozusagen. Du kannst das Wort vor jedem Lehrer oder jeder Mondlampe sagen, keiner würde verstehen, was du meinst. Dich würde nur jeder für bescheuert halten, weil der Satz meistens keinen Sinn ergibt, weil alle denken, du meinst eine Lampe, die wie ein Mond aussieht, oder so was. Auf jeden Fall hast du hier verloren, wenn du keine Mondlampe bist. Deshalb rauchen wir – um den ganzen Mist für eine kurze Zeit einfach zu vergessen. Einfach Mal nicht dran denken. Verstehst du?"

Ich verstand es nur zum Teil. Einerseits war klar, dass sich die, ich nenn sie mal „Armen" von den Mondlampen benachteiligt fühlten, andererseits fand ich die Sache nicht ganz fair, jemanden wegen seines finanziellen Status einzuordnen.

„Klar", sagte ich, und irgendwie kam ich mir komisch vor, so als einzige Mondlampe in einer Gruppe von weniger Reichen.

Jonas zog an seiner Zigarette und blies mir seinen Rauch mitten ins Gesicht. Ich hatte noch nie so stark Zigarettenrauch eingeatmet und keuchte wie ein Fisch, der kurz vor dem Austrocknen war.

„War das jetzt deine Rache dafür, dass ich eine Mondlampe bin?", fragte ich etwas gekränkt, als ich wieder normal atmen konnte.

Isaac schüttelte den Kopf.

„Es ist nur … Weißt du, wenn du 410 Äpfel isst und in jedem der Wurm ist, bist du dir eigentlich sicher, dass in deinem 411. Apfel auch der Wurm ist. Nicht wahr?" Er suchte fragend in den Gesichtern der anderen Antimondlampen. Ich hatte verstanden, dass er mit den Äpfeln nicht Äpfel meinte, sondern die Mondlampen, und mit dem 411. Apfel nicht einen Apfel, sondern mich. Und ich verstand auch, dass er etwas skeptisch war, weil ich eben zu den Mondlampen gehörte. Nur wusste ich gar nicht, wie sich Mondlampen so aufführten. Ich stand auf und ging. Gott sei Dank hatte mir Scarlett vorher gezeigt, wo wir unseren Geschichtskurs hatten.

„Falls wir uns verlieren", hatte sie gesagt.

Ich ging also in den Geschichtsraum. Außer mir war noch niemand da. Ich setzte mich auf irgendeinen Platz und hoffte, dass er noch frei wäre.

Ich dachte: *Toller erster Tag …*

Und ich dachte: *Kopf hoch, bald holt dich Smith wieder ab.*

Ich dachte: *Och nö, Mr. Smith.*

Scarlett setzte sich neben mich.

„Tut mir leid."

Ich hatte sie gar nicht kommen gehört und gluckste deswegen nur ein erschrockenes „Schon ok."

Isaac setzte sich auf der anderen Seite neben mich, Katie neben Isaac und Cameron und Christian neben Scarlett.

Als Dr. Hawkins den Klassenraum betrat, fiel mir auf, dass Zoe fehlte. Ich fragte Scarlett: „Wo ist Zoe?"

„Sie nimmt nie am Nachmittagsunterricht teil. Sie sagt zwar immer, sie habe Arzttermine oder so was, aber das glaubt ihr schon lange keiner mehr. Schon irgendwie komisch, wenn man 280 Tage hintereinander Arzttermine hat, findest du nicht auch? Alter, jeder denkt einfach, dass sie blaumacht, shoppen geht oder so 'ne Scheiße, aber sie selbst glaubt, dass wir ihr glauben. Sogar ihre Fans glauben es nicht. Sie geben es nur nicht zu."

„Warum geht ihr damit nicht zur Schulleitung?", fragte ich.

„Weil, wie ich schon sagte, keiner mit ihr Streit haben will."

Ich wollte eigentlich noch fragen, warum ihre Eltern die ganze Sache erlaubten, aber Dr. Hawkins schickte ein Mädchen mit pechschwarzen Haaren vor die Tür, weil sie mit ihrer Freundin gequatscht hatte. Sie musste die ganze Stunde die Türklinke nach unten drücken und jedes Mal, wenn ihre schwachen Finger nachgaben, stürmte Dr. Hawkins nach draußen und erteilte ihr noch eine zusätzliche Schreibarbeit. Also hielt ich lieber meine Klappe.

Während Dr. Hawkins eine Prüfung über den Hundertjährigen Krieg gegen die Franzosen von 1337 bis 1453 ankündigte, über die tragische Niederlage Englands einen Vortrag hielt und ich mir auf meinem Ringbuch Notizen machte, schob mir Isaac sein Ringbuch zu.

Er hatte auf den Rand seines Ringbuches geschrieben: „tut Mir leid wegen vorhin. hatte Das Nicht So gemeint. kannst Nichts Dafür. kommst Du Trotzdem Noch Zu Meinem Legendären spieleabend?

Und ich schrieb auf mein Ringbuch: „Ja, klar. Schon vergessen. Interessante Groß- und Kleinschreibung."

Und er schrieb auf sein Ringbuch: „ich Finde, Kleine wörter Haben auch Das recht, Ganz Groß Rauszukommen. ich Mag Dich."

Coole Sache, dachte ich. Und weil ich lieber Dr. Hawkins zuhörte, um nicht gleich eine Sechs zu kassieren, zwinkerte ich Isaac nur zu. Nicht, dass ich eine superlernbegeisterte Megastreberin war oder keine Lust hatte, mit dem beliebtesten Antimondlampenjungen Zettel zu schreiben, aber es machte Spaß, Dr. Hawkins zuzuhören. Wie er sprach, mit so einer Leidenschaft, als wäre er selbst Franzose und hätte in der ersten Reihe mitgekämpft. Ich war so vertieft, Dr. Hawkins zuzuhören und mir nebenbei Stichpunkte zu notieren, dass mich der Stundengong völlig überraschte. Als ich von meinem Ringbuch aufsah, war die Hälfte der Klasse schon verschwunden. Nur Isaac und Scarlett sahen mir zu, wie ich alles in meine Tasche packte.

„Wo sind die anderen?", fragte ich.

„Du fragst ziemlich viel", stellte Scarlett fest und lachte.

„Schon vorgegangen. Katie braucht noch ein Ostergeschenk für ihre kleine Schwester und Christian und Cameron werden von ihrer Mom abgeholt. Die wartet ungern."

Isaac schenkte mir ein freches Lächeln.

Wir gingen auf den Schulhof und genau dort, wo ich Scarlett zum ersten Mal gesehen hatte, umarmte sie mich zur Verabschiedung. Ehrlich gesagt zerdrückte sie mich fast.

„Freut mich, dich kennengelernt zu haben", sagte sie. „Isaac schickt mir deine Nummer."

Isaac lachte und klopfte mir auf die Schulter.

„Freut mich auch."

Mr. Smith parkte unter einer alten Eiche und Lily saß schon im Wagen.

„Wie es aussieht, hat unsere große Liz ja schon zwei ganz nette Freunde kennengelernt", zischte Lily irgendwie leicht gekränkt.

Smith warf ihr einen warnenden Blick zu.

„Freu dich doch für sie. Wenn ich mich recht erinnere, hattest du in den ersten Monaten nicht so viel Glück bei deiner Freundessuche."

Sie wurde rot und sah beschämt aus dem Fenster. Ich musste mir das Lachen verdrücken. Während wir nach Hause fuhren, redete keiner von uns. Erst als wir in die Straße mit dem Harrison-Haus einbogen, brach Smith die eigentlich nicht störende Stille.

„Ach Lily, sei doch nicht so beleidigt."

Aber Lily verschränkte, weil sie eben beleidigt war, die Arme. Da ich sie heute Mittag mit Zoe in der Kantine gesehen hatte, fragte ich sie, was sie von Zoes nachmittäglicher Abwesenheit halte. Sie sah mich so abgestoßen an, wie mich noch nie jemand angesehen hatte, atmete durch die Zähne aus und schrie: „Zoe hat halt ihre Arzttermine! Lasst sie doch einfach mal in Ruhe!"

Smith ließ uns auf dem Kies aussteigen und brachte den Bentley in die unterirdische Garage.

So spektakulär kann dieses Geheimnis gar nicht sein.

In diesem Moment schwor ich mir (leise natürlich), dass ich diesem Geheimnis auf den Grund gehen würde – und wenn ich dafür verbotenerweise in die Garage gehen musste.

Zu Abend gab es das Gleiche wie sonntags und samstags – nur dass ich zum ersten Mal richtig Hunger hatte. So ein erster Schultag ist ziemlich anstrengend. Nach dem Essen ging ich wie gewöhnlich in mein Zimmer. Ich packte meine Tasche für den nächsten Tag und ging online. Isaac hatte mir geschrieben.

ISAACSCOOLERMEGABLOG: Sorry noch Mal wegen Heute.

LIZHARRISON14: Erinnere mich bloß nicht daran.

ISAACSCOOLERMEGABLOG: Na, du zuckerpuppe, Wie siehts Aus Mit Unserem backgammonspielchen?

LIZHARRISON14: Bin dabei.

(Was natürlich gelogen war. Ich hatte Mom noch nicht gefragt.)

ISAACSCOOLERMEGABLOG: freu mich. sorry zuckerpuppe, Das essen Ruft. bis Bald.

Zuckerpuppe. Ich musste schmunzeln. War schon ziemlich lange her, dass irgendwer so was zu mir gesagt hatte. Angeblich hatte er noch nicht gegessen, was schade war – ich hätte gern noch ein bisschen mit ihm geschrieben. Wenige Minuten später rief Scarlett an. Sie erzählte mir ein paar Geschichten über Zoe und ihre Fans und die Mondlampen. Vor ein paar Wochen hatten die Antimondlampen den Mondlampen einen Streich gespielt. Während die Schulleitung alle in der Aula begrüßte und ein Mann von der Polizei einen Vortrag über Drogen und Vergewaltigung hielt, hatte sich eine Antimondlampe aus der Unterstufe aus der Aula geschlichen und alle Schließfächer der Mondlampen mit Pisse angespritzt. Sie erzählte noch mehr solche Streiche und ich fand es komisch, da ich ja eigentlich auch eine Mondlampe war. Dann quatschten wir noch ein bisschen über alles Mögliche, bis ich schlafen ging.

8.

Ich dachte noch lange über die Sache mit Isaac, den Mondlampen und den Antimondlampen, Lily und Zoe nach, sodass ich erst nach Mitternacht einschlief, schätze ich.

Ich wachte deshalb am nächsten Morgen völlig verschlafen auf.

„Hast du dich gestern in eine Schlägerei geworfen?", fragte Mom mit kritischem Blick auf meine Augen.

„Nein, wieso?"

„Schau dich mal im Spiegel an."

Und als ich dann im Bad vor dem Spiegel stand, wurde mir klar, was Mom meinte. Wegen des wenigen Schlafs waren meine pechschwarzen Augenringe fast so groß wie Untertassen. Ich klatschte mir Moms Concealer ins Gesicht, was ein mächtiger Fehler war, denn der Concealer war a) nicht mein Hauttyp, das heißt, dass er auch b) nicht deckte und somit c) meine Augenringe noch betonte. Ratlos sah ich Mom an, die mir dann Gott sei Dank (wegen des Zeitmangels, da ich verschlafen hatte) mit dem Schminken half. Ich verzichtete aufs Frühstück, damit ich meine Haare noch kämmen und zusammenbinden und mich umziehen konnte. Hastig lief ich die Marmortreppe hinab. Erst in den Stock von Onkel Calvin und seiner Familie, dann in den von meinen Großeltern und Tante Arista und dann ins Erdgeschoss, wo Mr. Smith schon nervös, wegen meiner Verspätung von einer

Minute und drei Sekunden (hier im Harrison-Haus wird Pünktlichkeit mächtig großgeschrieben), den Wagenschlüssel hektisch hin und her schwingen ließ.

In der Schule verlief alles ganz ok. Wir hatten erst eine Doppelstunde Sport, wo wir Fünferteams bilden und Volleyball spielen mussten. Zoe hatte natürlich ein Attest vom Arzt. Scarlett meinte, Zoes Schminke würde beim Schwitzen verwischen, da ihre Hand nicht aussah, als wäre sie gebrochen (was auf dem Schreiben vom Arzt stand). Dann schrieben wir bei Dr. Hawkins einen Test über die Entstehungsgründe des Hundertjährigen Kriegs – ziemlich unfair, fand ich, da er am Tag zuvor über das Ende des Krieges gesprochen hatte. Waren meine Notizen doch umsonst gewesen. Und bei Ms. Sheppard sahen wir einen Film über die armen Menschen in Afrika.

In der Kantine steckte mir Isaac einen Zettel zu.
„heute 17 uhr spieleabend."
Als Antwort legte ich ihm mit den Buchstabennudeln meiner Suppe „Okay". Heute war Buchstabensuppentag, wie jeden Dienstag.
Nachdem alle gegessen hatten, gingen wir wieder in den sogenannten Baumstammpalast. Sie hatten ihn so getauft, weil es für sie ein Palast war und Baumstamm kam von den vielen alten Stämmen, die auf dem Boden lagen und als Sitzfläche dienten.
Cameron fragte Katie, ob sie am Tag davor noch ein schönes Ostergeschenk für ihre kleine Schwester gefunden habe, und Katie nickte und zog einen braunen

Plüschhasen aus ihrer Tasche. Er sah niedlich aus, und ich musste bedrückt feststellen, dass ich noch keine Ostergeschenke für meine Familie hatte. Aber das belastete mich nicht mehr, als Christian mit mir zu reden begann.

„Du hast gesagt, du kommst aus Deutschland?"

„Ja, schon."

„Ist es dort schöner als hier?"

„Ja, klar. Na ja, ich hab ja noch nicht viel von Liverpool und so gesehen ... Vielleicht ist es hier auch ganz nett. Aber wisst ihr, Deutschland ist meine Heimat, und als Deutsche fühlt sich es doch ganz anders an, in Deutschland zu leben, als in England."

„Aber du bist doch zur Hälfte Britin?", fragte Katie.

„Stimmt ... Vergesse ich andauernd. Ich meine ... dir wird 14 Jahre erzählt, dass du Deutsche bist, und dann von heute auf morgen musst du so tun, als seist du Halbbritin."

„Das tut mir leid." Scarlett war es, die das sagte und sie sagte es ehrlich. Ich spürte es, obwohl ich auf den Boden schaute und nicht sah, wer redete.

Als ich wieder aufblickte, kramte Isaac aus seiner Tasche wieder eine Schachtel Marlboro.

„Hast du auch Geschwister? Katies kleine Schwester ist *so* süß. Die musst du unbedingt mal sehen", schwärmte Cameron.

„Ja. Einen kleinen Bruder. Bill. Aber na ja ..." Ich schluckte.

Isaac sah kurz auf.

„Aber was?" fragte Cameron.

„Ich weiß nicht, ob er noch lebt."

Ich merkte, wie mir jegliche Farbe aus dem Gesicht wich und Isaac ließ seine Schachtel Marlboro fallen und sah mich erschrocken an. Ich fing an zu weinen. Eigentlich wollte ich gehen. Keiner sollte mein betrunkenes Waschbärengesicht kennen, doch mir fehlte dir Kraft.

Scarlett erhob sich von ihrem morschen Baumstamm und kam zu mir. Sie legte ihren Arm um mich. Es fühlte sich gut an, jemanden zu haben, der für einen da war. Es fühlte sich so an, als würden wir uns schon ewig kennen. Sie ließen mich weinen. Solange, bis ich nicht mehr weinen konnte, weil ich keine Tränenflüssigkeit mehr hatte, und ich den schrecklichen Gedanken hatte, Blut weinen zu müssen, würde ich weiterweinen.

Als ich mich in den Armen von Scarlett wieder aufrichtete, fragte Christian ganz sanft, ob er, also mein Bruder, nicht mit nach England gezogen sei, und ich schüttelte den Kopf.

Katie, Cameron, Isaac, Scarlett und Christian sahen sich an. Isaac gab Christian eine Zigarette, steckte sich selbst eine in den Mund, fragte die anderen mit einem Augenbrauenhochziehen (jeder lehnte dankend ab) und steckte mir eine in die Hand.

„Rauch", sagte er. „Rauch einfach!" Und noch mal: „Rauch!", als ich die Zigarette immer noch in der Hand hielt.

Scarlett nickte mir zu und ich legte die Zigarette vorsichtig an meine Lippen.

„Und?"

Ich nahm einige Züge.

„Hilft."

Als Nichtraucher hätte ich nicht gedacht, dass eine Zigarette den Kopf glücklicher machen könnte. Liegt wahrscheinlich an dem ganzen Nikotin, das drinsteckt. Eine Zigarette war für mich fortan ein Heilmittel, das half, wenn alles versagte. Ich wusste, dass es eigentlich ungesund war. Und ich wusste, dass ich einem Ding, das nicht mal selbst fähig war, zu leben, die Kraft gab, meine Lunge und mich irgendwann zu töten. Aber ich wusste auch, dass nichts gegen den seelischen Schmerz zu tun, auch falsch war.

Danach hatten die anderen ihren Physikleistungskurs. Scarlett und ich warteten vor dem Physiksaal auf sie. Ich erzählte ihr, was an dem Tag, als Bill verschwand, geschah und wie ich zum ersten Mal im Harrison-Haus war (also das erste Mal, an das ich mich erinnern kann) und wie es vorher war, als wir noch alle zusammen in Deutschland gewohnt hatten. Und dann erzählte sie mir, wie bekannt das Harrison-Haus war und wie reich meine Familie. Irgendwie fand ich es unheimlich, dass so viel über uns bekannt war. Aber irgendwie war es auch gut. Ich fragte sie zum Beispiel, ob sie irgendwas von dem Garagengeheimnis wisse. Sie sagte, dass es ein mächtiger Schock gewesen sei, als Ava starb, und dass niemand glaube, dass das Herz an ihrem Tod schuld gewesen sei. Mehr wisse sie auch nicht, aber sie riet mir, mit Calvin oder Tante Arista zu reden, und vielleicht sollte ich Paul darauf ansprechen, um zu testen, wie er reagieren würde.

Als ich zu Hause war, duschte ich erst mal. Ich hatte den üblen Verdacht, nach Zigarettenrauch zu riechen. Ich büffelte noch ein bisschen Englischwortschatz und war erstaunt, wie leicht mir das fiel. Das mit dem Geheimnis unserer Garage verlegte ich auf die nächsten Tage.

Während Smith und Mom mich zu Isaac (keine Ahnung woher sie wussten, wo er wohnt) fuhren, studierte ich noch schnell die Regeln für das Spiel. Das letzte Mal, dass ich Backgammon gespielt hatte, lag Jahre zurück. Ich war vielleicht zehn gewesen oder so.

Isaac hatte, dafür dass er eine Antimondlampe war, ein ziemlich tolles Haus. Seine Eltern waren heute Abend ausgegangen. Isaac hat keine Geschwister und zeigte mir, bevor er mir die anderen Gäste vorstellte, sein übernormal großes Zimmer. Ich musste zugeben, es war sogar größer als meines und das meiner Mom zusammen und wir waren Mondlampen, wohl gemerkt. Er hatte aufgeräumt. Über seinem Bett hing ein Foto von ihm, Scarlett und den Zwillingen ein wenig schief an der Wand. Daneben hing ein Foto mit demselben Motiv, genauso schief, aber die vier waren, schätze ich mal, vier Jahre älter. Die Bilder verrieten mir, dass die Freundschaft zwischen den vieren etwas ganz Besonderes war.

Isaac nahm mich an der Hand und führte mich ins Wohnzimmer, das bereits voll anderer Gäste war. Seine Eltern, oder wer auch immer dieses Wohnzimmer eingerichtet hatten, hatten Stil. Von den Vorhängen bis zur

Chipsschüssel, vom Couchtisch bis zum Türknauf – alles war perfekt aufeinander abgestimmt.

Draußen auf der Terrasse, die man vom Wohnzimmer aus betreten konnte, standen große Tische, an denen schon einige spielten. Auf einem Ledersessel saß ein Junge. Er wäre mir gar nicht aufgefallen, doch starrte er direkt in unsere Richtung. Ich hatte ihn noch nie gesehen.

Isaac brachte mir einen Limetten-Cocktail.

Wie mich dieser Junge so anstarrte, musste ich mich im Spiegel an der Wand neben mir anstarren, um zu überprüfen, ob ich wirklich gut aussah. Ich hatte eine hellblaue Jeans an, die an den Knien zerrissen war, und ein weißes Top mit schwarzen Streifen. Meine Haare hatte ich noch schnell zu einem Zopf geflochten. Meine Wimperntusche war mit Sicherheit verklebt. Hätte ich bei *Shopping Queen* mitgemacht, hätte mir Guido Maria Kretschmer mit Sicherheit nicht mehr als vier von zehn Punkten gegeben.

Ich sah aus dem Fenster und tat so als würde ich den Jungen überhaupt nicht sehen. Als ich mich wieder nach Isaac umsah, merkte ich, wie sein Blick immer noch an mir klebte. Zum ersten Mal in meinem Leben verstand ich, warum es anstarren hieß – in der Zeit, in der er mich ansah, hatte er sich kein bisschen bewegt, und es waren mehr als fünf Minuten, schätze ich. Seine Augen waren nur auf eines gerichtet und sahen nichts anderes an. Er sah aus wie eine Leiche oder eine Statue oder beides oder eine Wachsfigur von Madame Tussaud.

Er hatte denselben intensiven Blick, den man auf der Haut spürt, wie Mom. Ich fühlte mich unwohl, irgendwie beobachtet. Ich wurde unruhig und setzte mich, weil ich sonst nirgends einen freien Platz entdecken konnte, auf die Zweiercouch, fünf Meter von diesem Jungen entfernt.

In meinem Augenwinkel konnte ich unscharf erkennen, dass er mich immer noch beobachtete. Seine Haltung blieb gleich, nur seine Augen wanderten. Fiebernd überlegte ich, was ich tun sollte und wie ich es tun sollte und wie es am besten aussehen würde und ob es ihm gefallen würde.

Ehrlich gesagt war der Typ schon süß. Wenn man von einem nichtsüßen Jungen angestarrt wird, ist es entweder fast schon sexuelle Belästigung oder man sollte sich für irgendetwas schämen. Aber bei einem süßen Jungen ist das ... na ja ... anders. Aber das Gefühl, beobachtet zu werden, hat man bei einem süßen Jungen leider auch. Und süße Jungs stalken besser als das FBI.

Ich sah auf mein Handy. 17:03 Uhr. Für diese Uhrzeit war es hier schon ziemlich überfüllt. Ich wusste gar nicht, dass Isaac so viele Freunde hatte, und sah mich nach ihm um. Er führte gerade neue Gäste ins Wohnzimmer, hielt sie aber nicht an der Hand, so wie er mich an seiner Hand geführt hatte.

Als ich von Isaac zur Terrasse schaute, fiel mein Blick unpassenderweise wieder auf diesen hammersüßen Typen. Er starrte immer noch. Irgendwann beschloss ich, es wäre besser, zurück zu starren, in der Hoffnung, er würde dann endlich mal aufhören. Und so sah ich ihn von oben bis unten an. Er war groß, fast zu groß für den Sessel, auf dem er saß. Er war zwei, drei Jahre älter als ich, schätze ich, hatte eine Hand lässig in der Tasche seiner Jeans. Nach einer Weile musste er grinsen, und dann endlich sah er mit seinen funkelnden Augen weg. Ich atmete erleichtert auf, aus irgendeinem Grund war es anstrengend, von ihm angestarrt zu werden.

Ich folgte seinem Blick. Er blieb bei Isaac hängen, der auf uns zukam. Er schob die Zweimanncouch (ohne mich zu fragen) ganz nah zu dem Sessel, auf dem der rattenscharfe Typ saß. Ich spürte, wie meine Wangen zu glühen begannen, und hundertprozentig waren sie so rot wie überreife Tomaten. Isaac setzte sich neben mich. Er füllte mein Glas erneut, fuhr ganz kurz mit seinem Finger über meine Hand und machte es sich neben mir gemütlich.

„Wie heißt sie?"

O mein Gott! Er hatte eine verdammt sexy Stimme, war grundsätzlich zum Umfallen sexy, was mir aber erst auffiel, als ich ihm das Monopol aufs Starren nahm.

„Liz." Isaac antwortete für mich.

Vielleicht hatte er meine Sprachlosigkeit bemerkt. Keine Ahnung, wer dieser Typ war, aber er versetzte mich, ohne dass er es vielleicht merkte, in Verlegenheit. Ich war noch nie so verlegen gewesen, wie in diesem Moment. Ich hatte null Plan, wie ich mit dieser Situation umgehen sollte.

„Und wie noch?"

„Harrison", sagte ich, erleichtert, in seiner Gegenwart überhaupt einen Ton rauszubekommen. Meine Stimme bebte.

„Liz, das ist Augustus Winterbuttom." Isaac lächelte ihm zu.

Augustus Winterbuttom ... Wahnsinn! Der Name macht ihn noch attraktiver, als er eh schon war.

Augustus reichte mir seine Hand, er lachte. Seine Zähne waren gepflegt und weiß. Isaac schob uns einen Backgammonkasten zu.

„Ich lass euch dann mal lieber alleine."

Er stand auf, zwinkerte mir zu und klatschte bei Augustus in die Hand – und schon war er in der Menschenmenge verschwunden.

„Wie gehts dir?"

Sein Grinsen war so groß, dass es auf seinem Gesicht fast keinen Platz mehr hatte.

„Oh, ich würde sagen den Umständen entsprechend scheiße. Und selbst?"

„Ich fühle mich wie in einem Traum, Liz."

„Wie in einem Traum?!" Ich schüttelte den Kopf.

„Wie in einem Traum", wiederholte er.

Ich verdrehte die Augen. Ich kannte zwar viele schlechte Anmachsprüche, aber das war mit Abstand der schlechteste, den ich je gehört hatte.

„Du bist süß, wenn du deine Augen verdrehst."

„Das sagst du doch nur, um mein Selbstbewusstsein zu manipulieren."

Ich sah verlegen nach unten und begann die weißen Spielfiguren von den schwarzen zu trennen. Ich spürte Augustus' Blick auf meinem Kopf und musste grinsen.

„Weiß beginnt, schwarz gewinnt!" Ich schob ihm die weißen Figuren zu.

Er lachte. Ich sah immer noch auf das Spielbrett, aus Angst, bei seinem Anblick wieder in Sprachlosigkeit zu verfallen, und dieses Mal war kein Isaac da, der mir das Sprechen abnehmen würde.

Doch Augustus zog meinen Kopf vorsichtig nach oben, sodass ich wieder in sein Gesicht sehen konnte. Er hatte tolle blaue Augen.

„Warum geht es dir den Umständen entsprechend scheiße?" Er grinste noch breiter und ich schloss für ein paar wenige Sekunden die Augen.

Ich dachte: *Sag was! Sag was! Sag was!*

Aber meine Zunge war schwer. So schwer wie eine überfüllte Einkaufstasche, wegen der sich der Fußweg nach Hause so anfühlt, wie die letzten Meter eines 24-Stunden-Marathonlaufes. Er sah mich fragend an.

„Na ja ...", quetschte ich aus mir. „Na ja. Kennst du das Gefühl, vor jemandem zu sitzen, der deine wenigen Gehirnzellen lahmlegt und dein Herz zum Schmelzen bringt?"

„Um ehrlich zu sein: Ja."

Er nahm eine Spielfigur und machte seinen ersten Zug, rutschte etwas nach vorne und flüsterte: „Liz, mir geht es *jetzt* so."

Ich machte meinen ersten Zug. Eigentlich wollte ich etwas Schlaues sagen, aber meine Zunge machte mir einen Strich durch die Rechnung und deshalb schwieg ich.

Ich muss sagen, ich hatte in meiner Vergangenheit viele Jungs kennengelernt, abserviert, kennengelernt, zusammen mit ihnen geliebt, aber keiner hatte es geschafft, auf den ersten Augenblick mein kleines Herz zu erobern. Ich wollte es am Anfang nicht wahrhaben, aber ich spürte, dass mein Herz bereits in Flammen für ihn stand.

Wir spielten acht Runden. Fünf gewann ich, den Rest er. Danach spielte ich drei gegen Isaac. Er gewann nur eine. Augustus Winterbuttom sah uns dabei zu.

„Du spielst gut, Liz. Macht Spaß, dir zuzusehen", sagte er hin und wieder, und jedes Mal verwandelten sich meine Wangen in eine rot leuchtende Straßenampel.

Es war schon ziemlich spät und ich wollte Mom eigentlich schreiben, dass sie mich abholen könne, doch Augustus, dieser Schlingel, riss mir mein Handy aus der Hand und schrieb stattdessen: „gehe mit augustus winterbuttom einen film sehen. komme etwa in zwei stunden. er bringt mich nach Hause."

Ich dachte mir: *Anscheinend bin ich hier die Einzige, die richtig schreiben kann.*

„Wir gehen einen Film gucken?", fragte ich.

„Sieht so aus."

Er verabschiedete sich von ein paar Freunden und ich mich von Isaac.

„Du musst mir morgen unbedingt erzählen, was noch passiert ist. Klar?"

„Alles klar."

Draußen nahm Augustus meine Hand und fädelte sie in seine. Mit der anderen zog er zwei Kinokarten aus der Hosentasche.

„Wo hast du die her?"

„Geheimnis."

Er stieß mich sanft in die Seite und lachte.

Wir gingen also Hand in Hand ins Kino, um kurz vor Mitternacht einen Film zu sehen. Ich fragte mich, warum er mit mir händchenhaltend gehen wollte, aber ich fand es schön. Seine Hand war viel größer als meine, und er wärmte mich mit seiner Körperwärme. Es tat gut, seine Hand zu halten. Schließlich war es die Hand von *Augustus Winterbuttom*.

Wir sahen uns *Pitch Perfect 2* an, was nicht unbedingt mein Lieblingsfilm war, und ich fand es irgendwie leicht unnormal, dass ein Junge auf *Pitch Perfect* stand. Außer uns war niemand da, der den Film sehen wollte. Logisch, es war fast Mitternacht. Augustus hatte uns Popcorn gekauft und mich in die letzte Reihe gezogen. Da ich ziemlich müde war, verschlief ich fast den ganzen Film, was nicht weiter schlimm war, da ich mich an Augustus Schulter lehnte. Als ich aufwachte, sah ich, dass er einen Arm um mich gelegt hatte, und musste schmunzeln, als ich die streichelnden Bewegungen an meiner Taille spürte. Ich sah ungefähr die ersten zehn und die letzten fünf Minuten des Films, aber für mich war der eigentliche

Film, dass Augustus seinen Arm um mich gelegt hatte. Seine Augen starrten auf die große Leinwand, er fischte die letzten Popcornkrümel aus der Tüte, und als er merkte, dass ich aufgewacht war und ihn beobachtete, strahlte er mich an. Sein Lächeln war aufregend. Ich hatte Herzklopfen. Es wollte nicht mehr aufhören.

Eigentlich hatte Mom mir beigebracht, nicht mit fremden Leuten mitzugehen, und eigentlich war Augustus ein Fremder für mich, aber ich hatte das brennende Verlangen, ihn besser kennenzulernen.

Augustus hatte ein Taxi gerufen, das uns nach Hause brachte. Anscheinend ahnte er, dass ich trotz meines Schlafs noch extrem müde und somit nicht fähig war, vom Kino nach Hause zu laufen.

Als ich ausstieg, stieg auch er aus und brachte mich über den Hof zur Haustür – sein Arm immer noch an meiner Taille klebend. Ich blieb in der Haustür stehen, und als er dann wieder ins Taxi gestiegen war, sah ich dem Fahrzeug so lange nach, bis es im Dunkeln verschwand.

Außer Smith und Mom war niemand mehr auf. Ich war zu müde, um mich auszuziehen, also schlief ich in Jeans. In der Nacht träumte ich dann von Augustus und hoffte, ihn irgendwann wiederzusehen. Ich hatte überlegt, wer er wirklich war, und ob er dasselbe fühlte wie ich oder mein Verhalten einfach nur lächerlich fand. Und jedes Mal, wenn ich an ihn dachte, begann mein Herz zu rasen, und automatisch zogen sich meine Mundwinkel nach oben.

9.

Als ich aufwachte, hatte ich das Gefühl, mächtig in Augustus Winterbuttom verliebt zu sein. Er hatte seinen Namen blitzschnell in mein Herz eingraviert. Schneller als ich dachte. Schneller als ich wollte. Schneller als ich es verhindern konnte. Er hatte ins Blaue geschossen und direkt ins Schwarze getroffen.

Nachdem ich mich zurechtgemacht hatte, ging ich frühstücken. Heute hatte Lily Geburtstag. Auf der riesigen Tafel stand eine Riesentorte und auf dem Boden vor dem Kamin standen unzählige Geschenke. Sie bekam das neue Apple-MacBook, zehn neue Designerkleider, drei Paar neue Schuhe, eine neue Handtasche, eine neue Digitalkamera, ein neues Handy, eine neue Schultasche, vier neue Jeans, eine Kette mit echten Edelsteinen und 13 (weil sie 13 wurde) neue Nagellacke von Essie. Von Jacob bekam sie ein selbst gemaltes Bild – es lag zerknüllt im Feuer des Kamins.

Ich fragte mich: *Wofür braucht man zwei Wochen vor Ostern noch ein Kaminfeuer?! Es ist doch warm genug.*

Jacob weinte. Er hatte sich so viel Mühe gegeben. Er tat mir leid. Ich persönlich hätte mich mehr über ein gemaltes Bild gefreut, als über das, was sie sonst noch so bekommen hatte. Als ich Lily gratulierte, sah sie mich mit ihrem Wo-zur-Hölle-ist-mein-Geschenk-Blick an. Ich zog die Schultern hoch und sah sie mit meinem Ach-komm-du-hast-mehr-als-du-eigentlich-brauchst-dakommt-es-auf-ein-Geschenk-mehr-oder-weniger-nicht-an-außerdem-könnte-ich-mir-gar-nichts-leisten-was-dir-gut-genug-wäre-Blick an.

Außerdem würden am Nachmittag doch ihre Freunde und unsere anderen Verwandten (zum Beispiel Großtante Peggy) kommen, und von denen bekäme sie bestimmt noch mal die Hälfte der Menge, die sie jetzt schon hatte.

Ich beeilte mich mit dem Frühstücken, da heute alle nach Lilys Pfeife tanzten. Das hieß: Niemand hatte was dagegen, wenn sie sich räusperte, wenn sie wieder einen Mangel an Tischmanieren bei mir entdeckte.

In der Schule hatten wir die ersten sechs Stunden bis zur Mittagspause getrennt. Ich hatte Chemienachhilfe und Naturwissenschaft. Auf meinem Ringbuch waren insgesamt bestimmt zwei Seiten mit „Liz Winterbuttom" vollgeschmiert. Ich testete (was mit Sicherheit jedes Mädchen macht, wenn es verliebt ist), wie es sich anfühlte, „Liz Winterbuttom" zu schreiben, und vor allem, wie es sich anhörte. Und wenn es sich gut anfühlte und gut anhörte, dann lohnte es sich, sich in diesen Typen zu verlieben.

In der Kantine suchte ich nach Scarlett und Isaac. Wir aßen zusammen an einem Tisch mit einigen Schülern aus dem Jahrgang, in dem auch Lily war. Ich hörte ihnen zwar nur halbwegs zu, aber was ich verstand, wies darauf hin, dass der komplette Jahrgang mächtig neidisch auf ihre Geburtstagsgeschenke war. Ich verdrehte die Augen.

Wir gingen, wie an den letzten beiden Tagen, nach dem Essen zum Baumstammpalast, wo wir die Zwillinge und Katie trafen. Die Jungs rauchten wieder, und obwohl ich gestern eine eigentlich ziemlich geniale Erfahrung mit Zigaretten gemacht hatte, verzichtete ich aus gesundheitlichen Gründen trotzdem. Ich hatte Isaac und Scarlett schon beim Mittagessen erzählt, was ich Isaac gestern versprochen hatte, und Scarlett war sich sicher, dass wir ein total obersüßes Paar wären, und dass sie ihn auch total abgefahren findet. Sie kannte ihn ein wenig, da ihre große Schwester mit ihm in die Klasse ging. Abschlussklasse. Augustus ging auf mein College. Meine Hände begannen zu schwitzen, mein Herz raste, ich sah mich um. Doch ich konnte ihn leider nirgendwo sehen.

Isaac bot mir an, Augustus nach seinen Gefühlen für mich zu fragen, doch ich hatte irgendwie das Gefühl, es wäre zu auffällig, und deshalb versprach Isaac mir, es doch nicht zu tun.

In Englisch wurde ich an die Tafel gerufen. Vokabelabfrage. Ich war ziemlich erstaunt. Ich bekam eine Zwei. Mit der Zeit hatte ich mich an die Sprache gewöhnt. Trotzdem schlichen mir ab und an einige deutsche Wörter in die Sätze, vor allem, wenn ich mit Mom redete oder vorher lange still gewesen war. Zu 99 (von 100) Prozent fing ich an, Deutsch zu sprechen, was oft peinlicher war, als in der Schule seine Tage zu bekommen und es erst zu merken, wenn die weiße Hose im Schritt rot war. Bei Mom machte ich mir aber weniger Gedanken. Manchmal redete sie auch Deutsch mit mir. Meistens, wenn wir allein waren, oder in Gesellschaft, wenn sie mich wegen irgendetwas ermahnen musste.

Deutsch war für mich zwar noch immer um Welten einfacher, doch da hier kein Mensch Deutsch konnte (außer Mom) und ich gezwungen war, Englisch zu reden, verbesserte sich mein Englisch, zwar nicht um viel, aber immerhin um etwas.

Zu Hause war die Hölle los. Lily hatte schon nach der sechsten Stunde aus, und das ganze Haus war voll mit ihren Freunden und unseren Verwandten. Zum Mittagessen gab es wieder Torte, genauso wie zum Tee und zum Abendessen. Torte. Torte. Torte. Und noch mal Torte. Ätzend. Ich war zwar nicht der Typ, der Kalorien zählte oder auf gesunde Ernährung achtete oder auf Diät war oder magersüchtig war oder Bulimie hatte oder so 'nen Scheiß, aber viermal am Tag Torte zu essen, war, denk ich mal, auch für einen Übergewichtigen zu viel Torte.

Ich erzählte Mom von meiner Zwei in Englisch und sie küsste mich – anscheinend sollte es eine Belohnung sein – auf die Stirn. Nachdem ich meine schulischen Sachen erledigt hatte, ging ich zu Tante Arista ins Teezimmer. Sie und Großtante Peggy hatten sich zurückgezogen, ihnen war der ganze Spaß ein wenig zu viel. Großtante Peggy war eine hübsche alte Frau. Sie war herzlich, und Enzo, ihr Mann, war ein attraktiver, lustiger Mensch. Sie passten gut zusammen. Ich sah beide heute zum ersten Mal. Während Enzo sich als talentierter DJ ausgab und einiges an coolen Songs auflegte, spielten wir oben bei Tante Arista Karten. Ich fragte sie, ob sie ihre Schwester nicht manchmal vermisse, und sie erzählte mir, wie sie als kleines Kind so war.

Ava war ein glückliches Kind, schätze ich. Tante Arista und Peggy schlossen, so wie eigentlich fast alle, außer Paul, aus, dass ihr Herz an ihrem Tod schuld war.

„An was, glaubt ihr, ist sie dann gestorben?"

„Ava hatte nie gesagt, dass es ihr nicht gut gehe. Sie war die Jüngste von uns und topfit. Weißt du, Liz, ich widerspreche Paul nicht gern, aber was ich nicht verstehe, ist, dass wir seit dem Tag, an dem Ava beerdigt wurde, nicht mehr in die Garage dürfen. Ist doch irgendwie seltsam, nicht? Früher durften wir die Garage betreten, wann wir wollten."

„Das Geheimnis hat also was mit Ava zu tun."

„Wir gehen davon aus."

„Arista und ich haben schon versucht, in die Garage zu kommen, aber unser Bruder hat uns erwischt und uns gedroht, wenn wir nicht glauben würden, dass Ava an Herzversagen gestorben sei, wären wir schneller bei ihr, als uns lieb sei."

„Wisst ihr, was ich glaube?"

Arista und Peggy schüttelten die Köpfe.

„Ich glaube, dass Paul etwas mit ihrem Tod zu tun hat. Onkel Calvin hat mir erzählt, dass er heimlich den Brief der Gerichtsmedizin gelesen hatte, und dort stand, dass Avas Herz in einem perfekten Zustand war. Das muss heißen, dass die Geschichte mit dem Versagen ihres Herzens eine bittere Lüge war. Der Brief war an Paul adressiert. Er hat ihn also gelesen. Hätte er ihn nicht gelesen, hätte Ava nicht beerdigt werden dürfen. Ihr wisst doch ... wegen der ganzen Teile, die nicht in die Erde dürfen, da sie schädlich sind. Und Paul hat doch das Okay an die Kirche weitergeleitet. Er weiß also, dass sie auf gar keinen Fall wegen ihres Herzens starb. Aber an was starb sie dann? Und warum lügt er uns an?"

Meine Großtanten sahen mich fragend an. Ich hatte früher gerne Krimis geschaut und beschloss, mir am Abend auf YouTube welche anzusehen – vielleicht würde ich einen ähnlichen Fall finden.

Wir hörten Schritte im Flur, die immer lauter wurden.

„Alles, was wir über das Geheimnis und Ava rausfinden, bleibt unter uns. Versprochen? Ich werde euch in den nächsten Wochen öfter besuchen, damit wir das Geheimnis gemeinsam lüften können. Ich glaube nämlich nicht, dass Ava gewollt hätte, dass wir uns ihretwegen anlügen und Paul mit einer schweren Sünde sterben muss."

„Versprochen!", schworen Tante Arista und ich.

Als die Tür aufging, taten wir alle so, als würden wir wieder Karten spielen. Mr. Smith brachte uns neuen Tee. Wir sahen ihn an.

Er zog die Augenbrauen hoch und fragte: „Ist irgendwas?"

„Nein. Nein. Nein. Neinneinnein." Tante Arista schüttelte den Kopf. „Nein."

Smith verschwand wieder mit der leeren Teekanne. Tatsächlich spielten wir dann noch eine Weile Karten, bis Enzo von seiner Arbeit erschöpft zu uns stieß. Ich musste ihnen erzählen, wie ich mich in der neuen Schule so zurechtfand, und ehrlich gesagt fand ich, dass ich gut Anschluss gefunden hatte.

Als Peggy und Enzo wieder zu ihrem Landhaus fuhren, leerte sich das Haus langsam, und als ich so gemütlich die Marmortreppe hinunterschlenderte, sah ich, wie sich Lily von Zoe verabschiedete. Ich wusste gar nicht, dass sie auch eingeladen gewesen war. Zoe hatte mich entdeckt, zog die Augenbrauen hoch und fragte etwas verwirrt: „Was macht *die* denn hier?!"

Klar, ich war ihr wieder nicht gut genug, keine echte Harrison, nicht cool und nicht hübsch und nicht perfekt und auf einer Party wie dieser nicht angesagt.

„Das ist meine Cousine. Sie wohnt hier." Lily wirkte verlegen.

Zoe verdrehte die Augen, sah mich verbittert an, umarmte Lily und verschwand durch die Haustür nach draußen.

Lily sah mich, nachdem sie die Tür geschlossen hatte, von unten herab ein wenig beschämt an. Wir gingen gemeinsam in den Speisesaal. Überall lagen noch teure Geschenke, Pappbecher, Luftschlangen, Chips und so herum. Die Discokugel und das Mischpult von Enzo hatten sie bereits wieder aufgeräumt.

Evelyn, Calvin und Oliver nahmen erschöpft auf ihren Stühlen Platz. War wohl ein wenig anstrengend gewesen. Mr. Smith sah auch ziemlich fertig aus, aber er war Butler, und ein Butler darf sich keine freie Minute erlauben – nicht bei den Harrisons.

Nach einem großen Stück Torte, das es zum Abendessen gab, schnappte ich mir meinen Laptop und machte es mir auf der Dachterrasse gemütlich. Ich holte Kissen, Decken und Chips und kuschelte mich auf die Couch, die dort stand. Während die Sonne hinter den Dächern von Liverpool verschwand, suchte ich nach einem passenden Film. Ich hatte neun verschiedene Krimis angefangen, bis ich endlich einen fand, der mir am meisten weiterhelfen konnte.

Hauptkommissar Evans und seine Kollegin Angelina E. ermittelten im Fall *Erschossen aus Eifersucht*. Ein vierzehn Jahre altes Mädchen hatte ihre gleichaltrige Freundin nach einem Streit wegen eines Jungen erschossen. Die beiden Mädchen aus Chicago waren seit vielen Jahren befreundet gewesen und wollten ihren Streit über den sechzehnjährigen Jungen lösen. Doch da es zu einer heftigen Auseinandersetzung, anstatt einer Schlichtung, kam, schoss sie ihrer Freundin tödlich in den Rücken. Der Junge, um den es ging, hatte später versucht, die Waffe zu verstecken. Die mutmaßliche Schützin gestand die Tat in einem Gespräch mit Hauptkommissar Evans und Angelina E. erst, nachdem sie sich unzählige Ausreden einfallen gelassen und sich ein falsches Alibi verschafft hatte. Sie wurde letztendlich doch wegen Mordes verhaftet.

Ich kramte mein Handy aus der Jeanstasche und schrieb Scarlett.

LIZHARRISON14: Hi. Danke für deine Tipps. Habe Großtanten Peggy und Arista mit ins Boot geholt. Schau dir doch *Erschossen aus Eifersucht* an. Ich finde, es gibt eine Verbindung zwischen dem Geheimnis und meiner Großtante Ava. Vielleicht hat Paul sie aus Eifersucht erschossen. Aber ich weiß noch nicht so recht, ob ich ihm das zutraue. Dafür kenne ich ihn zu wenig. (23:58)

SCARLETTCAROLL: Alles klar. Hab ihn angesehen. Alter, Evans und Angelina E. ermitteln ziemlich stark. Irgendwie macht deine Theorie Sinn. Aber es muss einen Grund geben, warum er eifersüchtig war. (02:31)

LIZHARRISON14: Find ich auch. Danke, dass du mir hilfst. Rede morgen mal mit Tante Arista. Gute Nacht. (02:52)

Erst als ich wieder in meinem Bett lag und aufhörte, über den Tod und den ganzen Kack nachzudenken, fiel mir auf, dass ich, seit ich zu Hause war, nicht mehr an Augustus Winterbuttom gedacht hatte. Obwohl er auch aufs Arthur Wynne College ging, hatte ich ihn, außer an Isaacs Backgammonabend, noch nie gesehen. Ich nahm mir vor, am nächsten Tag Ausschau zu halten – vielleicht hatte er mich ja schon vor Isaacs Spieleabend gesehen und deshalb die Kinokarten gekauft ... was ich dann aber doch irgendwann für unmöglich hielt, weil bestimmt kein Junge Kinokarten kaufen würde, nur weil ihm ein Mädchen, das er gar nicht kennt, gefällt. Außerdem, woher hätte er denn wissen sollen, dass Isaac mich eingeladen hatte.

10.

In den vergangenen beiden Tagen war nicht viel passiert. Ich hatte versucht, mit Paul zu reden, was daran scheiterte, dass er unbedingt in die Kneipe musste – dort war das Spiel des FC Liverpool gegen den FC Arsenal ausgestrahlt worden. Onkel Calvin war auch mitgegangen. Ich hingegen hatte von meiner Mom aus Geschichte büffeln müssen, da Dr. Hawkins unseren Test rausgab und ich ... na ja ... eine nicht so tolle Note hatte. In Englisch hatte ich mich allerdings verbessert. Augustus hatte ich nur ab und an auf dem Flur gesehen, wo er mit seinen Freunden redete. Aber er hatte mich angerufen. Ich nehme an, Isaac hatte ihm meine Nummer gegeben. Wir quatschten ein bisschen über den Abend und unseren Kinobesuch und er sagte mir fast dreihundertneunundachtzigmal, dass es der tollste Kinobesuch gewesen sei, den er je erlebt habe, und außerdem habe er Lust, mich besser kennenzulernen. Wir verabredeten uns für Freitag in der Mittagspause.

Deshalb ließ ich das Mittagessen in der Kantine sausen. Scarlett war zwar zuerst ein wenig eingeschnappt, aber als ich ihr dann erzählte, was ich vorhatte, fand sie es nicht mehr so schlimm. Augustus hatte mich nämlich eingeladen: Zum Pizzaessen.

So fuhren wir mit seinem Wagen zu einem der nächsten Pizzaschnellrestaurants. Augustus hatte das Dach seines Wagens heruntergekurbelt und wir aßen im Wagen und beobachteten die vorüberziehenden Wolken. Er hatte seinen Arm um mich gelegt, aus dem Radio erklang Leona Lewis. Es war herrlich, mit einem Arm von Augustus Winterbuttom um meine Schultern einfach dazusitzen, in den Himmel zu sehen und währenddessen eine vor Fett triefende Pizza zu essen. Wir redeten nicht viel.

Als ich Pizzaessen hörte, dachte ich mir erst: *O mein Gott, wie unromantisch.* Doch es musste nicht besonders romantisch sein, um einen ganzen Schwarm von Schmetterlingen im Bauch zu haben, wenn man Augustus Winterbuttom in die Augen sah.

Mein letztes Treffen alleine mit einem Jungen war Jahre her. Ich schätze, ich war damals in der dritten Klasse oder so. Es war das typische Eisessentreffen von Grundschülern. Der Typ und ich gingen nach der Schule in die Stadt, er kaufte mir Erdbeereis und sich selbst Vanilleeis. Wir saßen nebeneinander auf einer Bank unter einer dicken Eiche. Keiner sagte irgendwas, bis er sich von mir verabschiedete. Er wollte mich küssen. Ich spürte es. Er hatte seine Augen geschlossen und kam immer näher an mein Gesicht heran, aber ich wich entschlossen aus. Bevor er ging, zog er sein cooles Taschenmesser aus der Hosentasche und ritzte in den Eichenstamm ein Herz, und in dieses „Liz + Jonas". Als er gegangen war, ohne mich noch einmal anzuschauen, nahm ich einen spitzen Stein und strich Liz durch. Am nächsten Tag hatte er es gesehen und war sauer auf mich. Wir redeten nie wieder miteinander. Er dachte, ich würde ihn so mögen wie er mich, aber er war irgendwie komisch ...

Nein, mit Augustus wäre auch langweiliges Zusammen-Eis-Essen unter einer dicken Eiche schön gewesen.

„Schau mal", sagte Augustus und zeigte auf eine Wolke. „Die sieht genauso zuckersüß aus wie du."
Einige Wolken hatten sich so ineinandergeschoben, dass man meinen konnte, eine schneeweiße Elfe würde am blauen Himmel tanzen.
Grinsend lehnte ich mich an seine Schulter.
Eigentlich war ich nicht der Typ Mädchen, der sich an Jungs klammerte, sie anbaggerte oder anfing zu flirten, doch bei ihm fühlte es sich anders an, richtig. Alles ging automatisch, wie gesteuert. Ich fragte mich gar nicht: *Darf ich das überhaupt? Will er das? Hat er eine Freundin? Findet er es uncool, wenn ...?* Ich tat es einfach und war selbst ein bisschen überrascht wegen meines Mutes.

Als wir wieder zurück in der Schule waren, ging er mit mir in die Bibliothek und erklärte mir Matheformeln, was sehr hilfreich war – ich hatte danach Mathe und verstand, Augustus sei Dank, mehr als vorher. Als ich an die Tafel musste, hatte ich ausnahmsweise fast alles richtig. Ja, Mathe war genauso schlimm wie Englisch ... nur war Mathe dazu noch sinnlos. Kein einziges Mal würde ich noch wissen müssen, was

$$\lim_{x \to x_0} \frac{f(x) - f(x_0)}{x - x_0}$$

war, wie man es ausrechnete, wenn man es *überhaupt* ausrechnen konnte ... und irgendetwas musste man da doch zeichnen, keine Ahnung, was. Vielleich musste man auch gar nichts zeichnen?!

Katie hatte mich zu sich nach Hause eingeladen. Wir spielten mit ihrer kleinen Schwester. Sie war vielleicht zwei, schätze ich, und wirklich süß. Ich musste an Bill denken, als er so klein gewesen war. Katies Mom war in der Arbeit. Obwohl es noch gar nicht so lange her war, dass Bill so klein gewesen war, war ich ziemlich außer Übung. Windeln wechseln, anziehen, füttern, beschäftigen, aufpassen, dass nichts Kostbares zu Bruch ging, Ruhe bewahren, wenn das kleine Kind wie am Spieß schrie, weil keine Ahnung ... Aber es war unvergesslich schön bei Katie und ihrer kleinen Schwester. Wir lachten viel zusammen.

Ich hatte nach dem kleinen Hoch ein bitteres Tief. Als mich Katies Mom nach Hause brachte, wurde ich den Gedanken nicht mehr los, dass Bill irgendwo im Straßengraben lag, von Fliegen umschwirrt. Ich wollte nicht, dass er tot war. Ich wollte, dass er lebte und bei Dad in Sicherheit war. Ich wollte auch wieder mit ihm spielen, wie ein kleines Kind, und um mich zu vergewissern, ob es nicht vielleicht doch möglich war, telefonierte ich mit Dad. Doch er konnte mir nichts Neues sagen und so musste ich daran glauben, dass Bill da, wo er jetzt war, eine neue Familie gefunden hatte, die ihn liebte und die er liebte.

Am Samstag war ich zuerst mit Scarlett im Pfarramt. Wir fragten nach der Beerdigung von Ava Harrison. Die Frau, die hinter einem Computer saß und irgendwelche Kirchenzettel abtippte, konnte sich noch gut an die Beerdigung erinnern.

„Kinder, wisst ihr, eigentlich sind die Särge der Toten immer offen. Das war damals noch Tradition bei uns, damit sich die Lebenden von den Toten verabschieden konnten. Von Angesicht zu Angesicht. Doch der Butler, ähm, wie hieß er gleich noch mal?"

„Mr. Smith."

„Ah ja. Mr. Smith und ihr Bruder Paul bestanden darauf, dass der Sarg in der Kirche geschlossen war und nicht mehr geöffnet wurde. Keiner durfte sie mehr sehen. Manche bezweifelten sogar, dass sie in dem Sarg war. Was, denke ich, Schwachsinn ist. Aber es war schon komisch. Eigentlich wollten viele sie noch einmal sehen, bevor sie für immer in die Erde gebettet wurde. Ava war ein bekanntes junges Mädchen. Sie war hübsch. Sie sang die Hauptstimme im Kirchenchor – ihre Stimme war bezaubernd. Na ja, seitdem dürfen die Angehörigen entscheiden, ob der Sarg offen ist oder nicht. Neues Gesetz, wisst ihr?"

Mehr konnte sie auch nicht sagen.

„Und wie war sie sonst so? Gibt es irgendetwas, warum sie alle toll fanden, irgendetwas, das wichtig ist?"

„Oh ...", die Frau begann nachzudenken, ihr Gesicht legte sich in Falten. „Kinder, wisst ihr, ich bin hier noch nicht lange leitende Sekretärin. Damals, als das mit Ava war, stand ich gerade mal am Anfang. Ich saß dort hinten an einem Computer, erledigte allen möglichen Papierkram. Als leitende Sekretärin musst du nur deine anderen Sekretärinnen beauftragen, ihre Arbeiten überprüfen und Kaffee trinken. Du bekommst mehr mit, weil du als leitende Sekretärin erstens für mehr verantwortlich bist, zweitens mehr öffentliche Termine wahrnehmen musst und drittens die erste Anlaufstelle für Kunden bist. Aber wie gesagt, damals saß ich da hinten, und ich kannte Ava auch nur von Erzählungen. Die damalige leitende Sekretärin ist leider schon verstorben, aber sie hat mir mal erzählt, dass Ava eine eigene Stiftung hatte. Ich glaube, sie hieß A. H. – eine Stiftung mit Herz. Soweit ich weiß, unterstützte sie damit schwerbehinderte Kinder. Sie wurde berühmt, hatte unwahrscheinlich viele Fans, TV-Auftritte, sie war oft auf dem Titelblatt großer Zeitschriften, bekam für ihr Engagement Millionen und die Queen lud sie sogar in den Buckingham Palace ein. Wisst ihr, damals war so eine Stiftung noch etwas ganz besonderes – heute ist so was doch mehr oder weniger normal. Wahnsinn, das Mädchen. Sie machte den Namen Harrison bekannt, verbreitete ihn in ganz Liverpool, ja, in ganz Großbritannien, setzte Maßstäbe. Doch nach ihrem Tod wurde die Stiftung aufgelöst. Keiner weiß so recht, warum. Aber das war lange vor euch, darum ist das für euch vielleicht neu und nicht fassbar oder klingt in euren Ohren ziemlich verrückt. Schade, dass sich heute fast keiner mehr daran erinnert."

Scarlett und ich gingen zu Fuß nach Hause.

„Was, wenn die Frau auch dachte, dass niemand im Sarg lag? Hast du gesehen, wie sie immer blasser wurde und dann zu Boden sah, als sie das sagte? Ich meine, es wäre denkbar. Meine Theorie: Paul war auf irgendwas neidisch, was weiß ich, auf was. Ich denke aber wegen der Stiftung. Dann hat er deine Großtante erschossen und als Alibi gesagt, sie habe ein schwaches Herz gehabt, und dann hat er einfach einen leeren Sarg vergraben."

„Wieso sollte er einen leeren Sarg vergraben?", fragte ich.

„Na ja, wenn er sie erschossen hätte, würde in Ava ja rein theoretisch eine Kugel stecken. Und eigentlich dürfte sie so nicht vergraben werden. Du weißt ja ... die Teile und so, die nicht in die Erde dürfen. Die Gerichtsmedizin hätte in den Brief geschrieben, dass erst die Kugel entsorgt werden muss, und wenn das passiert wäre, hätten sie der Polizei Bescheid geben müssen. Und Paul wollte nicht verhaftet werden und hat die Gerichtsmedizin bestochen. Und dann hat er Ava in der Garage deponiert und den leeren Sarg vergraben lassen."

„Klingt logisch. Aber ich verstehe ..."

Scarlett unterbrach mich: „Um sicher zu gehen, dass es wirklich so war, müssten wir natürlich den Brief finden, in die Garage und nach deiner Großtante suchen, und vielleicht dann noch die finanzielle Lage deiner superreichen Familie checken. Eine Gerichtsmedizin lässt sich nicht so leicht bestechen. Nicht gestern, nicht heute und nicht morgen."

„Das heißt also, Paul hätte viel Geld hergeben müssen, und obwohl wir eine *superreiche* Familie sind, hätten wir eine mächtige finanzielle Niederlage eingesteckt?"

Ich hasste es, wenn einige (und das tun ziemlich viele) nur das Geld sehen, wenn eine Familie für die Gesellschaft keine Familie, sondern eine Ansammlung an Geldscheißern ist. Verdammt, was ist daran so toll, wenn jemand viel Geld hat, und verdammt, was ist daran so toll, wenn jemand VERDAMMT viel Geld hat... Wir sind doch alle gleich, egal ob dumm, schlau, dick, dünn, reich, arm, hässlich, behindert, sexy ... Wenn wir sterben, bleibt irgendwann von jedem nur ein Skelett übrig, egal welches Leben er hatte. Wir haben alle dasselbe Ende, egal wie reich oder arm.

„Richtig", sagte Scarlett.

Es klang zwar logisch, aber ich wusste nicht so recht ... irgendwie wäre es ziemlich einfach gewesen. Also ich meine: Klar hätte Scarlett recht haben können, aber das wäre doch fast so gewesen, als würdest du ein bereits erschienenes Buch abschreiben, die Namen ändern und dann so tun, als hättest du ein eigenes Buch geschrieben ... nur halt in Form eines Films. Vielleicht war es doch keine so gute Idee *Erschossen aus Eifersucht* anzusehen. Und würde im Brief etwas über eine Kugel stehen, hätte Onkel Calvin es gelesen und, ich schätze mal, etwas unternommen, oder es mir zumindest gesagt.

Als wir die Straße mit dem Harrisonhaus entlanggingen, ging ich mit gesenktem Kopf. Ich sah das Kopfsteinpflaster an. Jeder Stein war anders und doch gleich. Jeder

hatte seine Ecken und Kanten. Sie hatten etwas gemeinsam, obwohl sie eigentlich nichts gemeinsam hatten. Ich
verglich mein Leben mit den Steinen. Die Steine hatten
schon mal dieselbe Farbe wie mein Leben seit einigen
Wochen: grau. Ich hatte eigentlich schon lange nicht
mehr richtig gelacht, oder Spaß an irgendwas gehabt –
außer bei Katie, aber nach den paar Stunden musste ich
wieder an Bill denken, was das Lachen und die Fröhlichkeit ausblendete.

Klar war ich froh um Isaac, Scarlett, Katie und so,
aber sie waren eben auch nur Ablenkung. Die Trennung
meiner Eltern hatte aus meinem runden Leben eines mit
Ecken gemacht. Bill war verschwunden, eben weil unsere
Eltern sich gestritten hatten, wie „Hinter Gittern", ewig
das Gleiche. Wir zogen verbittert und vom Leben gezeichnet nach England, weil sich meine Eltern scheiden
ließen. Ich fragte mich, ob Mom mir jemals gesagt hätte,
dass sie Engländerin ist, wenn Dad und sie sich nicht
getrennt hätten. Und wenn sie sich nicht getrennt hätten,
hätte ich auch nicht das Bedürfnis gehabt, meine neue
Familie von einer Lüge zu befreien. Man hatte mein Leben wie einen Stein umgedreht und die schöne Seite in
die Erde gesteckt und die, die Jahrtausende in der Erde
gesteckt hatte, ins Licht der Welt gelegt. Und an dieser
Seite klebte Schmutz, und Ameisen und Asseln krabbelten darauf herum. Fast ertrunken in einem See voll
Scheiße.

„Liz."

„Hm?"

„Ich glaube, du brauchst mal wieder irgendwas, das dich auffrischt."

„Kann sein."

Immer noch ging ich mit gesenktem Kopf.

„Eine Party zum Beispiel. Ich sehe doch, dass du nicht ganz in Ordnung bist."

Und das mochte ich so an ihr. Sie erkannte jedes Mal wie es mir ging, ohne dass ich irgendwelche Andeutungen machen musste.

„Ich lass mir was einfallen", sagte sie noch und stieg dann in ein Taxi, welches sie nach Hause brachte. Ich winkte ihr nach, sah noch ein letztes Mal auf das Kopfsteinpflaster und wartete dann, dass Smith mir die Tür öffnete.

Anschließend redete ich mit Tante Arista über die Frau im Pfarramt und *Erschossen aus Eifersucht* und sie versprach mir, sich Gedanken darüber zu machen, aber sie müsse erst mal wieder zum Toxteth Park Cemetery und dann zu Hailey. Samstag war ihr Friedhof-und-Hailey-Tag. Ich wusste nicht so recht, ob ich ihr von der Stiftung erzählen sollte, schließlich musste sie ja von ihr wissen, und als Peggy bei uns war, hatte niemand davon geredet. Generell hatte noch niemand etwas über die Stiftung gesagt. Hatten sie sie alle vergessen?

Ich telefonierte vor und nach dem Essen mit Augustus Winterbuttom. Wir telefonierten in letzter Zeit ziemlich viel. Wir lernten uns besser kennen, schätze ich. Augustus war auch eine Mondlampe. Sein Vater war Chefarzt des größten Krankenhauses in Liverpool und seine Mom schrieb Bücher. Er meinte, er fände es nicht schlimm, wenn ich mit Antimondlampen etwas unternahm, schließlich waren es meine Freunde, aber angeben sollte ich damit besser nicht (was ich auch ehrlich gesagt nicht vor hatte), denn seiner Meinung nach waren sie kein Grund stolz zu sein. Was erst bitter klang, konnte ich doch verstehen, aber trotzdem war ich stolz, mit ihnen befreundet zu sein. Während wir telefonierten, loggte ich mich, mein Handy zwischen linke Schulter und linkes Ohr geklemmt, in meinem Laptop ein. Scarlett hatte mir geschrieben.

SCARLETTCAROLL: Habe Isaac gefragt. Er meint, wir sollten zu Cameron und Christian gehen. Die beiden hätten nächste Woche Mittwoch Geburtstag. Ich war selber noch nie auf einer ihrer Partys. Mal schauen, wie es wird.

Isaac loggte sich dazu.

ISAACSCOOLERMEGABLOG: O ja. ihr Müsst da Unbedingt hingehen. die Geilste party Im ganzen jahr!!!!! nach Dem abschluss Ball. Aber der Ist erst In ein Paar monaten.

LIZHARRISON14: Klar, bin dabei.

ISAACSCOOLERMEGABLOG: UUU AAA AAA UUU! Mega Ich freu Mich.

SCARLETTCAROLL:
@ISAACSCOOLERMEGABLOG Meine Mom bringt uns hin. Sieben Uhr?

ISAACSCOOLERMEGABLOG: geht Klar.

ISAACSCOOLERMEGABLOG: UUU AAA AAA UUU! die party Werdet ihr Nie vergessen! ich Schwörs euch.

Ich versuchte noch etwas zu schreiben, was ein blöder Fehler war. Denn während ich versuchte, das, was ich sagen wollte, in den Laptop zu tippen, rutschte mein Handy mit jeder Bewegung, die ich mit meinen Fingern machte, hin und her. Als ich kurz vorm Abschicken war, fiel mir mein Handy auf den Boden. Natürlich schaltete sich der automatische Mechanismus ein und mein Handy beendete von selbst das Telefonat mit Augustus Winterbuttom. Na toll. Ich tippte erst die Nachricht fertig und schickte sie ab, danach kniete ich mich auf den Boden und begutachtete mein Handy. Im Display waren drei sehr lange Risse und die rechte Seite, auf der es aufgeprallt war, war komplett demoliert. Es ließ sich aber noch einschalten und ich rief Augustus zurück. Zehnmal insgesamt. Zehnmal nahm er nicht ab. Ich hatte Angst, dass er sauer auf mich wäre, weil ich mich nicht mal verabschiedet hatte. Ich ließ mich auf mein Bett fallen. Atmete hörbar aus. Wir hatten gerade so schön miteinander geredet, er hatte sogar angefangen, mir zu schmeicheln. Mit den Füßen trommelte ich auf mein Bett. Ich war wütend auf mich selbst.

Dritter Rat für dein zukünftiges Leben:
Während du mit dem süßesten Jungen überhaupt telefonierst, solltest du nichts anderes machen. Egal was. Tu es nicht.

Das ganze Wochenende hörte ich nichts mehr von ihm und ich hatte den schmerzenden Gedanken, ihn für immer verloren zu haben.

Für Sonntag hatte ich mir nichts vorgenommen. Ich ging zu Mom in unseren kleinen Raum. Wir hatten ihn schön eingerichtet. Ein Fernseher und eine gemütliche Couch standen darin. Alte Fotos hingen an der Wand und im Kamin prasselte Feuer, obwohl ich immer noch der Meinung war, dass man eine Woche vor Ostern kein Kaminfeuer mehr brauchte. Wir sahen uns die neue Staffel von *The X Factor an* und aßen Schokokuchen aus dem Supermarkt.

„Liz", fing Mom an, „ich muss dir was sagen."
„Und?"
„Ich werde wieder heiraten."
Ich kotzte meinen Schokokuchen wieder in die Verpackung.
„Du wirst was?!"
„Heiraten."
„Ja, hoffentlich Dad."
„Nein."
„Mom! Mom! Mooom!"

Ich schmiss mein Glas und das meiner Mom auf den Boden. Die Fernsehzeitung, die auf dem Boden lag, schwamm in Wasser und überall lagen Scherben.

„Mooom! Das ist jetzt nicht dein Ernst?"

„Liz. Ich kann verstehen, dass du …"

„Sag, dass das nicht wahr ist! Sag es, Mom! Sag, dass das nur ein Scherz war, dass du mich nur veräppeln wolltest!"

„Nein, ist es nicht. Tut mir leid."

„Das kannst du nicht machen, Mom!"

„Liz, ich weiß … Es tut mir leid, ich versteh dich, du …"

„Nein! Du verstehst eben gar nichts!", unterbrach ich sie. Ich rannte aus dem Zimmer und knallte die Tür hinter mir ins Schloss. Ich ließ mich auf mein Bett fallen und musste an das Kopfsteinpflaster denken. *Blöde Kuh!*

„Liz."

Mom klopfte an die Tür.

„Liz."

„Lass mich in Ruhe!"

Ich hörte ihre Schritte. Sie entfernten sich von meiner Zimmertür.

Wie konnte sie mir das antun? Ich hätte am liebsten die Wand eingeschlagen. Sie und Dad hatten sich erst vor knapp vier Wochen getrennt. Seit eineinhalb Wochen waren wir hier in England und sie wollte schon wieder heiraten?! Vor allem: Wen wollte sie eigentlich heiraten? Sie konnte 2.161.604 Männer (momentan gab es 2.161.605 Männer auf unserem Planeten, laut WIKIPEDIA, doch Dad war aus dem Kreis ihrer Heiratskandidaten ausgeschlossen) haben. Sie hatte weder über einen anderen Mann geredet noch sich mit irgendeinem getroffen ... jedenfalls hatte ich nichts mitbekommen. Irgendwie hatte ich den Verdacht, dass sie mir mit Absicht die schöne Seite meines Lebens in die Erde steckte. Ich wusste, warum sie sich mit Dad gestritten hatte, und ich wusste, dass sie schuld war. Ich wusste, dass sie mich mein ganzes Leben lang angelogen hatte („Liz du bist ein deutsches Mädchen. Wir sind alle Deutsche, weißt du?"), und ich wusste, dass sie eigentlich die Kraft gehabt hätte, um mir zu sagen, dass ich eben kein deutsches Mädchen war. Außerdem wusste ich, dass sie zu fünfundfünfzig Prozent Schuld daran trug, dass Bill aus unserem Leben verschwunden war. Fünfundfünfzig Prozent sie, fünf Prozent Dad und die restlichen vierzig Prozent ich. Ich hätte ihm zum Beispiel hinterherlaufen sollen oder ihn aufhalten. Hätte ich ... Aber ich war zu geflasht gewesen, von der Situation.

Sie hatte aus mir also einen Kopfsteinpflasterstein gemacht. Und genau jetzt, als Augustus Winterbuttom ganz unbewusst anfing, meine tolle Kopfsteinpflasterseite wieder aus der Erde zu graben, kam sie mit ihrem Heiraten angeflogen. Die ganzen gottverdammten Familien, die auf dieser gottverdammten Welt existierten, würden wie Hühner auf der Stange lachen, wenn ich ihnen erzählen würde, was bei uns so ablief.

Ich hatte meinen Nachttisch umgestoßen und mein Handy auf den Boden geschmissen. Es war eh schon geschrottet wie ein überfahrener Vogel. Ich lag den ganzen

Abend in meinem Bett, die Zimmertür abgeschlossen. Ich wollte mit niemandem reden. Niemanden sehen. Alleine sein. Ich musste daran denken, wie wir hier angekommen waren. An die Selbstmordgedanken. Ihr könnt euch erinnern? Ich fing an, die Gedanken, die ich damals hatte, in meinem Gehirn neu hochzuladen. Und ich stand auf, war kurz davor, aus dem Fenster, das offen stand, zu springen. In der abendlichen Dämmerung zu fliegen. Vier Stockwerke in die Tiefe zu stürzen. Und unten auf hartem Kopfsteinpflaster aufzukommen, so lange da zu liegen, bis mich irgendwann irgendeiner finden würde. Von Fliegen umschwirrt. Von Maden angeknabbert. In getrocknetem Blut.

Ich hatte mich schon mal auf die Fensterbank gesetzt. Die Füße baumelten in der Luft. Sprungbereit. Im Schnelldurchlauf ging ich die letzten vier Wochen noch einmal durch. Tag für Tag. Ich fing an, meine Finger von der Fensterbank zu lösen. Als ich nach vorne an die Kante rutschte, war ich gedanklich an Isaacs Abend angelangt. Ich musste mich festhalten, um nicht nach hinten zu kippen, als das Bild von Augustus Winterbuttom, wie er mich zum ersten Mal anstarrte, vor meinen Augen schärfer wurde. Mein Herz begann zu rasen und mein Atem wurde hektischer.

Ich dachte: *Was wäre, wenn er mich jetzt küssen würde?*

Ich dachte: *Ich weiß gar nicht, wie er küsst, also was soll die Frage?*

Und ich dachte: *Ich will, dass er mich küsst!*

Ich rutschte wieder zurück.

Ich dachte: *Wenn wir uns geküsst haben, aber nur dann, werde ich springen, mich selbst vom Menschsein erlösen.*

Ich dachte daran, dass er die letzten zehn Anrufe weggedrückt hatte, und rutschte wieder ein Stück nach vorne. Doch dann stellte ich mir seine zarten Lippen auf meinen vor und rutschte wieder zurück.

II.

Ich wachte am Montagmorgen mit der Sonne auf. Ich hatte seit dem vorigen Tag mit niemandem mehr geredet, was mir auch ehrlich gesagt nicht gefehlt hatte. Beim Frühstück sah Mom mich mitleidig von der Seite an. Ich sah weg. Sie konnte aus meinem Leben nicht einfach so einen Hundekothaufen mit Spinnenscheiße und vergammelten Eierschalen machen. Nicht einfach so! Sie war manchmal echt so ein Arschloch, ein nur an sich denkendes Egoschwein. Ich schlang meine Spiegeleier und den Spinat so hastig hinunter, dass ich das blöde Gefühl im Magen hatte, in drei Sekunden alles wieder auskotzen zu müssen. Außerdem beeilte ich mich, wie ich mich noch nie in meinem Leben beeilt hatte ... mit Umziehen und so. Ich war fünf Minuten zu früh, was nicht weiter schlimm war, weil ich mich ja absichtlich so extrem beeilt hatte, da ich 1.) meiner Mom nicht über den Weg laufen und 2.) auch nicht mit ihr reden wollte und 3.) raus musste, da ich 4.) frische Luft brauchte, um 5.) nicht auf die hoch edlen Teppiche zu kotzen.

Also wartete ich fünf Minuten im Hof darauf, dass Lily aus der Haustür stolzierte und Smith mit dem Wagen aus der Garage fuhr.

„Na, da ist ja mal einer früh dran!" Mr. Smith klang sehr erstaunt.

Ich schenkte ihm nur ein Schulterzucken und ein halbes Lächeln.

Während der Fahrt zum College begutachtete Lily ihre Fingernägel. Sie hatte sie mit ihrem neuen *Essie*-Nagellack gestrichen. Ich selbst zupfte an meinem nicht ganz zusammenpassenden Outfit herum. Ehrlich gesagt passte es *gar nicht* zusammen. In der Hektik musste ich mich anscheinend im Kleiderschrank vergriffen haben. Dunkelblaue Jeans, schwarzes T-Shirt, hellblauer Blazer. Als Lily mich dabei erwischte, musste sie sich ein Lächeln verkneifen.

Ich startete heute in meine zweite Schulwoche auf dem Arthur Wynne College und traf mich vor Unterrichtsbeginn mit Isaac und Scarlett bei den Schließfächern. Ich durfte meine Sachen bei ihnen einsperren, da ich noch kein eigenes Schließfach hatte. Erst im nächsten Schuljahr würde ich eines der Absolventen bekommen, die das College dann verlassen würden.

„Du siehst mitgenommen aus. Was ist passiert?", fragte Isaac.

Scarlett schloss ihr Schließfach auf und holte meine Sachen, die ich für heute brauchte, heraus.

„Nichts. Alles in bester Ordnung", log ich.

„Liz! Mach mir nichts vor."

„Okay, okay. Meine Mom will heiraten."

„Ist er wenigstens nett?"

„Keine Ahnung."

„Wie keine Ahnung?" Scarlett drückte mir meinen Ordner und die Bücher an die Brust.

„Das Krasse ist", versuchte ich zu erklären, „dass ich nicht mal weiß, *wen* sie heiraten will! Sie hat nicht mal seinen Namen gesagt. Außerdem habe ich null Plan, wie sie sich kennengelernt haben."

„Geile Sache ..." Isaac kramte den Rest meiner Sachen aus seinem Schließfach und häufte sie auf den wackligen Stapel von Scarlett. Ich stopfte alles nacheinander vorsichtig in meine Tasche, was bestimmt gut aussah. Der Arm, auf dem sich meine ganzen Schulsachen stapelten, wackelte wie besoffen herum, um das Zeug in Balance zu halten.

Wir suchten uns einen Weg – durch die Schülermassen – von den blauen Schließfächern in den dritten Stock zum Religionsfachraum. Der Rest der Klasse war schon im Klassenzimmer. Wie an dem Tag, als ich zum ersten Mal hier war, standen die Jungs um Zoes Tisch herum, als gäbe es Süßigkeiten umsonst. Ms. Sheppard stand vorne am Pult, noch eine Minute bis zum Stundengong. Wir setzten uns schnell auf unsere Plätze und genau dann, als wir unser Zeug auspackten, begann sie zu reden. Wir machten so ein Art Experiment. Jeder von uns sollte seine Wünsche in sein Heft schreiben und noch mal auf ein separates Blatt. Ms. Sheppard sammelte die Blätter ein und schrieb einige der Wünsche an die Tafel: „iPhone, Heimkino, eigener Fernseher, MacBook, ein Haus aus Schokolade, nie mehr Schule ..."

Als Ms. Sheppard meinen Zettel auffaltete, sah sie mich an. Ich wusste nicht recht, was sie von mir wollte, aber sie klappte das Blatt Papier wieder zu und schob es in ihre Hosentasche. Danach spielte sie ein Video ab, auf dem Kinder aus Afrika ihre Wünsche sagten, denn schreiben konnten sie nicht. Und dann schrieb jeder von uns einen Wunsch der Kinder, den er sich merken konnte, an die Tafel und Ms. Sheppard begann, über ihr selbst ausgedachtes Projekt zu reden. Sie wollte mit uns einen Karton packen, in den wir die Wünsche der Kinder und unsere (realistischen) Wünsche packen sollten, um das Ganze in ein armes Dorf in Afrika zu schicken. Ich fand die Idee gut, vor allem so kurz vor Ostern. Wir machten aus, wer was besorgen sollte. Ich als sogenannte Mondlampe musste natürlich eine der teuren Anschaffungen übernehmen.

Nachdem die Stunde zu Ende war und die anderen bereits zum Englischraum schlenderten, rief Ms. Sheppard mich zu sich nach vorne.

„Liz, ich habe deinen Wunsch nicht an die Tafel geschrieben, weil ich finde, dass er, na ja, nicht ganz so dazu passt."

„Schon ok", gab ich als Antwort, fand aber, dass ein Haus aus Schokolade oder nie mehr Schule genau so wenig dazu passten wie mein Wunsch. Ich hatte geschrieben: „Ich wünsche mir, dass einer meinen Stein wieder umdreht."

„‚Dass einer meinen Stein wieder umdreht.' Was meinst du damit?"

„Mein Leben. Kopfsteinpflaster. Erde. Asseln. Schönheit."

Ms. Sheppard zog ihre perfekt gezupften Augenbrauen hoch. Ich hatte schon fast Angst, ihre Augenbrauen würden in ihren Haaren verschwinden, so hoch hatte sie sie gezogen.

„Neulich bin ich mit Scarlett spazieren gegangen", was gelogen war – wir waren eigentlich vom Pfarramt nach Hause gegangen. „Wir sind so dahingeschlendert", was auch gelogen war. Eigentlich waren wir ziemlich zügig gegangen, damit Scarlett ihr Taxi nicht verpasste. „Ich sah mir dabei das Kopfsteinpflaster mal genauer an und stellte fest, dass alle Steine irgendwie gleich, aber total verschieden waren. Und ich musste daran denken, dass wir Menschen auch irgendwie gleich sind und doch total unterschiedlich. Und dann fiel mir auf, wie schön die Steine eigentlich waren, und dann stellte ich mir vor, wie die Seite, die in der Erde lag, aussehen musste … voller Dreck und so. Und ich verglich es wieder mit uns Menschen. Wir haben auch unsere schöne Seite, aber auch eine schlechte. Die schöne zeigen wir gerne her. Die nicht so schöne vergraben wir in der Erde und lassen sie niemanden sehen. Manche von uns kennen ihre schlechte Seite gar nicht, andere kennen ihre umso besser. Ich hatte bis vor ein paar Wochen auch nichts von meiner verdreckten Seite gespürt. Mir ging es mein ganzes Leben lang gut. Vor ein paar Wochen aber hat sich mein Leben verändert. Nicht zum Guten, sondern eher zum Schlechten, und ich lernte meine Seite kennen, die vierzehn Jahre so tief in der Erde steckte, dass ich nicht mal wusste, dass sie existierte. Und seitdem jemand diese Seite aus der Erde geholt hat, geht es mir eben ziemlich dreckig. Also habe ich mir gewünscht, dass meine schlechte Seite wieder umgedreht wird und ich wieder glücklich sein kann."

Mr. Sheppard hatte mich kein einziges Mal unterbrochen und mich ausreden lassen, was gut war. Ich hätte, schätze ich, sonst den Faden verloren. Ich beobachtete sie schweigend, wie sie nickend irgendwas in ihrer Tasche suchte, sah auf die Uhr. Ich hatte schon fast die erste Stunde Englisch verpasst. *Mist!* Ms. Sheppard trat wieder vor mich. Sie hatte gefunden, was sie gesucht hatte. Es war eine Visitenkarte.

„Hier. Schau mal vorbei. Vielleicht kann sie dir helfen." Sie reichte mir die Karte und ging zum Pult.

Schulpsychologe
Prof. Dr. Twigley
Immer dienstags für dich da!

Als ich die Visitenkarte zwischen meine Hefte und Ordner steckte, kritzelte Ms. Sheppard irgendwas auf dem Pult herum. Ich sollte also zum Psychologen. Was sollte ich denn da?

„Ich habe nicht vor, irgendjemandem davon zu erzählen. Aber das, was du gesagt hast, gefällt mir. Also das mit den Seiten der Steine. Schreib mir das doch bitte auf. Ah ja, und hier", sie gab mir einen Zettel, „deine Entschuldigung. Damit dein Lehrer weiß, dass du mit mir geredet hast. Du wirst keine Probleme bekommen, wenn du ihn gleich abgibst."

„Danke."

Ich machte mich auf den Weg zum Englischraum. Es gongte zum Stundenwechsel und wieder war gefühlt die ganze Schule unterwegs. Lehrer und Schüler. Wir hatten eine Doppelstunde Englisch und unser Lehrer genehmigte uns nach dem Zwischengong immer zehn Minuten Pinkelpause, also hatte ich das Glück, nicht einfach in den Unterricht platzen zu müssen. Ich sah Isaac zu den Toiletten schlendern. Ich klopfte nicht an der Tür. Sie stand offen. Außer Scarlett und Cameron war niemand mehr im Raum. Alle hatten sich nach draußen in die Menschenmenge gequält. Ich ging am Pult vorbei und legte die Entschuldigung von Ms. Sheppard auf das Pult. Dann setzte ich mich zu den beiden.

Scarlett fragte: „Was war los? Wir dachten schon, du kommst gar nicht mehr."

Ich zog die Visitenkarte heraus und ließ sie auf den Tisch segeln.

„Oha, Prof. Dr. Twigley."

Cameron sah sich die Karte an und gab sie mir wieder.

„Ich soll mal vorbeischauen, hat sie gemeint", erklärte ich.

„Wegen ...", fragte Scarlett.

„Volltreffer."

Cameron versuchte mich abzulenken.

„Ich habe gehört, ihr beide und Isaac kommt zu unserer Party?"

„Richtig."

„Cool, freut mich. Ab acht Uhr gehts los. Unser Jahresmotto lautet: ‚Kommt als Paar, kommt black and white'. Letztes Jahr verlief alles ganz ok, also dürfen wir dieses Jahr wieder bei uns zu Hause feiern."

Als sich das Klassenzimmer wieder füllte, setzte sich Cameron wieder auf ihren Platz in der zweiten Reihe – Scarlett und ich saßen in der vierten. Während ein Mädchen an der Tafel ausgefragt wurde, schrieb ich eine Frage in mein Ringbuch und schob es Scarlett zu.

> Was meint sie mit „Kommt als Paar"?

Scarlett kritzelte in ihrer Schnellschreibeschrift eine Antwort.

> Du sollst m. e. Jungen kommen. Wie wärs m. A?
> Ich weiß nicht. Meinst du, er will mit MIR gehen?
> Aber klar. So w. ihr euch versteht ...
> Ich frag ihn mal. Mit wem gehst du?
> Vllt. mit Mason.
> Wer ist Mason?

Scarlett zeigte mit ihrem Stift auf einen Jungen in der dritten Reihe. Sie wurde rot. Ich musste zugeben, er sah gar nicht so schlecht aus – er war sogar richtig heiß. Kein Wunder, dass Scarlett rot anlief. Ich wäre bestimmt auch rot geworden, wenn ich mit Augustus Winterbuttom Bekanntschaft nicht bereits geschlossen hätte. Ich konnte mich schwach daran erinnern, dass Scarlett Mason schon einmal erwähnt hatte, genau vor einer Woche, als wir die Steintreppe hinauf zu Religion gegangen waren. Da ich ihr aber nicht zugehört hatte, wusste ich nicht, ob er ihr Freund war oder nicht. Ich wollte nicht unhöflich sein und verkniff mir die Nachfrage.

Als wir zum Musiksaal schlenderten, fragte ich Isaac, mit wem er zu Camerons und Christians Party gehen würde.

„Ich bin noch frei", sagte er.

„Wer würde auch schon freiwillig mit ihm gehen?", scherzte Scarlett und wir lachten alle, sogar Isaac.

12.

In der Kantine hatte Isaac angekündigt, dass der Baumstammpalast für mich heute nicht zu betreten sei. Die Antimondlampen hatten sich mal wieder zusammengeschlossen (was laut Katie, alle fünf Wochen der Fall war), um den Mondlampen eins auszuwischen. Christian hatte mir aber hoch und heilig versprochen, mir nicht zu schaden. Ich fühlte mich bevorzugt, hervorgehoben, irgendwie besonders. Aber trotzdem war es ein merkwürdiges Gefühl, ausgeschlossen zu werden. Ausgeschlossen von denen, zu denen man eigentlich gehörte, von dem, was man war, und von dem, was man in seinem Leben dazugewonnen hatte. Seltsam.

Nach dem Essen ging ich, weil ich nicht wusste, was ich sonst tun sollte, Augustus suchen. Ich wollte mich bei ihm entschuldigen und ihn fragen, warum er, als ich ihn zurückrufen wollte, nicht mehr abgenommen hatte.

Nach langem Suchen in der Kantine, im Innenhof, am Volleyballfeld, am Pausenhof, im Park, im Schulkeller und bei den Sitzecken fand ich ihn letztendlich in der Bibliothek. Wie an Isaacs Spieleabend saß er locker und lässig in einem der farbigen Sitzsäcke, seinen Blick auf das Buch in seinen Händen fokussiert, sein Haar hing ihm ins grinsende Gesicht. Als ich langsam näher an ihn herantrat, konnte ich sehen, was er las.

Das Schicksal ist ein mieser Verräter von John Green.

Der Sitzsack, in dem er saß, war viel zu groß für ihn. Als er mich sah, blätterte er einige Seiten zurück. Er sah mich gar nicht richtig an und blätterte schweigend und suchend vor sich hin. Immer wieder versuchte ich, mit ihm zu reden, doch er hob nur den Zeigefinger und machte leise „Pssst".

„Schau mal", sagte er, als er endlich fand, was er gesucht hatte.

Ich setzte mich neben ihn in den knallroten Sitzsack, das Stehen wurde mir auf Dauer zu anstrengend, und las die beiden Seiten, auf die er zeigte. Irgendwie kam es mir bekannt vor. Genau dasselbe, ok vielleicht nicht *ganz* dasselbe, aber so gut wie fast alles kam mir mehr als bekannt vor.

„Fast wie bei uns", flüsterte Augustus und strich mir die Haare hinters Ohr, damit er mein Gesicht sehen konnte.

Ich musste lachen.

„Oh, er hat sogar denselben Namen wie du", sagte ich und lehnte meinen Kopf an seine Schulter.

„Wir sind nur keine Krebspatienten, und Isaacs Spieleabend war nicht das Treffen einer Selbsthilfegruppe."

„Und ich habe keine Depressionen."

Augustus Grinsen wurde noch breiter, seine Wangen färbten sich dadurch ein wenig röter. Ich kannte das Buch nicht, aber die beiden Seiten hatten in meinem Kopf eine neue Welt erschaffen, und weil ich die Ähnlichkeiten zwischen den Protagonisten und uns beiden lustig fand und wissen wollte, was mit Hazel und Augustus passierte, nahm ich mir vor, es zu lesen.

Während Augustus seinen Arm um mich legte und mich näher an sich heranzog, überflog ich mit dem Blick die Bücherregale. Ich konnte keine weitere Ausgabe von *Das Schicksal ist ein mieser Verräter* finden, und da ich davon ausging, dass Augustus sich das Buch ausleihen würde, beschloss ich, mir in der Stadt ein eigenes Exemplar zu kaufen.

„Gehst du auch zu den Zwillingen auf die Party?", fragte er.

„Hmm, was?"

Er roch so verdammt gut, dass ich für einen Moment die Augen schloss.

„Die Party von Cameron und Christian. Gehst du da hin?"

„Äh … ja, klar."

„Und mit wem wirst du gehen?"

„Weiß nicht. Du?"

„Mit dir." Er drehte sich so, dass er mir ins Gesicht sehen konnte.

Im ersten Moment realisierte ich gar nicht, was er genau gesagt hatte – erst als er die Augen schloss und immer näher kam, begann ich über „mit dir" nachzudenken. Mein Herz begann schneller zu schlagen, als ein Rennauto fährt. *Will er mich küssen? Ach du Scheiße!* Ich fing vor Aufregung an zu schwitzen. Meine Hände wurden feucht.

„Ich habe aber noch kein Kleid", sagte ich, total überfordert mit der Situation. Er machte die Augen wieder auf und sah mit seinen blauen Augen direkt in meine.

„Macht nichts, ich habe auch noch nichts Passendes."

Er sah ein wenig irritiert aus. Dachte er, dass ich ihn nicht küssen wollte? Etwas enttäuscht sah er zur Seite.

„Gehen wir gemeinsam shoppen?", versuchte ich die Situation zu retten.

„Mit dir mach ich alles, Liz."

„Süß ..."

„Liz, ich glaube, ich ähm ..."

„Du glaubst was?" Ich merkte, wie verlegen er war, und irgendwie machte es mich ganz weich.

Ein Junge wie Augustus Winterbuttom ist, wenn er verlegen ist, wie ein kleines Kind, das seiner Mom beichtet, heimlich Schokolade gegessen zu haben.

„Ich glaube, ich ... ich glaube, ich habe mich ... ähm ... in dich verliebt, Liz."

Ich grinste und spürte, wie mir das Blut in den Kopf stieg – ich konnte nur hoffen, dass ich nicht wie Tomatenketchup aussah.

Er sagte: „Ich liebe dich, Liz Harrison."

„Ich dich auch."

Er schloss die Augen, und dieses Mal tat auch ich es. Langsam näherte er sich meinem Gesicht und langsam ich mich seinem. Als wir ganz nah beieinander waren, Lippen an Lippen, zog er plötzlich meinen Kopf noch näher an sich. Wir küssten uns, und er küsste unheimlich gut. Zum Umfallen sexy. Seine Lippen schmeckten wie M&M's mit Erdnussbutter, nur viel besser, und sie passten perfekt auf meine. Meine Knie wackelten und ich hatte ein aufregendes Kribbeln in mir. Ich wollte gleich noch mal. Meine Hände zitterten. Es war nicht mein erster Kuss, nein, aber es war mein erster Kuss mit Augustus. Und er war gut.

Und wir küssten uns insgesamt noch, ähm ... ich schätze vierundachtzig Mal, Arm in Arm, zusammengekuschelt in der Bücherei, bis der Gong zum Nachmittagsunterricht läutete.

Aus dem Entschuldigen und so wurde also nichts, was mich nicht weiter störte. Wie es passiert war, war es um Welten besser, als über zehn gescheiterte Anrufe zu quatschen, schätze ich. Ich meine, wer hat schon die Gelegenheit, Augustus Winterbuttom küssen zu dürfen, und noch dazu noch die Ehre, von ihm geliebt zu werden.

Augustus hatte Politik und brachte mich vorher zu Geschichte. Wir gingen Hand in Hand. Auf den Fluren war ziemlich was los. Die Mondlampen diskutierten oder standen verzweifelt in Gruppen an ihren Schließfächern. Ziemlich viel wirres Gequatsche.

„Meine neuen Converseschuhe sind weg!"

„Meine Chaneltasche wurde mit etwas Kackeähnlichem beworfen!"

„Das Polohemd, das ich mir erst gestern gekauft habe, wurde von ihr da mit widerlichem Parfüm eingesprüht. Überall sind hässliche Flecken. Und es *stinkt!*"

Ich dachte: *Das muss etwas mit dem Streich zu tun haben.*

Kurz blieb Augustus stehen und schloss sein Schließfach auf. Nichts war beschädigt. Nur ein gelber Post-it klebte auf der Innenseite der Tür.

„weil Du Unsere freundin Liebst, Haben Wir dich Verschont. ansonsten Wärst du auch Drangewesen!"

Er grinste.

„Isaac hat eine tolle Rechtschreibung, findest du nicht auch?"

„In der Tat."

Er griff wieder nach meiner Hand und grinste immer noch.

Wir ließen die erschrockene Menschenmenge hinter uns. Nur einmal drehte ich mich noch um, um von der Treppe aus ein letztes Mal das entsetzte Treiben der Mondlampen zu sehen.

Bis auf ein paar Mitschüler, mit denen ich eigentlich nichts zu tun hatte, war noch niemand im Saal für Geschichte. Augustus küsste mich zum Abschied auf die Stirn.

„Wir sehen uns", sagte er noch und strich mir die Haare hinters Ohr, bevor er alleine die Treppe wieder nach unten ging.

Ich sah aus dem Fenster. Auf dem Schulhof stand ein Notarzt. Ich fragte mich, was wohl passiert war. Um den Notarzt drängten sich Lehrer und Schüler. Ein Notarzt!

„Ein Mädchen ist vor Schock umgekippt, weil sie nicht fassen konnte, dass in ihrem Schließfach drei Flaschen mit Pisse ausgelaufen sind."

Ich drehte mich erschrocken um.

Mason stand direkt hinter mir und grinste. Ich hätte ihn nicht erkannt, wenn Scarlett mir vorher nicht gesagt hätte, dass sie ihn „ein bisschen mag".

„Ich hatte ... ähm ... gar nicht gemerkt, dass du ... ähm ... gekommen bist", druckste ich herum.

„Ich weiß. Deine Augen waren ganz schön aufgerissen, als du dich umgedreht hast."

Er grinste. Wie Augustus hatte er eine Hand lässig in der Tasche seiner Jeans. Seine Augen waren so blau und klar, dass man fast hindurchsehen konnte. Ich sah kurz aus dem Fenster – das Mädchen wurde auf einer Trage in den Krankenwagen geschoben –, dann wieder in sein Gesicht. Mason grinste immer noch. Sein Grinsen war fast zu groß für sein Gesicht. Kein Wunder, dass sich Scarlett in ihn verliebt hatte. Er ähnelte Augustus ein wenig.

„Woher weißt du das?", fragte ich.

„Was?"

Mason lehnte sich in seiner Lederjacke an die weiße Wand und sah an mir vorbei aus dem Fenster auf den Schulhof.

„Das mit dem Mädchen." Auch ich sah wieder auf den Hof und beobachtete mit den Händen in den Hosentaschen das Treiben.

Mason schmunzelte.

„Wenn wir einen Streich gegen die Mondlampen planen, läuft alles nach Plan. Oder hast du dich nicht gefragt, wie wir in alle Schließfächer gekommen sind, ohne jedem Einzelnen den Schlüssel stehlen zu müssen? Und das", er deutete auf den Notarzt, „war einer unserer Spezialeffekte."

Mit „wir" meinte er die Antimondlampen, mit „Spezialeffekte" ein Mädchen, das ins Krankenhaus musste, und mit „Streich" mutwillige Sachbeschädigung.

„Der Streich ... ich find die ganze Sache ...", begann ich.

„Ja. Isaacs fabelhafte Idee. Er ist echt ein Genie in solchen Sachen", unterbrach mich Mason.

Schweigend standen wir da, sahen nach draußen, während sich der Saal langsam mit Schülern füllte. Die meisten waren Antimondlampen. Ich beschloss, mich zu setzen. Meine Knie waren immer noch wacklig von der ganzen Küsserei. Ich wartete auf Scarlett, musste ihr unbedingt erzählen, was in der Bibliothek passiert war.

Pünktlich zum Stundengong traf sie zusammen mit Isaac, den Zwillingen und Katie ein. Dr. Hawkins war noch nicht da, und sie wurden mit großem Applaus begrüßt. Nur die ein, zwei Mondlampen (außer mir) klatschten nicht. Isaac grinste, als hätte er ein ganzes Honigkuchenpferd verschluckt. Sie setzten sich neben mich in die Reihe. Zuvor verbeugten sie sich noch.

Nach und nach kamen auch die anderen Mondlampen. Sie machten alle Gesichter wie drei Tage Regenwetter.

„Aaah, Liz, das war … *gigantisch*", sagte Isaac.

Ich zog die Schultern hoch und ließ sie wieder fallen. Eigentlich war mir dieser Streich scheißegal. Ich fand die Sache mit Augustus um einiges wichtiger.

„Scarlett, du glaubst nicht, was …"

Eigentlich wollte ich Scarlett erzählen, was in der Bibliothek vorgefallen war, aber Katie unterbrach mich: „Ich freu mich schon auf morgen! Vor allem auf das Gesicht von Zoe …"

Christian, Cameron, Katie, Scarlett und Isaac lachten. Ich verdrehte die Augen. Sie waren so etwas wie die Anführer der Antimondlampen.

„O ja!"

„Das Beste, Liz, ist, dass sich die größte Verunstaltung in Zoes Schließfach befindet. Und Zoe hat ja mal wieder ihre *Arzttermine*. Und wenn sie morgen früh ihr Schließfach aufsperrt, wird sie in Ohnmacht fallen. Ich schwör es dir! Das wird der Oberhammer!"

Dr. Hawkins hatte mich an die Tafel geholt, und es lohnte sich. Ich konnte meine schlechte Note gleich wieder ausbügeln. Nach mir wurde noch ein Mädchen abgefragt. Sie hatte nicht gerade die Note, die man sich erhoffte. Vielleicht hatte sie nicht gelernt oder war wegen dem Streich ziemlich durch den Wind ... was ich wohl auch gewesen wäre, wenn ich ganz entspannt mein Schließfach geöffnet hätte und dann nicht mehr ganz so entspannt feststellen hätte müssen, dass es darin schlimmer aussah als beim Teufel unterm Sofa. Ich hatte schon fast Mitleid mit dem Mädchen. Anschließend erzählte Dr. Hawkins wieder über den Hundertjährigen Krieg. Der Hundertjährige Krieg von 1337 bis 1453 veränderte die Landkarte Westeuropas. In London regierte Eduard III., der den Streit um Land und Lehenspflichten schlagartig eskalieren ließ. Er erhob selbst Ansprüche auf den französischen Königsthron, denn durch seine Mutter Isabella war er ein Enkel Philipps des Schönen, während sein Gegenspieler Philipp Valois nur dessen Neffe war. Juristisch schien der Erbanspruch wackelig, da Eduard nicht von der männlichen Linie der Kapetinger abstammte. Dennoch legte er sich den Titel „Rex Angliae et Franciae" zu und ließ Philipp von Valois propagandistisch als

Mann diffamieren, der vorgab, König von Frankreich zu sein. Damit konnte sich die zunächst lokal begrenzte Auseinandersetzung auf lange Sicht in einen nationalen Krieg zweier Monarchen um die französische Königskrone, also einen nicht mehr nur feudalen Kampf zwischen Ländern und Völkern wandeln. Kurz gesagt: Ein total hirngeschädigter Engländer wollte die französische Krone, weil er dachte, wegen irgendeiner Familienerbgeschichte Anspruch darauf zu haben, und der Franzose wollte die Krone natürlich nicht rausrücken. Der Hundertjährige Krieg war Dr. Hawkins Lieblingsthema.

Als ich mich in den Bentley setzte, saß Lily bereits (wie eigentlich immer) schon darin. Sie hatte die Beine übereinander geschlagen (wie eigentlich immer) und den Arm darauf gestützt (wie eigentlich immer). Ihr wunderschönes Haar fiel ihr (wie eigentlich immer) ins Gesicht. Sie hatte ihr Gesicht an die Fensterscheibe gepresst, was verdammt unnormal war! Sie sah aus wie ein Waschbär nach dreitausend Litern Whiskey. Ihre eigentlich immer perfekt gepuderten Wangen zeigten rote Flecken und auf ihrer sonst immer gut aussehenden Bluse waren schwere Wassertropfen mit, ähm, ja, Wimperntusche. Sie weinte.

„Was ist passiert?", fragte ich.

Smith zog die Schultern hoch.

„Sie ist schon so eingestiegen."

Lily schniefte. Zum ersten Mal hatte ich das Gefühl, dass ich sie gernhatte. So etwas wie Mitleid regte sich in mir. Sie wischte sich mit ihrem Ärmel die Nässe und ihr ganzes Make-up von den Wangen.

„Als ich mein Schließfach aufschloss, dachte ich, ich muss sterben."

O Mann, dieser gottverdammte Scheiß …

„Na ja, gestorben bin ich ja nicht. Aber fast! Mhm, ja, auf alle Fälle sind meine High Heels im Arsch, mein neues MacBook, das ich heute für Politik brauchte, ist zerkratzt, meine neue Tasche wurde mit Kacke beworfen und in meinem Parfümfläschchen ist Pisse! Und ich Idiotin habe mir das Parfüm auch noch aufgetragen und erst später gemerkt, dass es gottverdammte Pisse war, als mich ein Junge darauf ansprach! Mann, war das peinlich! Und mein Handy … mein Handy ist verschwunden! In der Schutzhülle klebte ein Zettel: ‚Danke für dieses prächtige Geschenk'! Und jetzt kommts: mei…"

„Stoooopp!", brüllte ich gegen ihre zitternde, schreiende Stimme an.

Ich hatte Lily noch nie so gehört. Ihre Stimme klang so widerlich und sie verwendete Ausdrücke, die sie normal nicht mal im Traum sagen würde. Und der Höhepunkt war, dass sie sich selbst als Idiotin bezeichnete.

„Warte", sagte ich, schleuderte meine Tasche herum, bis sie auf dem Boden landete, und sprintete los. Eigentlich sollte ich sauer auf die anderen sein, weil sie 1.) meiner Cousine das angetan hatten (und keine Ahnung wie viel Scheiße sie noch aufgezählt hätte) und 2.) weil sie alle nur an den blöden Streich dachten und das, was ich erzählt hatte, für sie unwichtig war. Aber irgendwie hatte ich das in den Minuten, in denen ich durch die Menge der Schüler rannte, vergessen. Erst als ich vor Isaac stand, fiel mir wieder ein, was Sache war.

„Zigaretten!", keuchte ich außer Atem.

Isaac zog die Augenbrauen hoch.

„Bitte!"

Isaac kramte in seiner Tasche herum.

„Wie viele?"

„Ähm ... Zwei ... Ja, zwei ..."

Isaac gab mir zwei Zigaretten und ich umarmte ihn.

„Danke, Isaac."

„Gerne. Ist alles okay mit dir?"

„Ähm ... ja, klar, sicher... Mit mir schon ... aber meine Cousine ..."

Isaac grinste. Ich drehte mich auf dem Absatz um und sprintete wieder zum Wagen. Ich stopfte die Zigaretten in Lilys Mund und musste mir ein Lächeln verkneifen. Ein wie ein Waschbär aussehendes Mädchen mit sage und schreibe zwei Zigaretten im Mund!

„O shit! Bin gleich zurück! Nicht bewegen!"

Ich ließ die Wagentür offen stehen und sprintete wieder dorthin, wo ich Isaac zum letzten Mal gesehen hatte. Scheiße, er war nicht mehr da. Ich rannte zum Baumstammpalast. Niemand. Ich sprintete zu den Schließfächern. Kein Isaac. Zum Busparkplatz – kein Zeichen von Isaac. *Scheiße, Scheiße, Scheiße!* Ich stemmte meine Arme in die Knie und keuchte. Ich war im Leben noch nie so schnell gerannt wie in der letzten viertel Stunde. Ich hatte bestimmt knallrote Hamsterbacken. Ich sah mich um. Und dann ... Mein Blick fiel auf einen Jungen, drei Köpfe größer als ich. Mein Oberteil war zu dreiundneunzig Prozent mit Schweißflecken übersät.

Ich dachte: *Du hast ihn noch nie gesehen. Er hat dich noch nie gesehen. Wir werden uns nie wiedersehen. Hoffe ich.*

Ich sprintete los und rief: „He, das ist meins!"

Dann riss ich diesem fremden Typen sein Feuerzeug aus der Hand und sprintete wieder zurück zum Wagen. Keine Ahnung, ob er was sagte, mir nachschaute oder mir nachlief …

Als ich zurückkam, saß Smith immer noch so da, wie er dagesessen hatte, als ich weggerannt war, und Lily hatte immer noch den gleichen verdutzten Blick drauf, was mich beides faszinierte.

Ich zündete die Zigaretten gleichzeitig an und reichte Smith das Feuerzeug. Ich war gewissermaßen Stolz auf mich, dass sie auf meinen Nicht-bewegen-Befehl gehört hatten.

Ich beauftragte Mr. Smith, die Fenster runterzulassen. Zwei Zigaretten verbreiteten in dem kleinen Raum Unmengen an komisch riechendem Qualm.

Im Sekundentakt zog ich Lily beide Zigaretten aus dem Mund, damit sie den Rauch ausatmen konnte. Leise zählte ich in Gedanken mit. *Eins. Zwei. Drei. Vier … Acht.* Sie war so geflasht, dass sie nicht mal in der Lage war, die Droge selbstständig aus ihrem Körper zu ziehen.

Nachdem beide Zigaretten heruntergebrannt waren, schmiss ich sie verbotenerweise aus dem Fenster.

„Wow!", sagte sie. Na ja, eigentlich hustete sie es mehr oder weniger.

Während Mr. Smith uns nach Hause brachte, sah ich aus dem Fenster und ließ die Gedanken in mir kreisen.

Im Augenwinkel konnte ich unscharf erkennen, wie Lily mit ihrem Kopf an der Fensterscheibe lehnte und die Füße auf die schicken Ledersitze gestellt hatte. Sie sah ohne Scheiß ein bisschen nuttig aus.

Smith ließ uns im Hof aussteigen, damit er – natürlich ganz ohne Begleitung – in die Garage fahren konnte. Ich schleppte Lily nach oben in unsere Etage, in der Hoffnung, niemand würde uns sehen. Ich ließ ihr eine Badewanne ein und sie zog sich erst unwillig, aber dann doch eifrig aus. Ich kippte die komplette Flasche Badeöl in die Wanne, um den Zigarettenrauch zu entfernen, und während sie badete, versuchte ich, ihre nach Rauch riechenden Klamotten unbemerkt nach unten zu bringen. Olivia hatte im Keller einen Korb, in den jeder seine Wäsche werfen sollte, wenn sie zur Reinigung gebracht werden musste. Danach leerte ich die mit Pisse gefüllte Parfümflasche und beseitigte die Kacke von Lilys Handtasche. Ich föhnte ihre Haare, sie hatte dichtes, schönes Haar, muss ich zugeben, und brachte sie anschließend nach unten.

In der Halle sagte sie: „Liz, Ich bin kein kleines Kind mehr. Deine Hilfe war unnötige Zeitverschwendung."

Und dann drehte sie sich auf dem Absatz um und stiefelte mit ihrem Ich-gehe-wie-Kim-Kardashian-Gang davon. Da war sie wieder, die alte Lily. Und ich hatte schon gedacht, der Tag, an dem sie doch zur süßen kleinen Cousine werden würde, wäre gekommen.

Ich ging in mein Zimmer und lernte ein wenig vor mich hin. Um das bedrängende Gefühl in meinem Zimmer loszuwerden, ging ich Jacob vom Straßenkindergarten abholen. Der Kindergarten war ungefähr dreiundfünfzig Häuser vom Harrison-Haus entfernt. Auf dem Weg dorthin schaute ich in einem Laden vorbei, um die Sachen für Ms. Sheppards Afrikaprojekt zu besorgen.

Jacob freute sich sehr, dass ich ihn abholte. Er hatte mit einem seiner Freunde ein Puzzle gebaut, als ich ankam. Als wir nach Hause gingen, griff er nach meiner Hand und hielt sie den ganzen Weg fest umschlungen. Er erzählte mir, was er den ganzen Tag so gespielt hatte. Jacob konnte stundenlang über dasselbe Thema reden, ohne sich dabei zu wiederholen. Ich hatte das Gefühl, dass er mich mochte. Irgendwie tat es gut. Es gab mir so ein Gefühl der ... ähm ... Sicherheit. Das Kopfsteinpflaster gefiel mir, als wir zurückgingen, mehr als auf dem Hinweg. Zusammen und kraftvoll hat das Leben mehr Bedeutung als allein und schwach. Früher holte ich Bill auch oft vom Kindergarten ab, er hatte das Erzählen genau so geliebt wie Jacob.

Am Abend loggte ich mich aus Langeweile in meinem Laptop ein. Eigentlich wollte ich einen Film sehen, aber Scarlett hatte mir geschrieben:

SCARLETTCAROLL: Habe Mason gefragt, ob er mit mir zu Christians und Camerons Party geht.
LIZHARRISON14: Und?

SCARLETTCAROLL: Hmmmmmmm, mmhhmmm, nein, hmmmm, mhhh ...

LIZHARRISON14: Du Ärmste. Warum denn nicht?

SCARLETTCAROLL: Kann ich vorbeikommen?

LIZHARRISON14: Klar.

SCARLETTCAROLL: Bin in neun Minuten da.

In der Zwischenzeit brachte ich alle Schokoladeneisschachteln, die ich im Haus finden konnte, in mein Zimmer. Zum Schluss waren es zehn ganz und zwei halb volle. Ich holte zwei Löffel. Einen extragroßen Esslöffel für Scarlett und einen kleinen Teelöffel für mich.

Nach exakt neun Minuten kam Scarlett die Treppe zum Stockwerk meiner Mom und mir herauf. Sie ging in geknickter Haltung, ihre Augen waren rot geweint und ihre Stimme ausgetrocknet und rau. Ihre schönen Haare hatte sie zu einem unschönen Zopf zusammengebunden, einzelne Strähnen hingen ihr ins Gesicht. Sie trug eine Jogginghose und ein für sie zu kleines Top. Lily hätte es vielleicht gerade noch so gepasst.

Als sie in meiner Zimmertür stand, umarmten wir uns lange. Sie fing an zu weinen. Auf meiner linken Schuler merkte ich, wie die Tränenflüssigkeit durch mein Oberteil sickerte. Sie war nicht geschminkt und ihre Wangen rot gefärbt.

Ich setzte mich auf den Boden und lehnte am Schrank, während Scarlett auf meiner weinroten Couch inmitten der Kissen Schokoladeneis löffelte und weinte.

„Was ist passiert?", fragte ich sie.

„Ich habe heute nach der Schule mit Mason geredet. Irgendwie kamen wir dann auf die Party, und er hat mich gefragt, mit wem ich gehen werde. Erst hatte ich mich total gefreut, weil ich dachte, er würde mir anbieten, mit ihm zu gehen. Aber nein. Als ich sagte, dass ich noch keinen gefunden habe, lachte er so laut, als hätte ich den besten Witz erzählt, den er je gehört hätte. Weißt du, nicht sein übergroßes sexy Lächeln, sondern, als ob die Schule abfackeln würde und die Lehrer mit ihr in die Luft gingen."

„Und mit wem geht er?", wollte ich wissen.

„Das ist ja das Ober-Hammer-krass-mega-Dumme-und-übelst-Deprimierende. Er geht mit Zoe. Mit Zoe! Zoe ist eine *Mondlampe*. Und er nicht. Heute hat er noch so kräftig Schließfächer ruiniert und jetzt ... Weißt du, ich hatte immer das Gefühl, er würde mich mögen. Wie er mich immer angesehen hat, ich dachte echt, hinter diesem Blick wäre was. Wir haben oft Stunden am Stück telefoniert oder geschrieben und er hat mir auch was zu Weihnachten geschenkt, und umarmt hat er mich auch immer – zum Abschied oder wenn es mir schlecht ging. Bei ihm fühlte ich mich so geborgen, weiß nicht, wieso, aber für mich ist er etwas ganz Besonderes, kein arrogantes Egoschwein wie Zoe, er war immer gegen sie, hat mit mir über sie gelacht, mit mir über sie gelästert, und jetzt tut er so, als hätte uns jemand vertauscht."

„Vielleicht war das ja nur ein Scherz."

„Er hat sie vor meinen Augen geküsst. Auf den Mund! Ganz lang! Ich habs gesehen."

Scarlett hatte aufgehört zu weinen, ihre Stimme wurde wieder kräftiger und ihre Haltung angespannter.

„Er hasst Mondlampen! Er ist nach Isaac der Anführer der Antimondlampen, Liz! Und Zoe ist eine dreifache Mondlampe, verstehst du?"

Ich nickte. Der ganze Mondlampenscheiß und so war echt nichts für schwache Seelen. In meiner alten Schule hatte es so was nicht gegeben. Irgendwie hatte ich die ganze Sache unterschätzt. Ich meine, selbst *ich* war eine Mondlampe, aber meine Freunde waren alle (abgesehen von Augustus) keine und, ach, keine Ahnung, in letzter Zeit lief sowieso nicht alles so, wie es hätte sein sollen.

Wir quatschten noch lange, ich sprach ihr Mut zu und machte ihr hoffentlich wieder Hoffnung. Jemand wie ich, der psychisch mehr als am Ende war, aber immer noch nicht gestört oder so, war vielleicht nicht gerade der Mutmacher schlechthin, aber ein Tippgeber in jeder beschissenen Situation. Sie war wirklich mehr als verliebt in Mason und ich konnte sie verstehen, aber im Großen und Ganzen war ich, bedauerlich für sie, erleichtert, dass ich in diesem Jahrhundert nicht die Einzige war, die sich in einer Menge von glücklichen Menschen wie ein Kaktus in der Arktis fühlte. Diese Feststellung baute mich innerlich ein kleines Stück weit auf. Scarlett blieb bis halb elf, schätze ich. Wir hatten bis auf eine halbe Packung das komplette Schokoladeneis gegessen.

13.

Ein nerviges Klopfen riss mich am Dienstagmorgen aus dem Schlaf. Ich sah auf meinen Wecker. Es war fünfzehn Minuten vor fünf. Normalerweise war um die Uhrzeit niemand wach. Es war knappe zwei Stunden vor meiner normalen Aufstehzeit.

Das Klopfen an meiner Tür wurde immer ungeduldiger und nach einer Weile hatte ich das mulmige Gefühl, mit dem nächsten Klopfen würde die Tür ins Zimmer fallen. Eigentlich konnte es niemand anderes als Mom sein, da ich seit gestern nicht mehr mit ihr geredet hatte. Eigentlich hatte ich auch in diesem Moment nicht die geringste Lust, mit ihr zu reden, aber aus Angst um meine Tür musste ich es wohl oder übel. Mehr oder weniger im Halbschlaf schloss ich die Tür gezwungen auf – und wie ich es geahnt hatte, stand Mom fertig angezogen vor meiner Tür. Ihre Hand war rot. Wahrscheinlich vom Hämmern gegen meine Tür.

„Was?!", gähnte ich.

Ich war seit Jahren nicht mehr so früh aufgestanden.

„Wir müssen reden", sagte sie.

„Ach echt? Müssen wir das?" Ich verdrehte gähnend die Augen.

„Ja. Müssen wir. Weißt du, Liz, die Ehe ist ein viel zu interessantes Experiment, um es nur einmal zu versuchen. William und ich kennen uns schon von früher, als wir noch Teenager waren. Er ist mittlerweile Chefarzt und hat ziemlich viel Geld. Ich habe ihn erst neulich wiedergetroffen, als ich einkaufen war, und sofort kamen die alten Gefühle in mir hoch. Du musst das verstehen, Schätzchen. William will sich von Madeleine, seiner Frau, trennen. Zwischen ihnen funktioniert es schon lange nicht mehr."

Ach ja, Chefarzt, als hätten wir nicht Geld genug. Die alten Gefühle. Ich soll das verstehen ... Am liebsten hätte ich ihr die Tür vor der Nase zugeschlagen und weitergeschlafen, ich war nämlich noch ein *bisschen* müde. Aber sie hielt ihren Fuß dazwischen.

„Ihr wart also schon mal zusammen?"

„Das ist lange her, Schätzchen."

„Könntest du mal bitte aufhören, mich *Schätzchen* zu nennen?! Ich bin kein kleines Kind mehr. Verdammt, Mom, es ist echt verdammt früh."

Mom sah mich an. Sie weinte. Gott sei Dank hatte sie sich noch nicht geschminkt. Ich musste also keine Waschbärenverwandlung mitansehen. Mom sah mich immer noch an, und als ich die Augen verdrehte, ließ sie mich allein in der Tür stehen und ging ohne ein weiteres Wort in ihr Zimmer. Ich legte mich wieder schlafen und stand etwa eineinhalb Stunden später wieder auf, schätze ich. Mom habe ich nicht mehr gesehen.

Nach dem Unterricht ließ ich mir von Isaac sagen, wo Prof. Dr. Twigley sein Zimmer hatte. Es war im Neubau, genau neben unserem Geschichtssaal. Komisch eigentlich, dass mir das Zimmer noch nie aufgefallen war. Ich lehnte mich gegen die weiße Wand, verschränkte die Arme und starrte auf die Tür. Sie war genauso wie jede andere – nur ein Plakat mit derselben Aufschrift, die auch auf der Visitenkarte war, klebte an ihr. Ich wartete. Ein Mädchen war vor mir an der Reihe. Mein Blick wanderte von der Tür zum Fenster. Im Innenhof machten einige Schüler ihre Hausaufgaben oder quatschten miteinander. Unser Hausmeister goss die Blumen, die Sonne brannte auf den Asphalt. Die Tür ging laut auf. Ich zuckte zusammen. Das Mädchen, welches vor mir dran gewesen war, war um einiges älter als ich. Ich schätze, sie ging mit Augustus in die Abschlussklasse. Sie ließ die Tür für mich offenstehen und lachte mich mit einem unsicheren Lächeln an. Ich trat in Prof. Dr. Twigleys Zimmer, und mir fiel sofort die schwüle Hitze auf. Ein alter Mann, ich nahm an, Prof. Dr. Twigley, saß hinter einem Glasschreibtisch. Als er mich in den Raum kommen sah, stand er auf und schob mir den Stuhl zurecht.

„Wie heißt du?", fragte er und hielt mir seine runzelige Hand hin.

„Liz", antwortete ich und schüttelte seine Hand.

„Schöner Name. Warum bist du hier?"

„Ms. Sheppard hat mich auf Sie aufmerksam gemacht."

„Erzähl mir mal aus deinem Leben. Was bringt Ms. Sheppard dazu, dich zu mir zu schicken?" Er schob seine viel zu große Brille zurecht.

Also erzählte ich ihm aus meinem Leben. Von meiner schönen Kindheit, meinen deutschen Freunden, meinen wundervollen Kindheitsabenteuern, von dem Tag, an dem Mom einen Blumentopf nach Dad schmiss und an dem Bill verschwand, von dem Tag, als Mom mit zwei

Ausweisen vor mir stand, von dem Tag, an dem ich zum ersten Mal hier an dieser Schule war, von den ganzen anderen restlichen Tagen, von Augustus, von den Hochzeitsplänen meiner Mom, von dem Geheimnis, von dem Kopfsteinpflaster und von, ähm, na ja ... jetzt.

Er ließ mich ausreden, unterbrach mich kein einziges Mal, sah mir immer in die Augen, drehte sich nie weg. Ich konnte reden, Wörter benutzen, für die ich von jedem normalen Lehrer eine Mitteilung bekommen hätte, alles doch so Unwichtige sagen, ohne dass ich das Gefühl hatte, Prof. Dr. Twigley würde sich langweilen. Er verstand mich, egal wie kompliziert ich irgendetwas formulierte.

Und das Beste: Ich konnte weinen, während ich erzählte. Weinen und dabei aussehen wie ein betrunkener Waschbär. Prof. Dr. Twigley lachte nicht wie Mr. Smith damals.

Als ich fertig war, nickte er. Er nahm eine Aktenmappe von einem Stapel mit leeren Blättern und begann zu schreiben. Ich sah mich währenddessen in seinem Zimmer um. Eine Wand war komplett mit Urkunden, Fotos und Zeugnissen zugehängt. Hinter Prof. Dr. Twigley stand eine rote Couch neben einem riesigen Aktenschrank. Es gab nur ein Fenster, das einigermaßen gut Licht spendete. Ein Ventilator stand in einer Ecke, an ihm klebte ein Zettel: „DEFEKT!" Kein Wunder, dass es hier so schrecklich heiß war. Prof. Dr. Twigley schrieb immer noch. Bei ihm konnte ich ich sein und doch hatte ich das Gefühl, nicht so jugendlich zu sein, weil es irgendwie nicht passte.

Ich sah auf die Tischuhr. Er schrieb seit einer Viertelstunde. Vermutlich schrieb er alles auf, was ich erzählt hatte. Wort für Wort. Buchstabe für Buchstabe.

Als er fertig war, stand er auf und ging zu dem riesigen Aktenschrank. Ich stellte mir vor, wenn er ihn aufmachen würde, würden Akten wie Blätter im Herbst von den Bäumen fallen. Doch als er den Aktenschrank öffnete, waren genau zwei Mappen darin. Meine Kinnlade fiel nach unten.

„Ich arbeite schon seit über dreißig Jahren hier an dieser Schule", begann er, „und in diesen dreißig Jahren ist das hier das, was ich geleistet habe. Nicht viel, nicht wahr? Der eine Fall hier: Na ja ... komische Beziehungsprobleme, aber nichts für einen Psychiater. Der hier: Todesfall beider Eltern, okay, das geht. Und dann deiner, Liz. Ich habe mich oft gefragt, was mir die ganzen Urkunden und die Zeugnisse bringen, was bringt mir dieser, na ja, etwas große Aktenschrank? Ich habe gemerkt, dass im Leben Perfektionismus nicht alles ist. Klar will heute jeder so viel Geld wie Staub haben, jeder will cool und bekannt sein, niemand will versagen. Aber was ist, *wenn* wir versagen? Was ist, wenn uns unsere Titel auch nicht mehr helfen? Irgendwann versagen wir alle. Die einen eher, wie ich, die anderen spätestens mit dem Tod. Weißt du, Liz, im Leben gibt es nicht nur Tiefen, sondern auch Höhen. Sieh es mal so: Du lernst eine neue Kultur kennen, und wenn du nicht nach Liverpool gezogen wärst, hättest du nicht Herrn Winterbuttom kennengelernt. Du hättest Scarlett nicht. Und Isaac nicht. Aber, ja, meistens fallen uns unsere Stärken nicht so leicht auf wie unsere

Schwächen. Jeder von uns hat seine Schwächen, Liz, jeder. Nicht alle, die mit einem Lächeln durch die Gegend laufen, haben auch wirklich nur Höhen, vielleicht momentan, aber nicht immer. Vielleicht hat ein anderer Psychiater, der nicht so viel im Leben erreicht hat wie ich, doch mehr erreicht als ich. Vielleicht hat er nur einen Abschluss, aber einen Aktenschrank, doppelt so groß wie meiner, randvoll. Vielleicht. Vielleicht verschafft dir das ein oder andere, das dir jetzt böse erscheint, irgendwann neue Wege. Vielleicht wirst du mit Herrn Winterbuttom Kinder haben, einen neuen, supercoolen Stiefvater kriegen. Du darfst nicht alles runterschlucken, aber dir auch nicht alles zu Herzen nehmen. Für deine Mutter wird ein großer Traum in Erfüllung gehen, ihren neuen Freund zu heiraten. Das Beste für sie wird sein, wenn du sie dabei unterstützt. Ihr wird es auch nicht leichtfallen. Mach das Beste aus deiner Gegenwart, um in der Zukunft erfolgreich zu sein. Wenn du jetzt versagst, Liz, wirst du dein ganzes Leben lang versagen. Du hast eine starke Persönlichkeit, nutze sie, und sehe dies alles als Herausforderung. Sei stolz darauf. Die anderen werden auch stolz auf dich sein. Fülle deinen Aktenschrank mit Leben, mit Mappen und nicht eine Wand mit Titeln. Deine Waffe ist dein Verstand, doch dein Verstand kann dich nicht glücklich machen ..."

Irgendwann hatte ich aufgehört zuzuhören. Er hatte recht und er hatte vor allem Erfahrung, aber was er sagte, war nicht so leicht umzusetzen. Stark zu sein, das Beste daraus zu machen, bla, bla, bla. Wie sollte ich meinen Aktenschrank mit Leben füllen, wenn ich nicht mal einen

Aktenschrank hatte? Aber ich hatte das Gefühl, er würde mich verstehen. Nicht so wie Isaac oder Scarlett mich verstanden, sondern wie meine Seele mich verstand, so verstand Prof. Dr. Twigley mich. Er erzählte weiter, las mir was vor, fragte Dinge, die mich sonst niemand fragen würde, und spielte mit mir eigenartige Brettspiele. Er versuchte, den Dreck von meinem Stein so gut es ging abzukratzen, hatte ihm einen neuen Charakter gegeben und er spiegelte mich wider. Prof. Dr. Twigley war so warmherzig, dass es fast schon nicht mehr menschlich war. Ihm war egal, wie ich aussah, wie kratzig meine Stimme war und wie groß die Schweißflecken auf meinem Oberteil – und sie waren groß, riesig, es war auch abnormal heiß im Zimmer.

Ich fragte mich, wer das Mädchen war, das vor mir dran gewesen war, wenn er doch nur zwei Fälle hatte.

Als könnte Prof. Dr. Twigley meine Gedanken lesen, sagte er: „Und nicht, dass du denkst, ich hätte dich angelogen. Die junge Dame vor dir war nur da, weil sie wissen wollte, ob ich nicht ein paar Stunden vor den Abschlussprüfungen mit ihr meditieren könne."

Er grinste und brachte mich auf seinen wackeligen Beinen zur Tür.

Für nachmittags hatte ich mich mit Augustus verabredet. Wir gingen zusammen in die Stadt – erst zu Ladys Fashion, dann zu Marco Polo und dann zu Liverpool One. Für mich kauften wir ein Kleid. Es bestand aus einem weißen Rock und einem schwarzen Lederoberteil mit dicken Trägern. Auf dem Rücken befand sich eine herzförmige Aussparung im Stoff, durch welche man meine Haut sehen konnte. Ich fand es ein wenig kitschig, Augustus fand es scharf. Dazu kauften wir schwarze High Heels, weiße Ohrringe und zwei Armbänder, weißen Nagellack und dunkelroten Lippenstift.

Augustus' Outfit war schwerer zu finden. Insgesamt waren wir schätzungsweise in zehn Geschäften – erfolglos. (Und falls es euch interessiert: Ja, wir hielten den ganzen Nachmittag Händchen.) Als uns die ganze Sucherei zu blöd wurde, gingen wir zurück in das Geschäft, in dem wir mein Kleid gekauft hatten. Wir zeigten es einer freundlichen Angestellten und sie verschwand zwischen den Regalen und Kleiderständern und kam nach ein paar Minuten mit einer Handvoll Klamotten wieder. Ich fand den weißen Anzug schicker, aber Augustus nahm eine schwarze Hose, ein weißes Hemd und eine schwarze Fliege. Für seine Schuhe rannten wir wieder in einen anderen Laden.

Als er sich von mir trennte, anscheinend um ein Geschenk für mich zu kaufen, schlenderte ich in die Stadtbibliothek. Ich sah mich nach *Das Schicksal ist ein mieser Verräter* um, doch zwischen den ganzen meterhohen, vollgestopften Bücherregalen fühlte ich mich hilflos. Ich setzte mich auf einen Stuhl und überlegte. Ich wollte dieses Buch unbedingt. Und während ich so dasaß, meinen Blick stur auf die Regale gerichtet, setzte sich jemand gegenüber von mir in einen großen Lesesessel. Es war ein Mann. Er war groß und dunkelhaarig und versperrte mir die Sicht. Eigentlich wollte ich gehen, mir das Buch vielleicht online kaufen, aber dieser Jemand verhinderte dies mit einem schnellen „Kennen wir uns?".

Ich setzte mich wieder zurück auf den Stuhl, um nicht unhöflich zu wirken, und sah ihn mir noch mal genauer an, bevor ich etwas sagte. Er hatte eine seiner Hände in der Hosentasche. Mit nach vorn gebeugter Haltung saß er da und seine hellen Augen funkelten mich an. Einen schicken schwarzen Anzug hatte er an, auf dem mit weißem Faden „W. W." eingestickt war. In seinem Gesicht konnte ich unscharfe Ähnlichkeiten mit Augustus und ... *mir* erkennen. Ganz sicher bildete ich mir das nur ein. Wieso sollte er auch Ähnlichkeiten mit mir haben ...

Nach einer Weile sagte ich: „Ich denke nicht, nein."

Ich war wieder kurz davor, aufzustehen, aber dieses Mal stand *er* auf und hielt mich am Arm fest.

„Kann ich dir was helfen?"

Ich verdrehte die Augen.

„Du bist süß, wenn du deine Augen verdrehst."

Moment mal ... Diesen Satz hatte ich schon mal irgendwann gehört. Aber von wem? *Scarlett? Nein ... Isaac? Als ob ... Hmmm ... Augustus ... Ja! Augustus! Komisch ...*

„Nein, danke", gab ich zur Antwort, was gelogen war. Eigentlich wollte ich *Das Schicksal ist ein mieser Verräter* lieber gleich kaufen, als zu warten und zu warten, bis die Post mir ein Paket brachte.

„Sicher?"

Ach du Scheiße. Was passiert hier?

„Ganz sicher."

Ich befreite meinen Arm, griff nach meinen Einkaufstüten und verließ die Bücherei mit Gänsehaut. Dann sprintete ich zu dem Platz, wo ich auf Augustus warten sollte oder er auf mich. Als ich mich umsah, konnte ich ihn nicht sehen und setzte mich auf eine der Bänke.

Der Mann war mir nicht gefolgt. Nach einigen Minuten kam Augustus und setze sich zu mir. Vorsichtshalber erzählte ich ihm nichts von dem schrägen Typen in der Stadtbibliothek.

Wir machten uns auf den Weg zu Neon Jamón, einem der beliebtesten Restaurants in Liverpool. Nach einigen Metern entdeckte ich eine Reisegruppe. Vermutlich waren sie gerade auf einer Stadtführung und die Anführerin sprach fließend Deutsch, wie ich erkannte, als wir näherkamen. Die Truppe blieb vor uns stehen und ich begann der Frau zu lauschen. Ich musste schmunzeln, hielt mir beide Hände vors Gesicht, schloss die Augen und drehte mich im Kreis, wie ein kleines Kind, das sich auf Weihnachten freut, und alles nur, weil mich das Deutsch an Zuhause erinnerte. Also an Zuhause-Zuhause. Der Klang der deutschen Stimme löste Herzklopfen aus und ich hörte Augustus lachen. Als ich meine Augen wieder öffnete und aufhörte mich zu drehen, streckte mir Augustus seine Hand entgegen und küsste mich liebevoll auf die Stirn, dann auf die Nase, linke Wange, rechte Wange und zuletzt auf den Mund. Wir ließen die Reisegruppe stehen und gingen weiter durch die Straßen Liverpools.

14.

Und während wir so durch die Straßen schlenderten, verstand ich zum ersten Mal, warum bei uns zu Hause noch Kaminfeuer brannte. Es zog schlagartig zu und in den Straßen wurde es dunkel und kalt. Ein Wind wirbelte alles, was nicht niet- und nagelfest war, in die Luft. Dachziegel zerbrachen beim Aufprall auf dem Asphalt, Kinder weinten. Die Luft war dreckig, verschmutzt von Staub und Erde. Es begann zu blitzen und die Kälte fühlte sich an, als ob der arktische Winter bei uns einbrechen würde. Schlagartig hagelte es tennisballgroße Hagelkörner, die Dachfenster einschlugen und Autos zerbeulten. Die Hagelkörner zersprangen auf dem Kopfsteinpflaster. Ich begann zu zittern, es war schweinekalt – und das kurz vor Ostern.

„Das ist typisch englisches Wetter!", hatte Augustus gebrüllt.

Er ging direkt neben mir und musste die ganze Kraft seiner Lunge verwenden, um gegen den Lärm anzuschreien, in der Hoffnung, ich würde ihn verstehen, was mir schwerfiel. Augustus packte meinen Arm (gruseligerweise genauso wie der Typ in der Stadtbibliothek) und zog mich über eine Treppe in den Untergrund. Mütter hatten sich hier mit ihren Kindern vor dem starken Wind in Sicherheit gebracht, und warm war es auch.

Augustus zerrte mich weiter und setzte mich auf eine Bank aus Stahl. Er gab mir den Auftrag, hier auf ihn zu warten, ging zu einem der Schalter und kaufte Tickets für die U-Bahn. Die Schlange, in der er stand, war mächtig lang. Ich zog mehr oder weniger aus Langeweile sein Handy aus seinem Mantel, den er mir dagelassen hatte, surfte ein wenig im Internet herum und stieß auf MyCityTrip.com. Ich las zu meiner persönlichen Info einen Artikel über die Verkehrsmittel in Liverpool. Eigentlich wollte ich ja wissen, wo ich mich gerade befand. Liverpool verfüge im eigentlichen Sinne nur über ein Schienenverkehrsnetz, stand hier. Allerdings verliefen die Schienen im gesamten Altstadtbereich unterirdisch, sodass man eher von einer echten U-Bahn sprechen könne. Irgendwie kompliziert. Hauptknotenpunkt der Stadt sei der Bahnhof Lime Street, bei dem alle Linien zusammenliefen, aber irgendwie half mir das hier nicht weiter.

Als Augustus mit zwei Tickets zurückkam, sagte er: „Eigentlich wollte ich mit dir zu Fuß hingehen, dir ein bisschen Liverpool zeigen, aber das Wetter macht mir einen Strich durch die Rechnung. Tut mir leid."

„Dann zeig mir Liverpool wann anders", sagte ich und gab ihm einen Kuss.

Bei Neon Jamón war es gemütlich – urig eingerichtet und nicht viel los. Es war angenehm warm. Wir aßen gut und romantische Musik untermalte den Kerzenschein. Augustus aß Fisch und ich hatte die Muscheln gewählt. Durch das bodentiefe Fenster konnte man das Unwetter sehen, das in den Straßen Liverpools herrschte. Trotzdem war es noch ein schöner Abend. Wir hatten alles (mit Ausnahme des Buches) besorgt, was wir brauchten – die Party konnte kommen.

Augustus brachte mich noch nach Hause. Eigentlich war es ein Taxi, aber Augustus hatte es bezahlt. Immerhin war er einer, der wusste, wie man mit einer heranwachsenden Dame umging.

15.

Am Mittwoch – Cameron und Christians Geburtstag – wachte ich pünktlich und ausgeschlafen mit dem ersten Weckerläuten auf. Es war ein angenehmer Tag, die Sonne schien, der Himmel war wolkenlos, es ging kein Wind, die Vögel zwitscherten fröhlich in ihren Nestern und ein erfrischender Duft von Blumen lag in der Luft. Es war ziemlich warm – schön. Man merkte nichts von dem Unwetter vom vorigen Abend, nur hin und wieder fiel auf, dass auf den Dächern Dachziegel fehlten oder Blumentöpfe zersprungen waren. So gut wie jeder hatte sein Auto am Tag davor sicher untergestellt oder hatte es nun in die Werkstatt gebracht, um die von den Hagelkörnern verursachten Beulen beseitigen zu lassen. Für die Schule zog ich normale Sachen an. Das Kleid würde ich erst zur Party anziehen. Beim Frühstück fragte ich Lily, ob sie auch eingeladen sei. Sie schüttelte nur den Kopf.

„Warum denn nicht?", fragte Evelyn und streichelte ihre Haare.

Lily gab wieder keine Antwort, sie zuckte nur mit den Schultern.

Auch während Mr. Smith uns zur Schule brachte, gab sie keinen Mucks von sich.

Zoe sagte heute ebenfalls nicht viel. Entweder lag es an dem Streich oder daran, weil sie heute ausnahmsweise nicht im Mittelpunkt stand. Am Vormittag hatten Isaac, Scarlett, die Zwillinge, Katie und ich getrennt Unterricht. Ich hatte Chemie und Naturwissenschaft, was die anderen hatten, wusste ich nicht. Mir fiel auf, dass die Mondlampen von den Antimondlampen getrennt wurden, aber nur mittwochvormittags.

In der Schulkantine setzte ich mich zu Augustus an den Tisch. Wir hatten ausgemacht, dass er mich am Abend abholen würde, und nach dem Essen ging ich zum Baumstammpalast. Ich gratulierte Cameron und Christian, wir umarmten uns auch alle. Isaac und Christian rauchten wieder und Christian und Cameron sahen ganz besonders gut aus. Nicht, dass ich behaupten würde, dass sie sonst hässlich gewesen wären, aber in meinen Augen hatten sie sich an diesem Tag ordentlich herausgeputzt.

„Katie, kommst du heute auch?"

„Ja, klar."

„Und mit wem wirst du gehen?"

„Pssst. Geheimnis."

„Soso, aber nicht etwa mit Isaac?"

„Ihhh, nein! Niemals."

„Also, Scarlett, ich fürchte, du musst doch mit Isaac gehen", scherzte Christian.

„Mit dem Besten der Besten!", prahlte Isaac.

„Bestimmt nicht", mischte sich Scarlett ein.

Ich setzte mich neben sie. Bestimmt dachte sie an Mason.

„Und mit wem wirst du kommen?"

„Mit Augustus."

Isaac und Christian sahen sich an, dann mich. Und dann klatschten sie und strahlten.

„Ihr mögt ihn? Obwohl er eine Mondlampe ist?"

„Na ja, nein. Aber wir mögen ihn, weil *du* ihn magst ... oder besser gesagt: *liebst.*"

Eigentlich hatte ich damit gerechnet, dass Isaac mich darauf ansprechen würde, wofür ich die Zigaretten gebraucht hatte, aber anscheinend hatte er es vergessen. Isaac vergaß so gut wie alles, er war auch nicht besonders gut in der Schule und merkte sich nur das, was er sich merken wollte. Wir plauderten noch ein bisschen über dies und das, über was Jugendliche in meinem Alter halt reden.

Christian erklärte mir, warum sie alle so einen Hass auf uns Mondlampen hatten. Ich verstand es zum Teil, obwohl ich keine Ahnung hatte, was er genau gesagt hatte. Ehrlich gesagt hatte ich es direkt wieder vergessen.

Als wir zurück zum Englischsaal schlenderten, zwinkerte Isaac mir zu. Ich blieb stehen. Als er neben mir zum Stehen kam und nichts sagte, wollte ich weitergehen, doch er hielt mich fest.

„Langsam. Wir müssen nur einen optimalen Abstand zu den anderen haben, verstehst du?"

Eigentlich nein. Aber trotzdem blieb ich stehen und beobachte die Schülermenge, die sich an uns vorbeidrängte.

„Für was brauchtest du denn die zwei Marlboro?"

Also doch. Ich grinste.

„Lily."

„Jajaja ... als ob."

Er boxte mir freundschaftlich an die Hüfte.

„Doch, ernsthaft."

Ich musste lachen und er wechselte das Thema.

„Glaubst du, dass Scarlett mit mir gehen würde?"

„*Gehen* gehen? Oder zur Party gehen?"

„Also, wenn du so fragst, beides."

„Also bitte?!"

„Nein, Scherz. Zur Party gehen."

„Ich bin mir nicht ganz sicher, aber den Besten der Besten lässt man doch nicht alleine zu einer Party gehen."

„Ja, schon gar nicht zur Party von Cameron und Christian! Ich sags dir, das wird der Hammer! Wie jedes Jahr. Einfach geil."

Ich schüttelte den Kopf, wir gingen weiter. Englisch war die einzige Stunde, die wir heute alle zusammen hatten, und sie verging ziemlich schnell. Vielleicht kam es mir auch nur so vor, weil wir uns ziemlich viel zu erzählen hatten. Mit wir meine ich Isaac, die Zwillinge, Katie, Scarlett und eben mich.

„Und was machst du heute noch so, bevor wir feiern gehen?", fragte mich Katie bei den Schließfächern, als wir auf die anderen warteten.

„Hausaufgaben und so."

„Liz?! O mein Gott. Hausaufgaben macht heute keiner! Und wenn alles gut geht, morgen auch nicht!"

Isaac hatte aufgehört, seine Tasche zu packen, und sah mich entsetzt an.

„Aber wir haben doch welche auf?"

„Okay, okay, okay. Du warst noch nie auf einer Party von Christian und Cameron. Liz, heute wird gechillt, am Abend gefeiert und morgen geschlafen und im besten Fall gekotzt."

Ich schluckte. Im *besten* Fall gekotzt?!

„Ach, komm. Keine Angst. Wir machen das schon, seit wir zusammen auf dem College sind. Und wir leben noch. Oder sehen wir aus wie Geister?"

Katie klopfte mir auf die Schulter.

„Das wird dir guttun", sagte Scarlett. „Bisschen Abwechslung und so."

Also schmiss ich meine Tasche in die Ecke, als ich zu Hause ankam, und machte ausnahmsweise mal keine Hausaufgaben. Eigentlich machte ich sie sonst jedes Mal. Ich war zwar nicht der Typ, der gerne seine Hausaufgaben machte, aber auch nicht der Typ, der gerne eine Standpauke vom Lehrer kassierte. Ich setzte mich auf mein Bett und hörte das neue Album von Ed Sheeran.

Irgendwann dachte ich mir: *Ich muss was tun. Egal, was,* irgendwas *auf jeden Fall.*

Ich ging zu Tante Arista, die mir den Zugang zum Büro meiner Großeltern verschaffte. Sie schloss mich vorsichtshalber ein und nahm den Schlüssel mit in ihr Zimmer, sodass mich keiner entdecken würde. Ich hatte mit Tante Arista ausgemacht, dass sie mich in zwei Stunden wieder herauslassen sollte – zwei Stunden mussten reichen.

Als Erstes setzte ich mich an den großen Schreibtisch. Auf der Arbeitsfläche lag eine Unterlage, auf die an einigen Stellen irgendwas gekritzelt worden war. Ein großer Computer stand angeschaltet neben einigen Ordnern. Auf den Rücken der Ordner stand in Schnörkelschrift:

„Reinigungskosten", „Benzinkosten", „Kosten für Lebensmittel" und „Kosten für den Haushalt".

Ziemlich ordentlich, meine Family.

Ich ging den Verlauf der Internetsuchmaschine durch – nichts Besonderes, was mir in irgendeiner Weise hätte weiterhelfen können.

Ich zog die Schubladen auf: Stifte, leere Blätter, Klarsichtfolien, Wörterbücher, Taschenrechner und Lineale, unbenutzte Blöcke.

Mit dem Drehstuhl rollte ich quer durch den Raum zu einem Schrank. Er war verschlossen, der Schlüssel steckte aber Gott sei Dank. Im Schrank befanden sich weitere Ordner. Wieder war alles in Schnörkelschrift geschrieben. Die Innenseiten der Schranktüren waren mit Fotos beklebt. Ich zog einen Ordner mit der Aufschrift „Kontoauszüge 1998" heraus – Avas Sterbejahr –, blätterte herum und machte mir auf einem Zettel Notizen. Ich konnte keinen Kontoauszug finden, der auf eine große abgehobene Summe hinwies, und auch keinen Überweisungsschein oder sonstiges. Aber ich fand einen Ordner, auf dem in Großbuchstaben „AVA" stand. In dem war aber nichts Brauchbares, außer einer Geburtsurkunde, der Sterbeurkunde, Fotos, Zeugnissen und Bildern, die sie wohl irgendwann mal gemalt hatte. Als ich den Ordner wieder an seinen Platz stellen wollte, fiel ein kleines Büchlein heraus. Es hatte einen geblümten Einband, der an einigen Stellen abgewetzt war. Es war ein Tagebuch. Ava hatte eine schöne, gerade Schrift, sie war gut zu lesen. Beim Durchblättern fiel mir auf, dass zwei Seiten zusammengeklebt waren. Ich nahm mir ein Lineal und trennte die Seiten vorsichtig voneinander. Ein klein gefalteter Zettel fiel auf den Boden.

„Lieber Irgendwer,
leg mein Tagebuch weg. Du wirst nichts finden, was dir weiterhelfen könnte. Ausschlaggebend ist eigentlich nur dieser Zettel hier. Alle Daten von A. H. – eine Stiftung mit Herz findest du im Sofa des Teezimmers meiner Schwester Arista.
Ava"

Ich steckte den Zettel in die Hosentasche und legte das Tagebuch, wie meine Großtante es gewünscht hatte, wieder weg. Als ich einen weiteren Ordner aus dem Schrank zog, hörte ich, wie ein Schlüssel im Schlüsselloch gedreht wurde. Wahnsinn, wie die Zeit verging. Ich schloss den Schrank wieder ab und richtete alles so hin, wie ich dachte, dass es vorher ausgesehen hatte.

„Und, bist du fündig geworden?", fragte Tante Arista.

Ich hielt ihr den Zettel entgegen und schwieg. Sie faltete ihn auf und in ihren Augen konnte ich sehen, wie sie von links nach rechts las. Nickend reichte sie ihn mir wieder.

„Ich werde mit Peggy telefonieren", sagte sie.

In meinem Zimmer suchte ich im Würfelregal nach einem leeren Notizbuch. In ein schwarzes Notizbuch klebte ich dann mit Klebstreifen den Zettel aus Avas Tagebuch.

Mittlerweile war es so spät, dass ich anfangen musste, mich fertigzumachen. Ich ließ mir ein warmes Bad ein, und während ich badete, begann ich mir auszumalen, wie die Party sein würde: Viel zu viel Essen bzw. Süßes und Chips, jede Menge Leute, die sich gelangweilt Filme ansehen oder fast einschlafen würden, Stehtische, um welche Drinks schlürfende Jugendliche stehen würden, und vier oder acht durchgeknallte Walhaie, die sich mitsamt ihrer Speckringe auf den Rippen zum Beat von *All about that bass* mehr oder weniger bewegen und ihrem Publikum Augenkrebs zufügen würden. Und alles war schwarz-weiß. Jämmerlich.

Na ja, später würde ich noch merken, dass es doch nicht so wäre, wie ich gedacht hatte ...

Während Mom mir schweigend meine Haare machte, lackierte ich mir meine Finger- und Zehennägel. Wir hatten bisher nur das Allernötigste geredet.

In meine Handtasche packte ich nur das Notwendigste: Blasenpflaster, Deo, Kamm, Handy, Tempos, Haarklammer, Lippenstift, Wimperntusche, Tampons, Puder, Mini-Nagelfeile, Pfefferspray und Haustürschlüssel ... für alle Fälle.

Es war 19:29 Uhr, in einer Minute sollte Augustus da sein. Ich wackelte in meinen High Heels die Marmortreppe hinunter und kassierte erstaunte Blicke von Onkel Calvin, Olivia, Paul, Evelyn und – haltet euch fest – Lily. Alle standen in der Halle und klatschten. Ich verdrehte die Augen.

19:32 Uhr, Augustus war immer noch nicht da. Eigentlich war er doch ein Mensch der Pünktlichkeit.

Zum Glück hatte sich der Rummel in der Halle gelegt und alle gingen wieder ihre Wege und erledigten ihren Kram. Außer mir war nur noch Mom da. Sie hatte sich auf eine Stufe der Treppe gesetzt, den Kopf auf die Arme gestützt, und starrte mich an. Ich sah auf sie herab. Ich hatte ein seltsames Gefühl im Bauch und das blöde Gefühl, dass Tränen in meine Augen stiegen ... weil die Angst mich verfolgte und die Zweifel mich fast wieder einholten und weil ich nicht wusste, was passieren würde. Ich wollte schreien, aber blieb lieber still. Doch dann kam dieser Gedanke an diesen Typen, Augustus, und ich war noch nie so verliebt gewesen.

In weniger als einer Minute (es war 19:33 Uhr) hatte ich das Umschalten von zerrissener Traurigkeit zu Herzrasen und Schmetterlingen im Bauch vollbracht. Doch als ich auf die Standuhr sah und bedauerlicherweise feststellen musste, dass es bereits 19:35 Uhr war, wurde ich ungeduldig ... und als sie 19:45 Uhr schlug, sauer.

Mom bot mir an, mich zu fahren oder mir ein Taxi zu rufen, doch ich lehnte ab.

Augustus klingelte, als die Zeiger der Standuhr auf 19:50 Uhr rutschten. Er klingelte dreimal. Dreimal hektisch. Ich riss die Haustür auf und schaute in ein etwas komisch schauendes Gesicht.

„Ja, endlich ...“, stammelte ich genervt.

„Es tut mir leid“, gab Augustus kleinlaut zur Antwort.

„Schon vergessen.“

Er nahm meine Hand, begrüßte meine Mom und zerrte mich zur Limousine seines Dads.

„Ein Taxi hätte es auch getan, Augustus. Wir fahren doch nicht zur Queen."

„Wir fahren zu Christian und Cameron, schon vergessen?"

„Sie sind Antimondlampen und du bist eine Mondlampe! Schon vergessen?"

„Wir gehen auf ihre Party! Schon vergessen?"

„Wir sind nicht James Bond! Schon vergessen?"

„Liz? Auf der Party der Zwillinge ist so etwas egal. Es ist der einzige Tag im Jahr, an dem es egal ist, ob du eine Mondlampe bist oder nicht. Es wird der Hammer. Jetzt steig ein, wir sind spät dran."

„Und warum sind wir spät dran?"

„Liegt an mir. Sorry."

„Warum warst du nicht pünktlich, Augustus?"

„Erzähl ich dir während der Fahrt."

16.

Als wir bei den Zwillingen ankamen, war es sage und schreibe 20:15 Uhr, und Augustus hatte mir während der Fahrt nicht erzählt, warum er zu spät gekommen war.

Ich dachte: *Dreckskerl ...*

Doch ich wollte nicht sauer auf ihn sein. Nicht heute.

Augustus hielt mir die Tür auf und half mir aus der Limousine.

Man konnte die Musik bereits hören, als wir den Vorgarten betraten. Es war zu meinem Erstaunen genau mein Geschmack.

Brennende Kerzen in leeren Marmeladengläsern erhellten uns den Weg zur Haustür. Die Eltern von Cameron und Christian hatten, obwohl sie Antimondlampen waren, ein recht modernes Haus. Ich klingelte und fragte mich, ob es überhaupt irgendjemand hören würde. Cameron öffnete uns zu meiner Überraschung nach weniger als fünfzig Sekunden die Tür. Ich umarmte sie und Augustus klatschte bei Christian (der hinter seiner Schwester auftauchte) ab. Sie führten uns ins Wohnzimmer.

Im Licht der vielen bunten Scheinwerfer tanzten keine Walhaie, sondern ziemlich begabte Schüler des Colleges. Es gab eine kleine Bar in der offenen Küche, Mason war Barkeeper, und es roch nicht wie auf jeder anderen Party nach Alkohol und Kotze, sondern nach Lebenslust und Erdnussbutter. Direkt auf dem Tresen der Küche standen zwei mehrstöckige Erdnussbuttertorten – die Geburtstagstorten. Draußen auf der Terrasse und um den Pool standen Stehtische mit Drinks darauf. Im Pool sprangen und tanzten ein paar Partygäste, einige standen um die Tische und wackelten mit ihrem Hintern. Ehrlich gesagt war es hier ziemlich crazy. Und heiß. Und ein *kleines* Bisschen (Ironie) überfüllt. Überall waren bunte Lampions, Lichterketten und Schalen mit verschiedenen Chipssorten. Eigentlich war alles kunterbunt, bis auf die Outfits der Gäste.

Von hinten stupste mich jemand grob an. Ich drehte mich um. Katie stand hinter mir und zeigte mit der Hand, in der sie einen Plastikbecher hielt, irgendwo hin. Ich folgte ihrem ausgestreckten Arm mit meinem Blick.

„Wahnsinn, was der alles kann, nicht wahr?", brüllte sie.

Isaac stand hinter einem großen Tisch. Er hatte dicke schwarze Kopfhörer um den Hals und wackelte hin und her. Isaac war hier der DJ, und ich muss gestehen, die Songs, die er bisher auflegte, waren gar nicht mal so schlecht.

Ich grinste, als er mir zuwinkte und seinen Becher in die Luft streckte. Ich wollte ihm meinen Becher zurückstrecken, aber mir fiel auf, dass meine Hände leer waren, denn ich hatte noch gar keinen Becher. Also suchte ich mir einen Weg durch den tanzenden Haufen zu Mason und seiner Bar. Als ich fragte, was er mir empfehlen könne, zählte er mindestens fünfunddreißig verschiedene Mischvarianten auf. Zum Schluss wusste ich nicht mal, was ich genommen hatte, sondern nur, dass es verdammt gut schmeckte. Nach nur ein paar Schlucken merkte ich schon, wie mir der Alkohol in den Kopf stieg. Aber je mehr ich davon trank, umso weniger hatte ich das Gefühl, Alkohol zu trinken. Ich sah mich nach Augustus um. Irgendwie hatten wir uns verloren, was hier auch nicht schwer war. Ich stand immer noch bei Mason. Es war ziemlich stickig und heiß, obwohl alle Fenster und Türen zur Terrasse offenstanden. Mason sah vermutlich meine glühenden roten Wangen und kippte mir eine Ladung Eiswürfel in meinen Becher.

Ich suchte mir einen Weg nach draußen. An einem der Stehtische stand Scarlett.

„Auch schon hier?" Scarlett nippte an ihrem Drink.

„Ja, klar, wo ist Augustus?"

„Keine Ahnung."

„Oh, du hast Masons Einstiegsdrink. Oje, Liz. Komm mit, ich besorg dir mal was Ordentliches."

Einstiegsdrink?

Scarlett zerrte mich wieder zu Mason. Sie riss mir meinen Becher aus der Hand, sagte irgendwas zu Mason und drückte mir einen neuen in die Hand.

„Du kommst drüber hinweg?"

„Über was denn?" Scarlett sah ein wenig verwirrt aus.

„Mason?"

„Wie kommst du darauf?"

„Du hast gerade mit ihm geredet."

„O shit. Stimmt. Ist der Alkohol ... Trink!"

Ich nahm einen Schluck. Der Unterschied zwischen den beiden Drinks war, dass der, den ich jetzt trank a) um einiges besser schmeckte, was wahrscheinlich b) am höheren Alkoholgehalt lag, was wiederum hieß, dass ich c) Kopfschmerzen bekommen würde.

Scarlett schaute mir zu, bis ich den Becher ausgetrunken hatte. Dafür brauchte ich ungefähr eine Viertelstunde, nur so als Nebeninformation. Nebenbei redeten wir, soweit es aufgrund Scarletts Alkoholkonsum möglich war.

Als ich fertig war, hatte ich das Gefühl, tot umfallen zu können, doch ehe ich den leeren Becher wegschmeißen konnte, hatte Scarlett mir schon wieder einen vollen in die Hand gedrückt und den leeren Mason zugeworfen. Sie selbst hatte immer noch einen vollen Becher. Sie klaute Mason zwei Strohhalme, steckte mir und sich selbst jeweils einen in den Becher.

„So, Liz ... Jetzt wird getanzt."

Wir mussten extrem langsam gehen, da das Bild, das mein Auge empfing, bei jedem Schritt unschärfer wurde und ich keine gerade Linie gehen konnte, noch dazu nicht in High Heels.

Scarlett hatte gesagt: „Liz, du schaukelst schlimmer als ein Schaukelpferd."

Wir drängten uns zwischen die anderen.

Isaac legte gerade *Five More Hours* von Chris Brown feat Deorro auf. Irgendwann baute sich Mason eine mobile Bar, fragt mich nicht wie, aber er hat's geschafft. Entweder war er der Einzige von uns, der noch nüchtern war, oder der Alkoholkonsum regte bei ihm kreative Gehirnzellen an. Wahrscheinlich lässt sich darüber streiten, aber jedenfalls war die mobile Bar eine ziemlich coole Sache. Mason quetschte sich durch uns Tanzende und füllte jeden leeren Becher wieder auf, ohne dass wir von der Tanzfläche zur Bar wackeln mussten. Je mehr ich trank, desto besser konnte ich wieder gerade stehen, was man nicht wirklich merkte, weil ich pausenlos am Tanzen war.

Augustus hatte recht gehabt: Auf dieser Party war es egal, ob du Mondlampe warst oder eben nicht. Egal ob sich eine Mondlampe oder eine Antimondlampe zu mir drehte – ich tanzte mit jedem. Wahrscheinlich lag es daran, dass keiner mehr wusste, was er selber und ob sein Gegenüber Mondlampe oder Antimondlampe war, aber es machte unglaublich viel Spaß. Um ehrlich zu sein, ich konnte nicht wirklich tanzen, aber das juckte weder mich noch die anderen.

Alle hatten recht gehabt: Camerons und Christians Party war der Oberhammer *aller* Partys. Sie glich zwar einer stinknormalen Party, aber sie hatte dieses gewisse Etwas, das sie so besonders machte.

Irgendwann hatte Mason es geschafft, zu Isaac vorzudringen. Isaac schaffte es innerhalb kürzester Zeit, drei Flaschen auszutrinken. Keine Ahnung, was sich in diesen Flaschen befand, jedenfalls irgendwas, das ziemlich blau machte. Isaacs Augen begannen sich irre schnell zu drehen, und bald drehten sich nicht nur seine Augen, sondern sein ganzer Körper. Er sah aus wie ein menschliches Kettenkarussell. Seine Arme waren die Stahlketten, an denen die Sitze befestigt waren, und der Rest seines Körpers war der Rest eines Karussells. Und dann hörte er ruckartig auf, sich zu drehen, und kotzte direkt auf Katie.

Die Arme ... Sie hatte so schöne schwarze Hotpants und eine weiße Bluse an – alles vollgekotzt!

Katie fing an zu weinen, weil sie so erschrak, schätze ich. Katie würde nicht weinen, weil ihre Klamotten dreckig waren.

Cameron ging mit ihr nach oben, steckte sie unter die Dusche und gab ihr neue Klamotten. Und während die beiden oben waren, eskalierte es unten. Isaac hinterließ eine Kotzspur von seinem DJ Tisch bis nach draußen. Musik wurde trotzdem weitergespielt, doch keiner tanzte mehr. Jedermanns Augen waren auf Isaac gerichtet und auf Mason und Christian, die dicht hinter ihm hergingen, aus Sicherheit, falls er umkippen würde oder so.

Vor dem Pool blieb er stehen und hörte auf zu kotzen. Wir liefen alle hinter ihm hinaus, hielten den Atem an, als er sich zu uns umdrehte. Er starrte uns an und wir ihn. Einen winzig kurzen Moment standen alle wie versteinert da, nur die Lampions wackelten ein wenig in der kühlen abendlichen Brise. Keiner gab einen Laut von sich. Isaac vor Mason und Christian gegen den Rest der ganzen Party.

„Ich bin eine Delfindame mit ... ach du Scheiße!" Isaac riss seine Hose runter „Mit einem Schwanz! Rettet mich!"

Er sprang ins Wasser, unten ohne. Als er nicht wiederauftauchte, sprang ausgerechnet Zoe hinterher. Sie hatte sich aus der Menschenmenge gelöst, zog ihn an den Armen aus dem Wasser und setzte ihn an den Poolrand. Er kotzte ihr eine Ladung Poolwasser ins Gesicht und schrie: „Die Delfindame mit dem größten Penis aller

Zeiten ist wieder auferstanden. Yeaaah, Spongebob hat sie gerettet. Sagt alle Danke zu Spongebob."

Zoe war also Spongebob, und Spongebob war völlig durchnässt. Seine/ihre Schminke war verlaufen und die Frisur im Arsch. Spongebob sah nicht besonders glücklich aus, vielleicht hatte er/sie mehr von einer Delfindame erwartet.

Christian stützte Isaac und half ihm, sich auf eine Liege im Garten zu legen. Ziemlich bitter – das halbe College wusste jetzt, wie sein Glied aussah.

Als wir wieder nach innen gingen, waren Cameron und Katie schon wieder unten und wischten Isaacs Kotzspur weg. Mason brachte Spongebob (Scarlett und ich hatten uns geeinigt, dass Zoe als Spongebob weiblich war) einen Aufpep-Drink und Isaac Decken und Kissen.

Wir ließen ihn alleine draußen schlafen. Ab und zu, wenn man aus dem Fenster zu ihm blickte, sah man in entweder schlafen oder kotzen. Isaac war nun offensichtlich nicht mehr in der Lage, unser DJ zu sein, was natürlich ein großer Verlust, aber nicht weiter schlimm war.

Ein Mädchen, aus der Unterstufe, schätze ich, kletterte auf einen Tisch. Sie schnappte sich acht weitere Mädchen in ihrem Alter (die ich ebenfalls nicht kannte) und sie begannen zu singen.

„Sin' ausm Schulchor", hatte mir Scarlett erklärt und begann wieder, mit den Füßen hin und her zu torkeln.

Die neun legten einen weniger beeindruckenden Auftritt hin. So gut wie jeder buhte sie aus. Sie sangen irgendwelche Chorlieder, und das extrem schief. Wir standen alle auf der Tanzfläche, keiner tanzte mehr und auch Scarlett blieb schließlich stehen.

„Was ist *das*?!"

„Hässliche Fotzen, lernt singen!"

„Warum tun die das?"

„Hört auf!"

Ich dachte mir: *Schlechter als die kann es eh nicht mehr werden, und einer muss hier ja für Stimmung sorgen, wenn Isaac sich in die Delfindame mit dem größten Pimmel aller Zeiten verwandelt hat.*

Also bestieg ich, nachdem die Mädels wegen ihres *grandiosen* (Ironie) Auftritts nach Hause abgehauen waren, den Tisch. Ich hatte mir einen Besenstiel besorgt, der symbolisch mein Mikrofon darstellen sollte, und begann sexy zu tanzen. Mason rannte in Lichtgeschwindigkeit zum DJ-Tisch, legte ein Instrumental von *Lean on* auf, und ich begann zu singen. Erst ein wenig leise und scheu, doch als mein Publikum zu tanzen und zu applaudieren begann, immer lauter und selbstsicherer.

„*Blow a kiss, fire a gun. We need someone to lean on. Blow a kiss, fire a gun. All we need is somebody to lean on*", sang ich.

„Oh, Liz, du bist fantastisch!"

„Auf gehts, auf gehts."

Ein heller Scheinwerfer wurde auf mich gerichtet und folgte mir, wohin ich auch ging. Ich schmiss meine High Heels in die Runde, rutschte auf den Knien über den

Tisch, schwang den Besen in der Luft herum und brüllte weiter.

„*When the nights are long. Longing for you to come home. All around the wind blows. We would only hold on to let go.*"

Ehrlich gesagt, fand ich mich selbst ziemlich gut. Ich klammerte meine Beine um den Besenstiel und machte Madonnas Stangentänze nach. Es kam wieder volle Fahrt in die Party, und als hätte Isaac aufgelegt, tanzte jeder mit jedem, es wurde getrunken und gelacht. Mir gefiel es. Um ehrlich zu sein, fand ich es toll, alle so zu begeistern.

„Heeeyyy! Stopp! Aufhören! Mason! Mach! Die! Musik! Aus! Liz! Wir! Gehen!"

Augustus reagierte meiner Meinung nach ein wenig über. Die fanden meine Show doch ganz ordentlich.

„Augustuslein? Wenigstens noch dieses Lied zu Ende, dann können wir gehen. Vielleicht."

„Nein, sofort, Liz!"

Augustus war mit einem Satz auf meiner Bühne (dem Tisch), riss mir den Besen aus der Hand, warf ihn nach unten und traf genau Scarletts Kopf. Alle schreckten auf. Scarlett lag auf dem Boden. Ihr Becher war umgekippt und die ganze Pampe lief auf ihr weißes Spitzenkleid.

„Scheiße! Augustuslein, du hat Scarlett getroffen. Sag mal, gehts noch? Du Spinner. Scarlett, gehts dir gut? Scheiße! Alles klar bei dir?"

„Liz, wir müssen!"

„Neeeiiinnn, lass sie weiter singen!", kreischte die Menschenmenge.

Augustus nahm mich huckepack, schleppte mich nach draußen. Es wurde leise.

„Hey, bist du 'etz' komplett behindert? Du hast Scarlett mit einem *Besen* geschlagen!"

„Liz, beruhig dich."

„Wo war't du eigentlich die ganze Ze't?!"

„Mit deiner betrunkenen Persönlichkeit zu reden, ist schlimmer, als sich mit einem ernsthaft hirngeschädigten Vierjährigen über Atommüll zu unterhalten."

Er hielt mich so lang im Arm, bis uns ein Taxi abholte.

„Was soll das?"

„Was?" Augustus klang genervt.

„Das, was du abgezogen hast!"

Augustus lies mich los.

„Willst du dich vor dem ganzen College blamieren?"

„Ich wa' doch ganzz gut."

Augustus schwieg.

„Du hast mir den ganzzen Abend vers'aut."

„Liz!"

„Esss wa' soooooo schön!"

Augustus wandte sich augenverdrehend von mir ab.

„Wo fahren wir 'etz' hin?"

„Zu mir nach Hause."

Aha! Ja dann ...

Als das Taxi vorfuhr, fing die Musik im Haus wieder an zu spielen. Hinter uns ging die Tür auf und irgendjemand, man konnte nicht erkennen, wer, weil es schon stockdunkel war, schrie: „Halt, nicht einsteigen! Bleibt da! Liz hat doch toll gesungen! Feiert doch noch mit uns! Augustus, sei nicht so spießig!"

Ich wollte mich umdrehen und wieder ins Haus gehen – irgendwie machte es galaktisch viel Spaß auf Camerons und Christians Party –, doch Augustus hielt mich am Arm fest und schubste mich ins Taxi. Böse sah er mich an.

17.

Wir schwiegen solange, bis wir bei ihm im Treppenhaus waren.

„Und was machen wir ’etz’?“

„Lass dich überraschen, meine Kleine.“

Wie er jetzt wieder so tut, als wäre alles gut. Doch in Wirklichkeit war gar nichts gut. Er hatte meinen Auftritt versaut. Nicht ich hatte mich vor dem ganzen College blamiert, sondern er mich. *Die Sau!* Und jetzt war anscheinend gar nichts passiert. Es war so schön gewesen, aber er wollte unbedingt heim. Er tat grad so, als ob ich irgendetwas getan hätte, für das ich eigentlich hätte sterben sollen, aber ich hatte doch nur gesungen. Nur gesungen ... okay, und noch ein bisschen eigenartig getanzt, aber gut.

Wir gingen in sein Zimmer, er drückte mich gegen die Tür und während wir uns küssten, schloss er mit einer Hand ab. Im ganzen Haus war es still und dunkel. Ich ging davon aus, dass um diese Uhrzeit keiner mehr wach war, also warum sperrte er ab? Er konnte küssen, besser als jeder andere. Immer wenn er seine zarten Lippen auf meine legte, wurden meine Knie wackelpuddingweich, und meine Wangen färbten sich bestimmt hellrosa. Während wir uns weiterküssten, lies er irgendwann eine seiner Hände nach unten gleiten, mit der anderen fuhr er zart durch meine Haare. Die Situation verunsicherte mich, riss mich hin und her. War ich nicht gerade sauer auf ihn? Und war er gerade nicht noch sauer auf mich gewesen?

Augustus fuhr gern durch meine Haare. Manchmal wickelte er sie um seinen Finger oder küsste sie. Ich begann die oberen Knöpfe seines Hemds aufzuknöpfen – meine Hände bewegten sich von ganz allein.

„Mach weiter", sagte er, als ich nach ein paar Knöpfen aufhörte.

Also machte ich weiter und zog ihm sein Hemd letztendlich aus. Er hatte einen Wahnsinnsoberkörper! Meine Wangen begannen zu glühen. Wenn sich Augen in Herzchen verwandeln könnten, hätte ich zwei fette rote Herzaugen gehabt.

„Ich liebe dich", sagte er (was er noch ungefähr weitere dreihundertmal in dieser Nacht sagte).

Und ich erwiderte: „Ich dich auch!"

Bei einem weiteren Kuss zog er den Reisverschluss meines Kleides auf, und als ich begann, seine Hose auszuziehen, steuerten wir das Bett an. Sanft drückte ich ihn auf die Bettkante, zog ihm den Rest seiner Klamotten aus und er mein Kleid. Er fasste mir an den nackten Arsch, knetete und streichelte ihn. Und so blöd es klingen mag – ich fand es geil. Und als er seine Finger löste, nahm ich seine Hände und legte sie wieder auf meine Pobacken. In meinem Bauch kribbelte es. Vor mir saß Augustus Winterbutton und er war, verdammte Scheiße, *nackt* und fasste meinen Arsch an! Und er war nicht nur nackt, er war rattenscharf. Er hatte einen genial durchtrainierten Körper. Er war das göttliche Abbild aller Männer. Wer nicht auf seinen Körper neidisch war, war entweder ein egoistischer Misthaufen oder Augustus Winterbuttom höchstpersönlich. Meine Augen hatten sich ruckartig in diesen Anblick verliebt, sie klebten förmlich an ihm. Ich begann zu schwitzen. Die ganze Nacht hatte ich ein prickelndes Gefühl der Freude. Er zog mich auf seinen Schoß. Meine nackten Beine auf seinen ebenso nackten Beinen. Keine Schicht zwischen uns. Ich hatte ein Gefühl, das man nicht beschreiben kann. Irgendwie war es eine Mischung aus Schmetterlingen im Bauch, Herzrasen, schädlichem Alkoholrausch, sexueller Erregung. Besonders Letzteres wurde in Form von Hormonen am meisten ausgeschüttet.

Seine Augen funkelten. Vorsichtig schob er seine Zunge in meinen Mund und begann mit meiner zu spielen. Ich schloss die Augen. Währenddessen fuhr er mit seinen zarten Fingern unter die Träger meines BHs. Ich verspürte einen Schauer. Aus Angst oder aus Erregung? Als ich kurz meine Augen öffnete, meine Lippen von seinen löste, Luft holte (um ehrlich zu sein: Ja, ich war außer Atem, was bei diesem Typ auch nicht schwer war), merkte ich, dass Augustus mir, ohne dass ich es gemerkt hatte, meinen BH ausgezogen hatte. Er lag irgendwo auf dem Boden, wo auch unsere restlichen Klamotten verstreut herumlagen. Mit einem leichten Schubs brachte ich ihn vom Sitzen ins Liegen. Für kurze Zeit lag ich auf ihm, wir wälzten uns, er lag auf mir, wir drehten uns weiter und weiter und weiter ... Es war ein unvergessliches Abenteuer.

Als er sich aufrecht in seinem Bett hinsetzte, krabbelte ich zu seinen Beinen. Ich wusste, was Augustus erwartete. In irgendeinem Film hatte ich schon mal gesehen, wie so was funktionierte. Ich begann, seinem Penis sanfte Küsse zu geben. Dann umschloss ich ihn mit meinen Lippen und bewegte meinen Kopf dabei auf und ab. Augustus umklammerte mit seinen Händen die Kanten seines Betts. Er atmete ab und an hörbar ein und aus.

Nach einiger Zeit streckte er sich unter mir und sah mich mehr als glücklich an. Wir küssten uns wieder, drehten uns, sodass ich unten lag und er oben. Seine Zunge spielte mit meiner und irgendwann gab es nicht mehr seinen und meinen Mund, sondern nur noch unseren. Alles war verwoben wie das Netz eine Spinne.

Und irgendwann hörte er auf, mich zu küssen. Seine Augen waren auf irgendetwas gerichtet, das definitiv nicht ich war. Seufzend folgte ich seinem Blick. Er starrte auf seinen hölzernen Nachttisch. Neben der Lampe darauf lag ein noch verpacktes Kondom. Er räusperte sich. Mit einer Hand griff ich danach – irgendwie war es so selbstverständlich. Doch da ich leider schon einige Promille hatte, schmiss ich das Kondom auf den Boden. Aber anscheinend war ich nicht die Einzige, die betrunken war. Augustus kümmerte es nicht weiter, dass das Kondom zu Boden gefallen und nicht über sein mächtiges Glied gestreift war.

Im Nachhinein würde es uns dann doch kümmern. Im Nachhinein würde es uns sogar sehr kümmern. Doch in diesem Moment war eben noch nicht im Nachhinein.

Im Jetzt gab es nur das Bett und uns. Augustus und mich. Und ein beschlagenes Fenster.

Irgendwann, als er auf mir lag und ich meine Beine leicht gespreizt um seine geschlungen hatte, hörte er wieder auf, mich zu küssen. Kurz vor meinem Bauchnabel stoppte er. Tief sah er mit seinen leuchtenden Augen in meine. Sein starrer Blick hinterließen gewaltige Spuren in meinem Herzen und das Funkeln seiner Augen erfüllte die Dunkelheit mit Sternenstaub. Vorsichtig löste er seinen Unterkörper ein Stück weit von meinem. Wir schwiegen. Ich schloss meine Augen.

Und dann ... ruckartig stieß er ihn nach vorne. Ich glaube, ich muss euch nicht erzählen, was genau mit dieser Bewegung in meinen Körper eindrang, aber es fühlte sich gut an. Verdammt gut. Mein Stöhnen durchbrach die Stille. Es war laut und nicht gerade kurz. Augustus grinste. Er ließ sich wieder auf mich fallen, begrapschte meine Brüste, gab mir einen Kuss auf die Stirn, wir küssten uns weiter und drehten uns wieder, sodass er unten lag, und wieder, dass ich unten lag, und wieder und wieder. Es war eine wilde Achterbahnfahrt der Gefühle. Es war so leicht. Alles ging automatisch, als hätten wir es über Jahre einstudiert und geübt. Aber es war mein erstes Mal, und es war perfekt. Unsere Bewegungen waren wie der tanzende Flug einer Fee. Leicht, elegant. Es war die Fantasie, die dem Ganzen ihren Glanz verlieh.

Augustus war so verführerisch. Ich dachte, ich müsste explodieren, spürte seinen schnellen Atem. In diesem Moment, oder besser gesagt, in diesen Momenten vergaß ich alles. Die Party, mein Kopfsteinpflasterleben, den Aufklärungsunterricht, den wir mal gehabt hatten und in dem wir eigentlich lernen sollten, dass das, was wir jetzt taten, nur Leute tun sollten, die gerne Eltern werden wollten. Doch da wir, wie erwähnt, in dieser Nacht alles vergaßen und ziemlich blau waren, fiel uns das nicht auf ...

Dieses Gefühl in der Nacht ging mir unter die Haut wie ein warmer Sommerwind. Das erste Mal als ich Augustus sah, hatte ich nicht geglaubt, dass wir jemals so miteinander verbunden sein würden, wie wir es jetzt waren. Doch so wie es jetzt war, war es gut.

Was wir die ganze Nacht so taten, könnt ihr euch sicherlich denken. Aber ihr könnt es euch bestimmt mit eurer glühenden Fantasie vorstellen. (Kleiner Tipp: Alles, was wir taten, war perfekt. Wir hatten die ganze Nacht unseren Spaß. Lasst eurer Fantasie freien Lauf.)

Überhaupt war es der geilste Sex, den ich je hatte. Okay, es war mein erster Sex, aber gut. Es war herrlich.

18.

Wir lagen Arm in Arm, als wir aufwachten. Also ...
was heißt aufwachten – wir hatten eigentlich nur eine
Stunde geschlafen, wenn überhaupt. Laut den fetten roten
Leuchtziffern des Weckers war es 04:26:45.

Augustus schmiss die Bettdecke zurück. Schockiert
stellten wir fest, dass wir beide noch nicht wieder angezogen waren. Sofort sprang Augustus auf, ging zu seinem
Kleiderschrank, zog sich irgendetwas an.

„Liz, aufstehen! Zieh dich an!", befahl er mir.

„Hey, komm, chill mal. Es ist erst halb fünf."

Mir tat der Kopf weh und müde war ich auch. In meinem Körper steckte nicht mehr die geringste Kraft.

Augustus verdrehte die Augen.

„Mach schon!"

Also stand ich auf, sammelte meine Kleider zusammen, war erstaunt, wo sie überall lagen, und zog sie an, da
ich nichts zum Wechseln dabeihatte. Wie denn auch? Ich
hatte doch nicht ahnen können, dass Augustus so über
mich herfallen würde. Mir war kalt und schwindlig und
vor meinen Augen bildeten sich schwarze Punkte, was,
schätze ich, nicht normal war. Ich musste mich immer
irgendwo festhalten, um nicht umzukippen. Außerdem
sah ich nicht wirklich viel. Wegen der schwarzen Punkte.
Und Augustus weigerte sich, das Licht anzumachen.

Er wurde um punkt 04:27:13 fertig.

Als ich fertig war, schleppte er mich aus seinem Zimmer nach unten, da ich aus irgendeinem Grund nicht selber gehen konnte oder wollte.

„Was machst du?"

„Dich nach Hause bringen."

„Warum? Warum, darf ich nicht bei dir bleiben? Es ist mitten in der Nacht! Ich war gerade dabei, einzuschlafen."

„Es ist morgens, Liz. Du musst nach Hause."

„Glaubst du, mir macht jemand die Tür auf? Soll ich draußen schlafen? Genau, Augustus, das werde ich machen. Und weil ich nur ein kurzes Kleid anhabe, werde ich wegen Unterkühlung sterben!" Ich war genervt.

Wovor hatte er Angst? Warum durfte ich nicht bei ihm bleiben? Ich war doch die ganze Nacht bei ihm gewesen, und niemanden hatte es gestört. Der Typ hatte Stimmungsschwankungen, Wahnsinn.

An der Garderobe entdeckte ich ein schwarzes Sakko, auf welches zwei weiße Ws gestickt waren. Irgendwo hatte ich dieses Sakko schon mal gesehen, aber mir fiel nicht ein, wo. Auch nicht, als Augustus mich in ein Auto drückte, in dessen Flaschenhalter ein Trinkbecher mit der Aufschrift „W. W." stand.

Also brachte mich Augustus nach Hause. Als wir die Einfahrt zu seinem Haus verließen, war es genau 04:30 Uhr.

Um 04:45 Uhr stellte er den Motor wieder ab und stützte mich, als ich ausstieg und über den Hof zur Haustür wackelte. Ohne ihn wäre ich wahrscheinlich ausgestiegen, sofort umgekippt und hätte die restliche Nacht im Hof verbracht. Aber dank Augustus fand ich sogar den Weg nach oben in mein Zimmer. Er legte mich in mein Bett, deckte mich zu, gab mir einen Kuss, setzte sich auf die Bettkante, streichelte meine Füße, und als die Standuhr bei uns im Gang 5 Uhr schlug, ging er. Erst nachdem ich mich ächzend hin und her gedreht hatte, um eine angenehme Schlafposition zu finden, schlief ich irgendwann zwischen sechs und Viertel nach sechs ein.

Lautstark klopfte Mom gegen die Tür.

„Liz du bist spät dran. Steh auf!"

Müde rieb ich mir die Augen, knipste das Licht meiner Nachttischlampe an, sah auf die Uhr – 07:15. Ich war tatsächlich spät dran. Eigentlich hätte ich schon unten am Frühstückstisch sitzen und essen müssen. Ich wollte nicht aufstehen, wollte weiterschlafen.

Auf dem Arthur Wynne College bestand um 8 Uhr Anwesenheitspflicht, obwohl der Unterricht erst um neun begann. Ich hatte eine knappe Stunde geschlafen, war immer noch hundemüde und mein Kopf fühlte sich an, als hätte ich in ihm dreihunderttausendvierundneunzig Goldbarren versteckt. Ich stellte fest, dass ich in dieser Stunde ordentlich viel hatte kotzen können, ohne dass ich es merkte. So gut wie mein ganzes Bett war übersät von Erbrochenem und dessen widerlicher Geruch stieg mir in meine feine Nase. Bei dem Gedanken, dass ich in meiner eigenen Kotze geschlafen hatte, wurde mir schlecht. Und weil mir eben schlecht war, kotzte ich wieder. Direkt auf das Alte drauf. Und noch mal. Als meine Mom ins Zimmer kam, riss sie ihre Augen so weit auf, dass ich Angst hatte, sie würden in diese ganze Schweinerei fallen. Sie ging zielstrebig zum Fenster, riss es auf und schob mich ins Bad. Dann ließ sie mir ein Bad ein und brachte mir etwas zu essen, was im Haus eigentlich verboten war. Gegessen wurde ausschließlich im Speisesaal. Na ja, Mom machte eine krankheitsbedingte Ausnahme. Während ich mein vollgekotztes Kleid auszog, Rührei aß und darauf wartete, dass die Wanne voll wurde, dachte ich an die vergangene Nacht und in mir kam ein Gefühl hoch, das einem der Millionen Gefühle aus dieser Nacht ähnelte. Und als ich in die Wanne stieg und die letzte Gabel Rührei essen wollte, ließ ich die Gabel ins Wasser fallen und kotzte den ganzen Teller Rührei wieder aus. In die Badewanne, natürlich.

<u>Vierter Rat für dein zukünftiges Leben:</u>

Angenommen, du hast einen ganzen Ozean vollgekotzt, dann solltest du a) kein Rührei essen, weil du b) das Rührei mit Sicherheit wieder auskotzt, wenn du dir eine Badewanne eingelassen hast, weil du nach Kotze riechst. Du wirst früher oder später in deiner eigenen Kotze baden, was nicht unbedingt angenehm ist.

Mom steckte mich also kopfschüttelnd unter die Dusche. Auf ein weiteres Frühstück verzichtete ich. In Eile zog ich eine meiner alten Jogginghosen und einen Pulli, der mir übrigens schon zu klein war, an. Meine Haare hatte ich nass zu einem Zopf gebunden. Geschminkt hat-

te ich mich nicht, weil ich a) zu wenig Zeit und b) Kopf-
weh hatte, was bedeutete, dass ich c) bestimmt alles geschminkt hätte, außer meinem Gesicht, und außerdem
war ich d) zu müde und e) zu faul. Ich schleppte meinen
schweren Körper also unausgeschlafen in etwas merk-
würdigen Klamotten in die Schule.

Man merkte total, dass dies der Tag nach einer Party
war, die das ganze College bewegt hatte. Na ja, mehr oder
weniger merkte ich das zumindest. (Außer Lily war sonst
keiner wirklich richtig vorbereitet oder normal auf den
Füßen. Sie war zwar etwas angefressen, dass sie einiges
verpasst hatte, aber ehrlich gesagt, war sie da selbst
schuld.) Was ziemlich auffiel, war, dass mehr als das
halbe College zu Hause blieb oder erst nach neun zum
Unterricht erschien. Isaac war einer von jenen, die zu
spät kamen und deswegen eine Mitteilung kassierten. Es
war unnormal leer in den Fluren des Colleges. Kein Ge-
dränge, kein Geschubse.

In Geschichte passte so gut wie niemand auf. Die, die
in den letzten Reihen saßen, lagen mit den Köpfen auf
den Bänken und schliefen, und diejenigen, die in den vorderen Reihen saßen, taten entweder das Gleiche und bekamen Mitteilungen oder sie starrten Dr. Hawkins an, als
hätte er sich über Nacht in ein dreiköpfiges Etwas mit
Entenfüßen, einem Horn und Cornflakes-Haut verwandelt.

In den ersten beiden Stunden hatte ich mich noch tap-
fer geschlagen, aber als wir dann vor Kosinus-Aufgaben
in Mathe saßen, fiel mir das Wachbleiben schwer. Ich
hatte das Gefühl, meine Augenlider mit Tesafilm festkle-

ben zu müssen. Die Zahlen in meinem Heft wurden immer kleiner und dann schlagartig riesig und die Schüler und das Tafelbild vor mir immer unschärfer. Plötzlich bildete sich ein runder schwarzer Rand um mein Blickfeld. Ich hatte den typischen Tunnelblick, schätze ich. Meine Finger umklammerten die Stuhlkante, um zu verhindern, dass ich seitwärts auf den Boden klatschte, und ich hatte ein unangenehmes Stechen im Kopf. Als ich dann auch noch anfing, lautstark *Jingle Bells* zu singen, fiel mir selbst auf, dass irgendetwas nicht mit mir stimmte.

„Liz? Alles okay bei dir?", hörte ich Scarlett fragen, aber ich war zu beschäftigt damit, nicht auf dem Boden zu landen, um ihr eine Antwort zu geben.

Einige Schüler starrten mit hochgezogenen Augenbrauen zu mir herüber, andere stimmten mit ein: „*Jingle Bells, Jingle Bells, Jingle all the way. Oh, what fun it is to ride in a one-horse open sleigh, hey. Jingle Bells, Jingle Bells, Jingle all the way. Oh, what fun it is to ride in a one-horse open sleigh.*"

Unscharf aber konnte ich erkennen, wie Scarlett ihren Arm hob. Als sie drangenommen wurde, sagte sie: „Ms.? Mir is' schlecht. Ich glaub, ich muss mich ... o nein, ich bin mir *sicher* ... ich muss mich übergeben. Darf Liz mitgehen? Vorsichtshalber. Nicht, dass ich umkippe oder so. Bitte. Es ist dringend!"

Dann machte sie Kotzgeräusche, zog mich am Arm aus dem Klassenzimmer und rief: „Wir gehen ins Krankenzimmer, weil es nicht besser wird! Alles klar?", und rannte mit mir in Richtung Krankenzimmer. Sie zog so stark an meinem Arm, dass ich mir vorstellen konnte, dass sie mir meinen Arm ausgerissen hätte, wenn wir bis nach Tokio hätten rennen müssen.

„Setz dich aufs Bett und penn", sagte sie, als sie die Tür hinter mir zumachte.

Ich rieb mir die Augen.

„Hä? Du musst doch kotzen?!"

„Mann, Liz. Mir ist nicht schlecht. Ich hab dich schon schlafend auf deinem Mathebuch gesehen, also musste ich mir irgendetwas einfallen lassen, damit du schlafen kannst und aufhörst, *Jingle Bells* zu singen. Auf die Schnelle fiel mir eben nichts Besseres ein."

Scarlett war echt die Beste.

„Danke! Tut dein Kopf noch weh? Ich weiß, das war nicht cool gestern von Augustus."

„Mein Kopf? Ach, ich weiß gar nicht. Kopf, tust du noch weh?" Scherzhaft tippte sie auf ihren Kopf. „Nein? Nein, Liz, er tut nicht mehr weh." Sie lachte.

Seltsam, dass sie gar nicht müde war.

Ich hatte es mir im Krankenbett gemütlich gemacht.

„Bist du denn gar nicht müde?"

„Nein, Liz, oder sehe ich so aus? Ich bin das gewohnt. Cameron und ich können feiern wie die Hühner Eier legen können."

Ein letztes Mal musterte ich sie, wie sie dasaß, als hätte sie gestern nichts anderes gemacht als zu schlafen. Und dann drehte ich mich um und schlief ein. Keine Ahnung wie lange.

„Nanu, schon wach, kleine Schlafmütze? Du hast die ganzen drei Stunde Mathe und einen Teil von Religion verschlafen", sagte Scarlett und lachte.

Sie lachte viel, und gerne über ihre eigenen Witze, auch wenn die meistens nicht witzig waren. Trotzdem musste ich dann eigentlich immer mitlachen. Aber nicht wegen ihres Humors, sondern wegen ihrer Lache. Scarlett lachte anders als alle anderen. Ihr Lachen kam von innen. Aber dieses Mal konnte ich auch nicht wegen ihres Lachens lachen. Ich setzte mich auf und lief zum Waschbecken, hielt mich am Rand fest, beugte mich in die Vertiefung und kotzte.

„Na so was, Liz. Scheiße, gehts dir gut?"

„Alles bestens."

„Sicher? Scheiße. Echt?"

„Ja, Scarlett, mir geht es gut."

Mit dem Handtuch wischte ich mir den Mund ab, als wir von draußen Schritte hörten. Das Krankenzimmer war an den Glaspalast angebaut – eine kleine Halle, die von unten bis oben komplett aus Glas gebaut war (das Dach auch). Man konnte also von allen Seiten nach draußen sehen. Der Glaspalast war einer der Eingangsbereiche des Colleges und während des Unterrichts gewöhnlich leer. Da jemand zu kommen schien, legte sich Scarlett blitzschnell hin und spielte die Kranke, obwohl ich eigentlich diejenige war, die sich übergab. Die Schritte kamen näher und die Türklinke wurde heruntergedrückt. Ms. Sheppard kam ins Krankenzimmer. Ich muss sagen, mir fiel es ehrlich gesagt ziemlich schwer, meine Kotze hinunterzuschlucken – und Scarlett fiel es genauso schwer, krank auszusehen.

Ms. Sheppard fragte sie, ob es ihr gut gehe und Scarlett nickte nur. Dann wandte sich Ms. Sheppard an mich und fragte, wie es bei Prof. Dr. Twigley gewesen war. Inzwischen hatte ich mich auf den alten Klavierstuhl gesetzt, im Stehen kam ich ins Schwanken.

„Ganz okay", sagte ich. „Wir haben uns für Dienstag nach den Osterferien verabredet."

Es ist abgrundtief scheiße, zu reden, wenn einem die Kotze im Hals steht – nicht weiterzuempfehlen. Ms. Sheppard wünschte Scarlett gute Besserung und Scarlett nickte mir zu, als wollte sie sagen, dass die gute Besserung mir galt, sie es aber in der Gegenwart eines Lehrers nicht erwähnen konnte. Ich schenkte ihr als Dank ein halbes Lächeln. Ms. Sheppard verabschiedete sich und verschwand wieder im Glaspalast. Wenige Sekunden, nachdem sie die Tür hinter sich zugemacht hatte, stürmte ich zum Waschbecken und kotzte erneut. Scarlett stand auf und öffnete die Fenster, um den nicht gerade angenehmen Geruch rauszulassen. Sie rümpfte die Nase.

Die restliche Zeit, die uns vor der großen Mittagspause blieb, verbrachten wir damit, uns zu unterhalten –

1.) über Mason,

2.) über die Party,

3.) über Isaacs Delfinendamen-Auftritt und

4.) über den Zettel in Avas Tagebuch.

Über 2.) redeten wir am längsten, und bei 3.) brachte mich Scarlett zum Lachen, obwohl mir eigentlich nicht nach Lachen zumute war. Und bei 1.) einigten wir uns darauf, dass er ein Arschloch war.

In der Kantine ging es mir wieder ziemlich gut. Zu essen gab es Lammfleisch mit Pommes. Die Kantine war fast leer. Zum ersten Mal fiel mir auf, wie alt diese Kantine eigentlich war. Es gab Holzbänke und Holzstühle und Holztische und Holzschränke, und das Holz hatte bestimmt schon einige Kriege überlebt. Die weißen Lampenschirme hatten gelbe Flecken und die Fliesen sahen aus wie die Fliesen in der Wohnung meiner Uroma. Meine Uroma hatte noch den Zweiten Weltkrieg miterlebt. Und die Fenster erst ... ein bisschen wie in einem Gefängnis. Teils war die Farbe abgeblättert und von Holzwürmern befallenes Holz zum Vorschein gekommen.

Ich verzichtete auf das Fleisch und aß nur ein paar mickrige Pommes, sicherheitshalber. Scarlett und ich saßen mit Isaac, den Zwillingen, Katie, und Scarletts Schwester am Tisch. Letztere sagte mir, dass Augustus heute krank sei. Ich nahm an, wegen dem, was am Tag zuvor passiert war ... beziehungsweise am Morgen dieses Tages. Oder vielleicht hatte er auch keine Lust, mich zu sehen? Vielleicht war es ihm unangenehm? Oder war das gestern nur ein Versehen? Und während ich so darüber nachdachte, fiel mir auf, wie wahnsinnig schnell es bei uns ging. Aber er hat meinen Stein mitgenommen, ihm einen warmen Platz in seinem Herzen geschenkt und ihn nicht im Meer versenkt. Er hatte in Kürze ein Feuerwerk in mir entzündet und es brannte noch immer. Wenn er neben mir war, war ich glücklicher als ein 789-facher Oscar-Gewinner, und um ehrlich zu sein, hätte ich nicht mal Angst vor dem Weltuntergang gehabt, wenn Augustus dabei meine Hand gehalten hätte.

Das kribbelnde Gefühl von vergangener Nacht kam in mir hoch, als ich daran dachte, wie ich zwischen Zeit und Raum mit Augustus in einem Bett, Lippe an Lippe, Geschlechtsorgan in Geschlechtsorgan gelegen hatte. Schlagartig verschwanden meine Zweifel so schnell, wie sie gekommen waren. Augustus war ohne Scheiß das einzige Positive, was Liverpool für mich hergab. Klar war ich froh um Scarlett, Isaac und so, aber Freunde hatte ich in Deutschland auch gehabt.

Nach dem Essen gingen wir an die frische Vor-Oster-Luft Liverpools. Wir setzten uns auf die alten Baumstämme im Baumstammpalast – Scarlett zwischen mir und Katie, die Zwillinge und Isaac auf dem gegenüberliegenden Stamm. Die Luft tat gut. Sie löste den Schwindel in mir, doch leider hielt dies nicht lange an. Genau genommen nur so lange, bis sich Isaac und Christian ihre Marlboros anzündeten. Isaac steckte sich seine Zigarette in den Mund und fragte entsetzt: „War ich gestern wirklich so blau?"

Wir lachten. Isaac schaute jeden von uns mit hochgezogenen Brauen an.

„Du hast deine Hose ausgezogen, deinen Schwanz wie eine Trophäe präsentiert und rumgeschrien, dass du eine Delfindame seist, nur mit einem Penis halt. Also lass uns nicht infrage stellen, *ob* du blau warst. Ich denke, wir alle wissen ... nein, die *ganze Schule* weiß, *dass* du gestern blau warst. Und nicht nur ein bisschen blau. Ganz besonders viel blau."

Isaac ließ seine Zigarette fallen.

„Leute, ernsthaft jetzt?"

Wieder lachten wir.

(Falls ihr euch fragt, warum ich lachen konnte, wenn mir doch die Kotze im Hals stand: Ich unterdrückte sie. Es war zwar widerlich, aber es ging. Ich dachte mir: *Liz, lach und kotz später, bevor du nicht lachst und trotzdem kotzt.*) Christian krümmte sich, Katie lachte Tränen und Isaac machte Augen, so groß wie Walnüsse. Ich hatte Bauchweh.

„Und dann bist du in den Pool gesprungen und wolltest uns zeigen, wie gut du dich als Delfindame machst. Nur warst du zu blau, um zu Schwimmen. Mann, Zoe ist dir hinterhergesprungen und hat dich wieder rausgezogen. Du hast ihr dann noch in den Ausschnitt gekotzt. Alter, ist die rot geworden. Den Blick hättest du sehen müssen, aber du bist eingepennt."

„Nein, ist jetzt nicht wahr, oder? Zoe hat mich nicht ernsthaft aus dem Pool gezogen? Sagt, dass das nicht wahr ist! Sie hat nicht meinen Pimmel angefasst, oder? Mann, sie ist eine *Mondlampe!* Das war jetzt ein Witz? Leute, das war doch ein Witz?!"

„Frag sie doch. Vielleicht hat sie sich in deinen Schwanz verliebt und nur die Gelegenheit verpasst, ihn anzufassen, während sie den genialen Besitzer des legendären Delfindamenschwanzes aus dem Wasser zog", scherzte Katie.

„Hahahah. Lustig. Wie lustig. Ich lach mich tot. Seht ihr es? Ich lach mich tot!" Isaac lachte kein bisschen.

Um seine Nase war er kreidebleich geworden. Er trat seine Zigarette, die er zu Boden geschmissen hatte, aus, zog die Marlboro-Schachtel aus seiner Jackentasche und stopfte sich drei Zigaretten auf einmal in den Mund.

„Ernsthaft? Isaac? *Ernsthaft?* Du gibst gerade drei nicht mal lebenden Dingern die Kraft, dich zu töten!"

„Is' mir egal, ob sie lebendig sind oder nicht, aber ich komme mit der Tatsache nicht klar, dass das ganze College meinen Schwanz kennt, und mich eine doppelte Mondlampenschlampe aus dem Pool ziehen musste! Argh! Und die Chance, dass sie mein Männlichkeitszeichen berührt hat, besteht auch! Stellt euch das mal vor, ich wäre krank. Ich wäre mehr als krank, ich wäre infiziert. Schlimmer als Ebola und Pest. Mondlampenhautpartikel. Auf meinem besten Schatz!"

Ich schauderte. *Mondlampenhautpartikel. Schlimmer als Ebola und Pest.* Fieberhaft überlegte ich, ob ich Isaac schon mal berührt hatte.

Die anderen erzählten ihm nun von meinem laut gefeierten Auftritt, den er verschlafen hatte. Er lachte sich schief, als sie bei der Stelle waren, als sich alle Lichtquellen auf mich gerichtet hatten und dann, als der Höhepunkt des Höhepunkts begann, Augustus auf den Tisch sprang und Scarlett mein Besen-Mikrofon auf den Kopf warf. Er hielt sich den Bauch, lachte Tränen. So ganz hatte ich Isaac noch nicht verstanden. Er war eine Wundertüte an Emotionen. Erst konnte er sauer sein wie *Cen-*

ter Shock, und dann konnte er lachen, dass man Angst haben musste, er würde verrecken.

Und jetzt konnte er auch lachen, und er lachte viel und vor allem lange. Wir mussten alle mitlachen. Nicht, weil wir es lustig fanden, dass Scarlett von einem Besen geschlagen worden war, sondern weil Isaac lachte. Eigentlich lachten wir nicht wegen des Witzes, sondern wegen dem Lachen der anderen. Wir waren eben die, die wir sein wollten. Vielleicht nicht immer, aber dann, wenn wir zusammensaßen und zusammen das taten, was wir am besten konnten. Und so saßen wir da, im Baumstammpalast, quatschten über dies und das und lachten, bis uns die Bäuche wehtaten ... und verpassten fast den Nachmittagsunterricht.

Mir ging es nach der Mittagspause um einiges besser. Freunde, die dich zum Lachen bringen, obwohl dir nicht nach Lachen ist, sind die beste Medizin. In Französisch konnte ich sogar einigermaßen gut dem Unterricht folgen.

Maxime cherche son pantalon. Son pantalon dans le sac. Il va aux toilettes et il veut mettre son pantalon. Tout à coup, dans le sac il ya pas de pantalon mais un soutien-gorge de fille ... (Maxime sucht seine Hose, die sich in einer Tasche befindet. Er geht auf die Toilette, da er sich seine Hose anziehen möchte. Doch plötzlich befindet sich nicht mehr die Hose, sondern ein BH eines Mädchens in dieser Tasche ...) Solche Geschichten fielen unserem Französischbuch ein. Die wenigen, die noch fit im Saal saßen, mussten grinsen. Eigentlich war es ja nicht witzig, aber mit ein paar Promille im Blut war alles witzig.

19.

Am letzten Schultag vor den Osterferien hatten wir erst Schulgottesdienst und dann Klassenleiterstunde. Die Stimmung war gemischt. Einige freuten sich mächtig auf die Ferien, andere konnten sich nicht von ihren Freunden trennen und wiederum andere sagten einfach, dass sie das Lernen vermissen würden. Komisches College. Vor allem war es eigentlich gar kein College. Es hieß nur so, keine Ahnung warum.

Ms. Sheppard würde nach Schulschluss unser Paket für die Kinder in Afrika zur Post bringen, und nachdem ich tausend Umarmungen von Scarlett, den Zwillingen, Katie und Isaac überlebte, fuhr ich nicht wie üblich mit Mr. Smith und Lily im schicken schwarzen Bentley nach Hause, sondern nahm den Bus in die Stadt.

Am Tag zuvor hatte ich mich doch noch mal umentschieden. Ich wollte *Das Schicksal ist ein mieser Verräter* doch in einer Buchhandlung kaufen.

Ich hatte im Bus gerade noch einen Sitzplatz ergattert, doch als ich mich gesetzt hatte, wünschte ich mir, neben Lily auf den bequemen Sitzen des Bentleys zu sitzen. Es war stickig und unangenehm schwül. Obwohl erst Frühling war, war es so heiß, dass sich eklige Schweißflecken unter meinen Achseln bildeten. Die Luftfeuchtigkeit im Bus war unangenehm hoch, während es draußen ein wenig regnete und der Wind durch die Blätter der Bäume blies.

Neben mir saß ein kleiner Junge. Ich musste blinzeln, um sicher zu gehen, dass er nicht Harry Potter war. Doch auch als ich mir die Augen rieb, konnte ich die Ähnlichkeit immer noch sehen. Ich musste lachen. Wie lächerlich von mir. Harry Potter. Als ob. Aber er sah eins zu eins so aus ... bis auf die Narbe – die fehlte. Entweder versuchte der kleine Junge so auszusehen wie Harry Potter, weil er Harry Potter liebte, oder weil er wie Harry Potter sein wollte, oder wie Harry Potter geliebt werden wollte, oder weil er einfach nur aussah wie Harry Potter, ohne dass er es wollte. Egal was der Grund war, es war unheimlich. Oder er wollte einfach nur berühmt werden, wie die durchgeknallten Mädchen, die sich zu Barbie umoperieren lassen, in der Hoffnung, berühmt zu werden, und die dann doch nicht berühmt werden.

Als der Junge mein Starren bemerkte, schenkte er mir ein halbes Lächeln, zog die Achseln hoch und steckte sich seine Kopfhörer in die Ohren.

Dieses Mal schlenderte ich eine kleine Einkaufsstraße am Ufer des River Mersey entlang. Dichter Nebel hing über dem Wasser, die Segel der kleinen Schiffe tanzten im Wind. Nachdem ich das gesuchte Buch in einer Buchhandlung, die sich extra auf Jugendliteratur spezialisiert hatte, fand und kaufte, setzte ich mich in ein kleines Café, trank heiße Schokolade und begann die ersten Seiten zu lesen. John Green ist ein Meister, wenn es ums Bücherschreiben geht. Er füllt die Zeilen mit Leben, man kann sich so gut in seine Geschichten hineinversetzen. Alles wirkt so real, so echt, so greifbar.

Nach den ersten zehn Seiten kam ich zu der Stelle, die mir Augustus in der Schulbibliothek gezeigt hatte. Meine Mundwinkel zogen sich automatisch nach oben. Fast hatte ich den Eindruck, Augustus hatte John Greens perfekt geschilderte Szene kopiert.

Ich war gerade bei Kapitel 2, als der Stuhl neben mir weggezogen wurde und sich ein großer Mann zu mir setzte. Sein Schatten fiel auf meine Buchseite. Ich sah auf. Wer war er? Und warum setzte er sich zu mir?

Mit seinen hellen Augen funkelte er von oben auf mich herab. Ich stand auf, wollte gehen, fand ihn gruselig. War er ein Mörder? Wollte er mich entführen? Doch der Dunkelhaarige hielt mich am Arm fest und drückte mich wieder auf meinen Stuhl.

Ich dachte mir: *Oha, überall diese perversen Schweine.*

„Was soll das? Wer sind Sie? Lassen Sie mich los! Ich kenn Sie doch gar nicht!"

Ich dachte: *Bleib mutig, zeig keine Angst. Sei cool.*

„Die Ehe", begann er langsam, „ist ein viel zu interessantes Experiment, um es nur ein einziges Mal zu versuchen."

Ich zog die Augenbrauen hoch: „Dasselbe hat meine Mom neulich auch zu mir gesagt."

„Deine Mutter und ich haben ja einiges gemeinsam ..."

Verwirrt schüttelte ich den Kopf. Was ging hier vor sich? Woher kannte er meine Mom? Warum antwortete er nicht auf meine Frage? Wieso sagte er nicht erst Hallo, sondern fing direkt an, mich vollzuquatschen? Der Mann zog eine Visitenkarte aus seiner Jackentasche.

„William Winterbuttom. Chefarzt. The Royal Liverpool University Hospital?", las ich vor.

Mit meinen Fingern umklammerte ich die Stuhlkante. Ich hatte das dringende Bedürfnis, wegzurennen. William Winterbuttom. Chefarzt. Vor mir saß Augustus' Dad! O Gott, wie peinlich. Warum war mir das nicht aufgefallen? Wenn ich das gewusst hätte, hätte ich mein extrafreundliches Lächeln aufgesetzt.

„Sie kennen mich durch Augustus?"

William Winterbuttom lachte.

„Nein. Augustus weiß nicht, dass ich dich treffe, er kennt dich doch gar nicht."

Moment mal ... Er kennt mich gar nicht? Aber ich war mir zu tausend Prozent sicher, dass es Augustus' Vater war, weil er 1.) Winterbuttom hieß, mir 2.) auffiel, dass er Augustus ähnelte und 3.) in das Sakko, das er über die Stuhllehne gehängt hatte, zwei weiße W gestickt waren. Im selben Augenblick sah ich vor meinem inneren Auge dasselbe Sakko bei Augustus zu Hause an der Garderobe hängen.

Shit.

Ich hätte meinen Kopf gegen den Tisch hauen können. Die Stühle umwerfen und schreien.

Shit!

Mit weit aufgerissenen Augen starrte ich William Winterbuttom an. In meinem Kopf kreisten die Gedanken. Meine Theorien zu dem Vorfall waren:

- William Winterbuttom log mich an und wusste, dass ich die Freundin seines Sohnes war.
- Augustus hatte nichts von mir erzählt.

- Augustus sah mich gar nicht als seine Freundin.
- Ich war nicht Augustus einzige Freundin und William Winterbuttom hatte den Überblick über all die Namen verloren, was aber wiederum bedeuten würde, dass Augustus mich betrügen würde.

„Und was wollen Sie jetzt von mir?", unterbrach ich die Stille. Meine Stimme zitterte. Besonders die letzte Theorie ließ meinen Atem stocken.

„Deine Mutter und ich dachten, dass wir dir vielleicht mal die Wahrheit sagen sollten."

„Die Wahrheit?"

Woher kannte er meine Mom? War *er* ihr zukünftiger Ehemann? Aber Augustus hatte nie davon gesprochen, dass sich seine Eltern trennen wollten, und soweit ich wusste, waren sie noch verheiratet. William Winterbuttom sah mich an. Er trank von seinem Rotwein. Es war mindestens schon zwei Minuten her, seit ich gefragt hatte, aber er presste weiter hartnäckig die Lippen zusammen. *Was soll der ganze Scheiß?*

Ich klappte mein Buch endgültig zu. Winterbuttom hatte immer noch nichts gesagt, und ich stand auf. William Winterbuttom bewegte seine Lippen. Es sah aus, als wollte er etwas sagen, doch der Mut hatte ihn verlassen, wenn er überhaupt je Mut besessen hatte. In der Tür blieb ich stehen, sah mich noch mal um. Er hatte seinen Kopf auf die Arme gestützt. Kopfschüttelnd verließ ich das Café und machte mich gedankenkreisend zu Fuß auf den Weg nach Hause.

Komischer Typ.

Zu Hause angekommen, loggte ich mich erst mal in meinem Laptop ein und schrieb Scarlett und Isaac an. Ich musste ihnen mitteilen, was ich in der Stadt erlebt hatte.

LIZHARRISON14: Hiii, ihr glaubt nicht, wen ich im Café gesehen habe!

SCARLETTCAROLL: Nee, wen?

LIZHARRISON14: William Winterbuttom – Augustus Dad!

ISAACSCOOLERMEGABLOG: Und wie Sieht Er aus?

SCARLETTCAROLL: ... so gut wie Augustus?

LIZHARRISON14: Ihr Lappen, er ähnelt ihm nur, das ist alles.

ISAACSCOOLERMEGABLOG: was Hat er Gesagt?

LIZHARRIOSN14: Dass er und meine Mom sich einig sind, dass sie mir die Wahrheit sagen sollten. Fragt sich nur, woher er meine Mom kennt ...

SCARLETTCAROLL: Hast du nicht gesagt, dass deine Mom wieder heiratet?

ISAACSCOOLERMEGABLOG: alter, Aber nicht augustus Dad, oder doch? Mann, Wie krank es wäre, Wenn Doch

LIZHARRISON14: Keine Ahnung, aber er weiß nicht, dass ich Augustus' Freundin bin.

ISAACSCOOLERMEGABLOG: Pffff

SCARLETTCAROLL: Isaac, sehr hilfreich ... So ein schweiniges Schwein!

ISAACSCOOLERMEGABLOG: du Meinst schon augustus?

SCARLETTCAROLL: Natürlich, Schwein wäre untertrieben für dich.

ISAACSCOOLERMEGABLOG: hahah Sehr witzig

SCARLETTCAROLL: Schon, nicht? Find ich auch :-).

LIZHARRISON14: Leute, glaubt ihr, dass mein Dad William Winterbuttom kennt?

ISAACSCOOLERMEGABLOG: frag ihn Doch, kann Schon Sein

LIZHARRISON14: Ich frag ihn mal. Flieg eh in den Ferien zu ihm.

SCARLETTCAROLL: Gut, sag uns dann Bescheid.

ISAACSCOOLERMEGABLOG: und Habt ihr Sonst noch Geredet?

LIZHARRIOSN14: Nope, bin gegangen.

SCARLETTCAROLL: Scheiße, Liz!

LIZHARRISON14: Was?

ISAACSCOOLERMEGABLOG: überleg Mal, woher weiß Der, dass du In dem cafefrauendingsbums Warst?

LIZHARRISON14: Leute?

SCARLETTCAROLL: Ja?

LIZHARRISON14: Ihr wisst schon, ich war doch mit Augustus shoppen, und in der Stadtbücherei war der Typ an dem Tag auch und wollte mit mir reden.

ISAACSCOOLERMEGABLOG: geh Zur polizei ernsthaft! geh zu Den bullen

SCARLETTCAROLL: Unheimlich ...

LIZHARRISON14: Soll ich Augustus drauf ansprechen?

ISAACSCOOLERMEGABLOG: blasen nicht! Nein, tus nicht.

ISAACSCOOLERMEGABLOG: bloß! shit! bloß! Nicht blasen! Scheiß autokorrektur

Irgendwann ging Isaac offline und Scarlett und ich unterhielten uns noch bis kurz vor Mitternacht über Mason. Kurz nach Mitternacht loggte sich Isaac wieder ein. Er erzählte, dass Zoe ihn angerufen habe und sehr wütend gewesen sei, weil er sich nicht bei ihr bedankt habe, obwohl sie doch seine Lebensretterin wäre. Wir alle fanden, dass Lebensretterin ein Stück weit übertrieben war. Weit nach eins schlief ich an meinem Schreibtisch ein.

20.

In den vergangenen beiden Tagen hatte ich nicht viel getan. Nur ein bisschen Koffer gepackt, Naturwissenschaft und Französisch gelernt, mit Jacob Eier im Supermarkt gekauft, ein wenig gelesen und mir hin und wieder Gedanken darüber gemacht, was Paul und Mr. Smith uns verheimlichen wollten. Nichts Besonderes also.

Mr. Smith saß gerade vor mir und steuerte den schwarzen Bentley in Richtung Flughafen. Dieses Mal brachte er mich nicht nach London, sondern zum John Lennon Airport in Liverpool. In steifer Haltung saß er da und starrte auf die gut befahrene Straße. Er hatte wieder seine weißen Handschuhe an. Mom saß neben mir auf der Rückbank. Mit gesenktem Blick sah sie auf ihre Schuhe – rote Lack-High-Heels. Was sie wohl dachte?

Kurze Zeit später setzten sie mich alleine mit meiner Tasche und meinem Koffer am Flughafen ab. Moms Umarmung hätte mich fast erstickt, so fest drückte sie mich. Sie weinte. Ich spürte ihre Tränen auf meiner Schulter. Mr. Smith schüttelte nur meine Hand, als wäre sie aus Gummi, und wuschelte mir durch die Haare. Tolle Verabschiedung, nicht wahr?

Also machte ich mich nun alleine auf den Weg zum Schalter. Ich würde zu Dad fliegen. Nach Deutschland. In der Wartehalle, in der ich auf meinen Flug wartete, hing ein Riesenplakat, auf das ein Bild von John Lennon gedruckt war. Ich musste mich an die Beatles-Musik erinnern, die im Radio lief, als Mr. Smith Mom und mich von London nach Liverpool gefahren hatte. Verbittert und vom Leben gezeichnet saß ich da und blickte durch die bodentiefen Fenster nach draußen. Kleine und große Flugzeuge fuhren auf dem Asphalt hin und her. Menschen in Anzügen oder Urlaubskleidung machten sich glücklich auf den Weg zu ihren Maschinen oder zurück zum Flughafengebäude. Der Himmel war blau und die Sonne spiegelte sich in den Fenstern anderer Gebäude und Fahrzeuge. Ich freute mich, Dad wiederzusehen, wieder deutschen Boden unter den Füßen zu haben, und „Dad, ich geh aufs Klo" sagen zu können, statt „Can I go to the toilet, please?" Und endlich würde ich mal wieder das essen können, was ich essen wollte, und nicht das, was Mr. Smith, Olivia und Tante Arista kochten. Mal wieder das anziehen, was ich wollte, ohne spöttische Kommentare von Lily zu kassieren, und ganz wichtig: Ich freute mich irgendwie auf den Rechtsverkehr. Doch die Einsamkeit unterdrückte die Freude ein bisschen. Der Flughafen wirkte so riesig, wenn man alleine war. Ich hatte niemanden zum Reden und die Wartezeit verging ätzend langsam.

Eine alte Dame tippte mich unvorsichtig mit ihrem hölzernen Gehstock an. Erschrocken zog ich meinen Arm weg. *Immer diese Leute, die ich nicht kenne …*

„Ich glaube, da ist wer für Sie", flüsterte sie mehr als sie sagte. Sie zeigte mit ihrem Gehstock auf die Glaswand, durch die man in die Halle mit den vielen Schaltern, Essensbuden und Geschäften sehen konnte. Mit ihren Koffern ging hektisch ein Viertel der Stadt an der Glaswand vorbei. Fragend sah ich die Alte an, ich konnte niemanden sehen, der stehen blieb. Die Frau hüpfte mit ihrem ausgestreckten Gehstock mehr oder weniger auf die Glaswand zu.

Ich dachte: *What's going on here? ... Uh, hab ich gerade auf Englisch gedacht?*

Mit ihrem Stock hämmerte sie wild gegen die Glaswand.

Ich dachte: *Ist sie jetzt komplett durchgedreht? Das ist eine Glaswand!*

Mit hochgezogenen Brauen ging ich zu ihr, und tatsächlich, sie hatte recht, da stand jemand für mich. Die Alte hatte zwar offenbar nicht mehr viel in der Birne, wenn sie da überhaupt mal was gehabt hatte, aber sie hatte Augen wie eine halbe Million Katzen in der Nacht zusammen. Sie griff mit ihren runzligen Händen nach meinen, drückte sie und mir lief ein kalter Schauer den Rücken hinunter. Ihre Hände fühlten sich ziemlich abartig an. Ich sah ihr nach, als sie wieder im Trubel der Wartehalle verschwand.

Warum hat sie mich angefasst?

Dann sah ich wieder zur Glaswand. Automatisch verzog sich mein Gesicht. Ich rümpfte meine Nase und versuchte meine Tränen zurückzuhalten, was mir aber nicht so ganz gelang. Leider. Jetzt musste ein Waschbär mit nach Deutschland fliegen.

Ich dachte: *Scheiße, Liz, jeder wird dich anstarren. Wieso musst du jetzt auch anfangen zu heulen?!*

Und obwohl ich mir einredete, nicht mehr zu weinen, und mich an einigermaßen schöne Dinge erinnerte, hörten meine Augen nicht auf damit. Augustus hatte seine rechte Hand gegen die Glaswand gelegt. Ich legte meine so dagegen, dass sie, wenn die Glaswand nicht gewesen wäre, seine Hand berührt hätte. Er sagte etwas, was ich nicht verstand, aber seine Augen verrieten mir, dass es sehr wichtig war. Wir standen lange so da, uns gegenüber, Hand an Glasscheibe an Hand. Es war einer dieser Augenblicke, in denen nicht viel geschehen muss, damit sie besonders werden. Ich hätte ihn gerne geküsst oder ihn umarmt oder vielleicht beides, doch Augustus kam ohne ein Flugticket nicht in die Wartehalle und ich kam nicht mehr raus, ohne meinen Flug zu verpassen. Wusste er davon, dass sein Dad mit mir reden hatte wollen?

Als eine Frauenstimme durch den Lautsprecher meinen Flug ankündigte, biss sich Augustus auf die Lippe. Langsam löste ich meine Hand von der Glaswand, und mit den Schritten, die ich rückwärts immer weiter von ihm wegging, zog sich mein Herz schmerzhaft zusammen. Ich wollte nicht gehen. Ich wollte hierbleiben. Rauslaufen. Bei ihm sein. Seinen Duft riechen. Seine Hand halten. Meinen Kopf an seine Brust legen, seinem Herzschlag lauschen, seinen Atem in meinen Haaren spüren. Dem süßen Klang seiner Stimme lauschen und seine Lippen küssen, wenn er seine Augen schloss. Ich versuchte ihm ein Lächeln zu schenken, weil ich wusste, dass es nicht ging, dass ich nach Deutschland und er hierbleiben musste.

Seine Augen leuchteten, was man auch von weit weg noch sehen konnte. Das Funkeln seiner Augen erfüllte jede Dunkelheit mit Sternenstaub. Er winkte vorsichtig und sah aus, als würde er sich für immer von jemandem verabschieden, der ihm mehr als die Welt bedeutete. Vielleicht war ich das? Vielleicht! Ich nahm mein Gepäck und schloss mich der Schlange an, die sich durch die große Tür nach draußen in den Bus drängte. Ich drehte mich noch einmal um, um die letzte Gelegenheit zu nutzen, ihn noch mal zu sehen. Augustus stand immer noch an derselben Stelle. Er biss sich wieder auf die Unterlippe und zeigte mit einem Finger auf sein Handy, was so viel bedeuten sollte, wie: *Wir müssen telefonieren.* Er weinte, ich konnte es sehen. Mein Herz brannte.

Während uns der gelbe Bus zu unserem Flieger brachte, dachte ich darüber nach, ob Augustus mit mir telefonieren wollte, weil er mich liebte oder eher, weil es irgendetwas gab, worüber wir dringend reden *mussten*. Nur war dringend viel zu schnell. Da ich mein Smartphone ja während eines Telefonates mit ihm geschrottet hatte, hatte ich auch logischerweise keines da. Obwohl meine Family mindestens genauso viel Geld hatte wie die Queen in ihren schlechtesten Jahren, war Mom doch bescheiden und wusste mit Geld umzugehen, und da war ein Handy nun mal nicht einfach so drin. Also musste Augustus warten, bis ich entweder ein neues bekommen oder Dad mir seines leihen würde. Und Dad war nicht hier im Flugzeug, sondern in Deutschland. Vermutlich in seiner Wohnung.

Ich hatte einen Einzelplatz, was meine Ich-fühle-mich-einsam-Gedanken umso mehr anregte. Durch das kleine Fenster sah ich mir den Flughafen noch einmal an, die Landschaft, die Gebäude, den Himmel. Dann schloss ich die Augen. Ich versuchte alles, was mich in den letzten vier Wochen belastet hatte, am John Lennon Airport zurückzulassen. Frei zu sein, war mein Ziel, wieder ein normales deutsches Mädchen zu werden.

Obwohl ich schon des Öfteren geflogen war, überraschte mich der Start erneut. Der Druck auf meinen Ohren, das Kribbeln in meinem Bauch, die Gewalt, die mich in den Sitz drückte – alles war stärker als je zuvor. Vielleicht lag es daran, dass ich auf den Start nicht vorbereitet war.

Von den sieben Stunden Flugdauer hatte ich fünf Stunden durchgeschlafen. Wir machten in Amsterdam einen kleinen Zwischenstopp. Jetzt war ich auch mal in Amsterdam gewesen, wie meine früheren Freunde in Deutschland. Ich hatte mir immer gewünscht, einmal (wie meine Freundinnen) in Amsterdam Urlaub zu machen (wenn ihr euch erinnert, irgendwann hat mir Mom das mal vorgeworfen), aber meine Eltern wollten immer in den Süden. Jetzt war ich hier. Na ja, viel sah ich davon nicht. Den Flughafen ... genau genommen eine Wartehalle, eine Telefonzelle, vier Schalter und einen Shop.

Respekt, dachte ich, *ist ja wirklich viel.*

In einer Telefonzelle wählte ich Dads Handynummer, sagte ihm, dass ich in Amsterdam war und versicherte, dass es mir soweit gut gehe, was mich zum Schluss verdammt viel Geld kostete. Wütend trat ich gegen die Telefonzelle.

21.

Als wir am Hamburger Flughafen ankamen, war es bereits später Abend. Das schwarze Hamburg erstrahlte in vielen verschiedenen Lichtern – das größte war der Mond. Vollmond. Wie der kleine Bruder der Sonne war er der Mittelpunkt des funkelnden Lichtermeers über Hamburg. Und der Hafen küsste die Stadt. Und es roch, wie Deutschland riechen musste. Und es war kalt, so wie Deutschland kalt sein musste, wenn kühler Wind von der Nordsee her in die Stadt blies. Und es fühlte sich, als ich aus dem Flieger stieg, an, als würde der Himmel meine Haare föhnen.

Dad wartete hinter der Ankunftshalle auf mich. Ich winkte ihm zu, musste aber erst auf meinen Koffer warten, der mit all den anderen auf einem Fließband im Kreis fuhr. Dad lachte. Ich hatte ihn schon lange nicht mehr so lachen sehen. Er lachte nicht, wie jemand lachen würde, der über einen Witz lacht, sondern er verzog seine Mundwinkel, weil die Sonne in seiner Seele strahlte. Er sah glücklich aus. In der Hand hielt er einen kleinen Blumenstrauß mit zwei kleinen Sonnenblumen und ein paar schicken Gräsern. Zusammengebunden waren sie mit einem pinken Band, an dem ein Herz befestigt war, auf dem in Dads allerschönster Schönschrift stand:

„"Für meine süße, kleine Liz ♥"

Ich ließ meine Tasche und meinen Koffer auf den Boden fallen und sprang in Dads Arme. Er hob mich, drehte mich im Kreis, küsste meinen Kopf. Als er mich wieder auf dem Boden absetzte, lief ihm eine kleine Träne die Wange hinab. Ehrlich gesagt musste ich gar nicht weinen. Ich hatte mir vorgenommen, in schönen Momenten zu lachen, statt zu weinen. Außerdem hatte ich in den letzten vier Wochen mehr geweint als in den letzten vierzehn Jahren zusammen. Irgendwann gehen einem doch sonst die Tränen aus, wenn man so viel weint, nicht?

Dad quatschte mich voll und stellte Unmengen von Fragen. Er hörte erst wieder auf, als wir zum ersten Mal in die vor Fett triefende Pizza bissen, die wir uns in Dads Wohnung liefern gelassen hatten.

Dads Altbaudachgeschosswohnung war niedlich. Nicht groß, aber auch nicht total klein. Wir saßen auf seiner Couch, aßen Pizza und sahen uns *Tatort* an. *Tatort* ist eine Legende. Früher hatten wir alle vier zusammen keine Folge verpasst, und *Tatort* ist weit besser als das TV-Programm in Großbritannien. Ehrlich gesagt hatte ich ihn vermisst ... den *Tatort*, meine ich.

Dads offener Wohnbereich war kunterbunt, verspielt und farbenfroh eingerichtet. Auf seinem Sofa lagen Kissen und Decken in unterschiedlichen Farben und Mustern. Es passte nichts wirklich zusammen, aber das war gerade das, was es zusammenpassen ließ.

Was mich erstaunte, war, dass ich in jedem zweiten Satz anfing, Englisch zu sprechen. Scheiß Angewohnheit ... eigentlich war ich ja voll gegen Englisch. Englisch klang in meinen Ohren so wie Schule in Phineas und Ferbs Ohren.

Als Dad nach dem *Tatort* die Pizzaschachteln zur Mülltonne in den Keller brachte, sah ich mich ein bisschen in seiner Wohnung um.

Er hatte ein einigermaßen großes Bad mit viel zu viel Schnickschnack. Dad hatte Schnickschnack schon immer geliebt. Auch in seinem Zimmer fehlte der nicht. Alte Kisten, alte Reisepässe, die, wie sie aussahen, wohl aus dem 19. Jahrhundert stammten, vergilbte Bücher in alter Rechtschreibung, längst abgelaufene Kinotickets und vollgeschmierte Malbücher aus meiner Kindheit. Klar, lag nicht alles wirr herum, sondern war ordentlich aufgeräumt, in Kisten oder Regalen verstaut oder als Dekoration irgendwo fein säuberlich drapiert. Dad war ein Genie im Dekorieren. Früher hatte er immer, nachdem Mom geputzt hatte, alles wieder an den Platz gebracht, an dem es am besten ausgesehen hatte. Den großen Esstisch aus dem Wohnzimmer hatte er in den Keller gebracht, damit ein kleines Bett für mich Platz hatte. Es war zwar nicht das neuste, aber bequem.

Als Nachtisch schnappte ich mir einen Apfel von der Theke und kuschelte mich unter die rosa Bettdecke. Dad setzte sich auf die Couch und legte seinen Arm auf die Lehne, um zu mir sehen zu können.

„Dad?"

„Ja?"

„Was machen wir eigentlich die zwei Wochen lang?"

„Zu deinen Großeltern fahren, Hamburg anschauen und nach Hause fahren?"

„Wieso nach Hause fahren? Wir bzw. du wohnst doch hier?"

„Aber das ist nicht mein Zuhause, Liz. Mein Zuhause ist da, wo du und Bill geboren seid. Da, wo wir gelebt haben bis vor ... vier Wochen ..."

„Du meinst, wir fahren zu unserem Haus?" Ich ließ den Apfel fallen.

„Ja, muss was hinbringen und holen, und ich dachte mir, ich nehme dich mit."

Ich sah aus dem Fenster, war etwas geschockt. Inzwischen war Hamburg noch dunkler geworden und die Lichter hatten an Bedeutung gewonnen. Ich würde dahin fahren, wo ich eigentlich nicht gedacht hatte, dass ich noch einmal hinkommen würde.

„Kein guter Vorschlag?"

„Doch, Dad. Doch."

Ich sprang auf, hüpfte ihm in die Arme und küsste ihn auf die Wange. Ich hatte zwar nach all dem, was passiert war, nie den Drang verspürt, wieder hinzufahren, wo alles begann, aber ich hatte eine kleine Hoffnung, Bill vielleicht ganz zufällig treffen zu können. Was natürlich unwahrscheinlich, aber einen Versuch wert war.

Dad setzte sich auf die Bettkante und sah mir beim Einschlafen zu, wie er es früher immer getan hatte.

22.

An den ersten beiden Osterfeiertagen fuhren wir zu meinen Großeltern – Dads Eltern natürlich, der Rest saß ja in Liverpool. Dads Eltern waren eigentlich immer meine einzigen Großeltern gewesen und sie reichten mir. Sie waren liebe Menschen, wohnten circa fünf Stunden von Hamburg entfernt und waren immer für uns da. Von meinen Großeltern bekam ich ein Ticket für ein Musical in Hamburg, eine neue Adidastasche, Schokoladenosterhasen, eine neue Handyhülle und einen feuchten Kuss auf die Wange, und von Dad bekam ich ein neues Handy.

Bei uns wurde Ostern nicht so krank gefeiert wie in den meisten christlichen Familien. Bei uns gab es nur Geschenke, und die wurden nicht mal versteckt. In die Messe zur Osternacht ging auch keiner von uns.

Später rief Mom an. Erst wünschte sie mir frohe Ostern, dann fragte sie mich ein halbes Jahrhundert lang aus, ob es mir auch wirklich gut gehe, und dann wollte sie mit ihren Ex-Schwiegereltern reden, aber die hatten keine Lust.

Während Dad und seine Eltern einen langen Spaziergang machten, legte ich mich ins Gras. Es war saftig grün. Am Himmel standen wenige Wolken und die Luft war angenehm. Typisches Wetter an Ostern. Ich hatte meine alte Simkarte mit nach Deutschland gebracht, die sich nun in einem neuen Handy befand, legte mich auf den Bauch, stellte den Lautsprecher ein und bohrte mit meinen nackten Füßen in die kühle Erde unter dem Gras. Nicht lange dauerte es und Augustus nahm ab.

„Na, alles klar, Süße?"

Es tat gut, seine Stimme zu hören. Sie war zart und doch so reif. Nicht kratzig und nicht im Stimmbruch. Sie war wie ein Schmetterling in der Frühlingsluft. Im Garten meiner Großeltern gab es Schneeglöckchen, Schlüsselblumen, Narzissen, Nelken, verschiedene Rosen und Tulpen und Lilien – Augustus als Schmetterling hätte wunderbar hierher gepasst.

„Ja, schon. Bei dir?"

Erst nach langen unterhaltsamen Minuten, fragte ich unsicher, mit dem Finger im Gras spielend, was er mir am Flughafen hatte sagen wollen.

„Liz, meine Eltern ..."

„Deine Eltern?"

Augustus verstummte. Ich wusste nicht wirklich viel über seine Eltern. Nur, dass seine Mom Madeleine hieß und Autorin war und sein Dad Chefarzt in irgend so einer Klinik. Seine Mom hatte ich noch nie gesehen, und seinen Dad, ja ... wisst ihr ja, ich fand ihn unheimlich.

Na ja, jedenfalls hatte ich mit den schlimmsten Dingen gerechnet, wie, dass sie einen Autounfall hatten und gestorben sind, beide Krebs hätten (was eher unwahrscheinlich ist) oder HIV positiv sein könnten ... oder sie hatten Augustus Zuhause rausgeschmissen oder würden ihm den Umgang mit mir verbieten oder wollten nach China ziehen oder sonst was ... Aber letztendlich wollten sie sich trennen. Ja, richtig gesehen: Augustus Eltern wollten sich trennen.

„Sie wollen sich scheiden lassen!", sagte er.

Sich scheiden lassen. Oft genug hatte ich irgendwas von Scheidung gehört. Jeder Schritt einer Scheidung bereitet Probleme, ewig das Gleiche. Und eine Scheidung ist kalt und überall – heutzutage ist sie fast in jeder Familie zu Hause. Und nein, sie bringt keinen neuen Schwung ins Leben, sie nimmt ihn, wirft ihn in einen See voll Scheiße und haut dann wieder ab.

„Komm, das war bestimmt nur ein Joke", sagte ich.

Irgendeiner musste ja die Stille unterbrechen.

„Alter, Scheiße, nein, Liz! Mein Dad hat eine Neue! Meine Mom ist am Ende, verstehst du das? Sie streiten seit circa einem Monat. Mann, Liz. Und wenn sie streiten, fehlt ihnen die Reife und sie benehmen sich wie völlig hirngeschädigte Zicken aus der fünften Klasse. Und ich sitze allein in meinem Zimmer, während unten ein Schrank in sich zusammenfällt."

Ich schluckte.

Schrank – Vase. Sein Dad hatte eine Neue – meine Mom hatte einen Neuen. Mein Dad war am Ende – seine Mom war am Ende.

„An dem Tag, an dem du abgereist bist, stand Mom in meinem Zimmer, als ich von Isaac nach Hause kam. Ihr Auge war blau, ihre Lippen blutig. Weißt du, Liz, es tut weh, seine Mom so zu sehen. Es geht einfach gar nichts mehr! Null! Ich kann sie einfach nicht umstimmen. Beide nicht. Ich weiß nicht, was ich machen soll."

Augustus war bei Isaac gewesen … interessant.

„Wir schaffen das. Du musst der Tatsache ins Gesicht sehen – ich musste es auch. Du kannst das, ich glaub daran. Du musst nur mutig sein und den Staub zur Erde werfen. Sei stärker als die Tatsache, sei standfester. Wenn irgendwas ist, kannst du anrufen, ja?"

Dad und ich gingen in ein Musical – das Geschenk von meinen Großeltern. Als Kind hatte ich Theater geliebt, selbst im Schultheater mitgespielt und bekam eigentlich fast immer eine der besten Rollen. Ich stand nicht wirklich auf Kino. Für mich war Theater immer realer und schöner. Erst als ich älter wurde, merkte ich, dass die besten Stücke trotzdem im Kino liefen.

Wir sahen uns *König der Löwen* an. *König der Löwen* kannte ich auswendig. Na ja, fast. Ich hatte eine DVD, Bücher, ein Hörspiel ... nur als Musical hatte ich *König der Löwen* bisher noch nicht gesehen. Seit der Premiere hatte das Ausnahme-Musical an der einzigen deutschen Spielstätte alle Besucherrekorde gebrochen und Zuschauer wie Kritiker gleichermaßen begeistert, habe ich irgendwo mal gelesen. *Disneys König der Löwen* war so etwas wie eine Legende.

Zwei Tage später gingen wir shoppen, am Ufer der Elbe spazieren und besuchten den Hafen mit seinen unzähligen Schiffen.

Dad sagte immer, der Hamburger Hafen sei der schönste, den die Welt je gesehen habe, und ehrlich gesagt hatte er recht. Ich kannte zwar nur den Hamburger und den Liverpooler Hafen, aber egal. Der Hafen in Hamburg weckte Emotionen in mir, die ich in dieser Form sonst noch nie gespürt hatte. Ich fühlte mich heimisch, obwohl ich hier nicht zu Hause war. Ich war glücklich. Ich sah Dinge minutenlang an, ohne, dass mir wie sonst langweilig dabei wurde. Ich fühlte mich frei, obwohl meine Seele nicht frei war. Und das Schönste war, ich konnte die Augen schließen und trotzdem die Schönheit sehen. Lachend schlenderten Dad und ich an den Schiffen und Kränen vorbei, drehten uns wie wild im Kreis und spielten *Ich sehe was, was du nicht siehst.*

Ja, ich spielte mit vierzehn noch *Ich sehe was, was du nicht siehst.* Also eigentlich ja nicht, aber wenn man in Hamburg war und dann auch noch am Hafen, musste man das einfach spielen – egal in welchem Alter.

Im 9. Jahrhundert wurde das erste Mal ein kleiner Hafen in historischen Aufzeichnungen erwähnt, über den die 200-Einwohner-Stadt Hamburg ihren Fernhandel betrieb. Und heute war er einer der berühmtesten Häfen der Welt. Schon krass, finde ich.

Wir machten eine Hafenrundfahrt, die XXL-Tour. In den zwei Stunden Fahrtzeit sahen wir alle wichtigen Sehenswürdigkeiten der historischen Speicherstadt: Kontorhäuser, das Kreuzfahrtterminal, die Elbphilharmonie, den Michel, die Landungsbrücken. Wir sahen die großen Werften und die Köhlbrandbrücke, die Norderelbbrücke und, und, und. Und wisst ihr, wen ich an Board entdeckt hatte?

Harry Potter. Also nicht wirklich Harry Potter, sondern den Jungen aus dem Stadtbus, der aussah wie Harry Potter. Erst bemerkte ich ihn gar nicht, aber als er sich umdrehte und direkt in meine Richtung sah, schon. Und als er sich noch einmal umdrehte, war ich mir tausendundeinsprozentig sicher, dass er es war. Eigentlich komisch ... ich hatte ihn weder am Flughafen noch im Flieger gesehen.

Er saß ein paar Reihen vor Dad und mir zwischen seinen Eltern. Also ich schätze, dass es seine Eltern waren. Ich stupste Dad an, zeigte auf den Kleinen und erzählte kurz die Story. Er hielt sich die Hand vor den Mund. Seine Wangen färbten sich hellrosa, bis er Tränen lachte. Der Dad von dem Jungen sah aus wie Rubeus Hagrid, wirklich ganz genau so. Und seine Mom sah aus wie Petunia Dursley. Schon ziemlich verblüffend. Ich meine, wer sah schon aus wie Harry Potter? Und wer hatte dann noch Eltern wie Rubeus Hagrid und Petunia Dursley? Irgendwie tat mir der Harry-Potter-Stadtbus-Junge ein bisschen leid.

Das ist ja, als wärt ihr Super Mario und eure Eltern Daisy und Junior Bowser? Oder ihr das Kikaninchen und eure Eltern der kleine Prinz und Sandy von Spongebob. Halt nur, dass ihr nicht wirklich Harry Potter, Super Mario oder das Kikaninchen wärt, sondern nur so aussehen würdet.

23.

Wie versprochen fuhren Dad und ich am Mittwoch nach Ostern nach Hause. Also in unser altes Zuhause. Unsere alte Landschaft, unsere alte Gemeinde, unser alter Ort, unsere alte Straße, unser altes Haus, unser alter Garten, unsere alte Hofeinfahrt, unsere alte Frühlingsluft.

Unser altes Zuhause (ich werde es in Zukunft nur noch „altes Zuhause" nennen, aus dem Grund, weil mein Zuhause nun in Liverpool war und Dads Zuhause Hamburg) war nur wenige Kilometer von Hamburg entfernt, aber weiter weg als das Haus meiner Großeltern. Keine Ahnung warum alles so weit voneinander entfernt sein musste – Dad wollte unbedingt nach Hamburg. Er wollte wohl einfach weg von dem Ort unseres alten Zuhauses.

Dad hatte zwar keinen Bentley, aber er fuhr mit Stolz seinen schokoladenfarbenen BMW X6. Je weiter wir Richtung Süden fuhren, umso saftiger wurde das Grün des Grases, das Grün der Bäume und umso strahlender das Blau des Himmels, umso heißer die Sonne ... Kurz: umso mehr Spaß machte es, mit Dad zusammen Lieder im Radio mitzubrüllen (ich muss zugeben, wir konnten beide kein bisschen singen).

Der Himmel war wolkenlos und blau und auch als unsere Textkenntnis bei *Avenir* von Louane nachließ, wurde es nicht still bei uns.

„Wie läufts im College?", wollte Dad wissen.

„Läuft schon."

„Hast du viele Freunde, Kleines?"

„Ja, schon. Scarlett und Isaac und die Zwillinge Cameron und Christian und Katie und ähm ...“

„Ähm?“ Er lächelte, als wüsste er, was ich sagen wollte.

„Augustus ...“ Ich wurde ein wenig verlegen und meine Wangen röteten sich.

„Da schau einer an, meine Liz hat einen Freund.“ Dad schüttelte lächelnd den Kopf, zwinkerte mir zu und klopfte mir auf die Schulter.

Ich musste schmunzeln.

„Und sind die anderen auch alle nett zu dir?“

„Ja, Augustus hab ich durch Isaac kennengelernt und der ist total verrückt, und wenn er betrunken ist, macht er komische Sachen. Du willst gar nicht wissen, welche. Und Katie hat eine hammersüße Schwester. Die ist noch *so* klein. Richtig putzig. Und Scarlett ist meine beste Freundin. Wir machen ziemlich viel. Sie war auch die Erste, mit der ich auf dem College geredet habe. Und die Zwillinge C&C sind schon cool drauf. Aber Dad, weißt du, was seltsam ist? ... Irgendwie, keine Ahnung, ich versteh es selbst nicht so ganz ... jedenfalls gibt es die Mondlampen und die Antimondlampen. Die Mondlampen sind die coolen Reichen und die Antimondlampen sind die coolen weniger Reichen. Und die Antimondlampen spielen den Mondlampen Streiche. Isaac, Katie, C&C und Scarlett sind Antimondlampen und ich bin eine Mondlampe. Aber sie sind trotzdem meine Freunde ... Kannst du das verstehen? Also ich nicht.“

Ich lehnte mich wieder zurück. Beim Reden hatte ich mich etwas nach vorne und zur Seite gebeugt. Dad trommelte aufs Lenkrad.

„Nö", sagt er und grinste mich an.

Ich drehte mich mit einem leichten Seufzen-Lachen-Hm zur Seite und sah im Außenrückspiegel, oder wie das Teil heißt, den Autos hinter uns beim Fahren zu.

„Aber das meinte ich eigentlich gar nicht, sondern die Harrison-Gang", sagte Dad kleinlaut.

„Achsooo, ähm, ja, die ist ganz okay."

„Hört sich nicht so begeistert an."

„Ja. Hm. Lily ist irgendwie 'ne kleine Bitch. Also sie ist keine Schlampe oder so, aber sie fühlt sich halt schon irgendwie ein bisschen zu cool. So I-am-Kim-Kardashian-and-Helene-Fischer-in-one-person-style. Jacob ist schon ganz nett, er erinnert mich ab und zu an Bill, und Smith und Paul sind irgendwie unheimlich. Keine Ahnung, kennst du das Geheimnis? Irgendwas mit Avas Tod. Peggy und Tante Arista sind ganz coole Großtanten. Aber wegen denen, na ja nicht ganz wegen denen, aber *auch* wegen denen, muss oder darf, soll oder will ... na ja will ich nicht mehr so ... das Geheimnis lüften. Meine Theorie ist ja, dass Paul neidisch war wegen der A. H. Stiftung und sie deshalb, na ja, umgebracht hat. Aber sicher bin ich mir nicht. Wie soll ich das denn bitte beweisen? Und was ändert das? Zum Schluss bin wieder ich die, die schuld ist, wenn Paul ins Gefängnis kommt. Und Ava wird dadurch auch nicht mehr lebendig. Also ehrlich, am Anfang fand ich es schon ganz geil, aber momentan hab ich einfach gar keinen Bock darauf. Vielleicht ... ach, keine Ahnung, woran das liegen könnte. Und der Rest ist auch ganz sympathisch. Onkel Calvin ist immer noch genauso wie früher. Hat sich eigentlich irgendwer bei dir wegen Bill gemeldet?"

„Nein." Dad wurde ernster. „Wie geht es deiner Mom?"

Deiner Mom ... wie er das sagte ... genauso, wie Mom damals „dein Vater" sagte.

„Ach, Mom ... Mom will ... Ich weiß nicht, muss ich das sagen?"

Ich hatte Angst, Dad zu verletzen, ihm wehzutun. Ich meine, hallo? Er hatte sie ja doch geliebt oder liebte sie immer noch. Die auslösende Person für die Scheidung war ja sie, nicht er.

„Ja. Sag."

„Sie, na ja ... sie will wieder heiraten. Dad, nimm mir das bitte nicht übel. Ich weiß nicht mal, wen sie heiraten will. Sorry."

Dad bremste von hundertfünfundachtzig auf null. Er trat so heftig auf die Bremse, dass ich mich mit den Händen abstützen musste, um nicht mit dem Kopf am Frontbereich anzustoßen.

Wir standen auf der Autobahn. Einfach so. Nein, okay, nicht einfach so, aber Fakt war: WIR STANDEN AUF DER AUTOBAHN!

Dads X6 machte keinen Zentimeter rückwärts oder vorwärts. Von hinten kam Gehupe, und die Insassen, der auf der Überholspur fahrenden Autos machten weniger schöne Gesten mit Gesicht und Hand.

„Dad! Du kannst nicht einfach stehen bleiben!"

Er war schneewittchenweiß, bewegte sich nicht, hielt das Lenkrad fest umklammert, starrte geradeaus.

„Hallo?! Du kannst hier nicht einfach so stehen bleiben!"

Wäre ich fahrberechtigt gewesen, wäre ich ausgestiegen, hätte Dad auf den Beifahrersitz geschnallt und wäre selbst weitergefahren. Aber ich wusste ja nicht mal, welches Pedal welche Funktion hatte. Also tippte ich nervös mit zitternden Fingern die Radiosender durch, in der Hoffnung, ein Lied zu finden, das Dad mochte und ihn wieder zum Fahren bringen würde.

„Dad? Okay, schau, da vorne ist eine Raststätte angeschrieben. Da fahren wir raus. Okay?"

Dad gab langsam wieder Gas. Machte das Radio wieder aus. Fuhr vielleicht 110 Sachen, wenn überhaupt, und sagte kein Wort.

Ich versuchte so wenig wie möglich in seine Richtung zu sehen. Er tat mir leid. Große Mädchen weinen, wenn ihr Herz in Scheiben geschnitten wird. Männer bleiben auf der Autobahn stehen.

Dad fuhr tatsächlich raus. Es war gerade um die Mittagszeit und die Parkplätze voll. Dad stellte sich auf einen noch freien Behindertenparkplatz. Ich versuchte ihm auszureden, dort zu parken – irgendwo musste es ja noch einen anderen Parkplatz geben –, aber Dad sagte, er sei kurzfristig geistig behindert geworden. Keine Ahnung ob es ein Witz sein sollte oder nicht.

Ich lief schnell zu einem Gebäude, welches einem Kiosk ähnelte, und kaufte für mich ein Päckchen Saft und eine Butterbrezel. Aber für Dad gab ich das meiste Geld aus, das ich jemals für Essen ausgegeben hatte. Ich kaufte ihm eine extragroße Cola, einen Kaffee, einen Donut, zwei Dosen Kaugummi, drei Packungen Zuckerwürfel, einen Energy-drink, zehn Energyriegel, Reise- und Kopfschmerztabletten und eine Schachtel Marlboro mit Feuerzeug. Okay, man muss sagen, Marlboro, Tabletten und ein Feuerzeug zählen nicht zu den Dingen, die man essen kann.

Dad saß auf einer hölzernen Bank vor einem Picknicktisch und trommelte mit seinen Fingerspitzen sachte auf das morsche Holz. Als er mich die ganzen Sachen anschleppen sah, blickte er kurz auf und dann wieder auf die Tischplatte.

Ein bisschen erschöpft ließ ich all die Sachen auf den Tisch fallen, setzte mich Dad gegenüber und sortierte unsere Sachen auseinander. Dann zündete ich eine Marlboro an und reichte sie Dad.

„Was soll das? Hat man dir in England beigebracht zu rauchen? Bist du verrückt geworden?!"

„Ein bisschen", scherzte ich, „aber, nein, hat man nicht. Man hat mir nur beigebracht, dass eine Zigarette dazu fähig ist, dir deine Sorgen aus dem Leib zu ziehen."

Er zog eine Augenbraue hoch. Dad war Nichtraucher, nahm die Marlboro dann aber doch in den Mund. Und trotz Anfangsschwierigkeiten nahm er noch einen Zug, bevor er anfing, seinen Kaffee zu schlürfen, den Donut zu essen, die Cola halb auszutrinken, in den Energydrink zehn Zuckerwürfel zu werfen und ihn auf Ex auszutrinken.

War irgendwie faszinierend, ihm dabei zuzusehen. Ich selbst aß, im Gegensatz zu Dad, ganz gemütlich meine Brezel und danach einen Kaugummi. Er war wirklich gut. Schmeckte zwar ein wenig langweilig, aber man konnte damit die größten Kaugummiblasen machen, die man sich vorstellen konnte (vorausgesetzt, man konnte überhaupt welche machen).

Hätte ich so lange Fingernägel wie meine supergigantisch coole, angesagte, egoistische Lieblingscousine, hätte ich meine Fingernägel benutzt. Aber meine waren teilweise abgebissen und abgerissen oder zu weich, also nahm ich einen annähernd spitzen Stein vom Boden und ritzte in die Tischplatte ein Herz, dort hinein „L+A" und daneben schrieb ich in Großbuchstaben: „STELLT EUCH EINFACH VOR, DIESES HERZ WÄRE AUS BLASSEM GOLD."

Mein picassoähnliches Meisterwerk war nicht das einzige, was in den Tisch geritzt worden war.

Da stand zum Beispiel: „Ich war hier.", „Wir waren hier.", „Wir auch.", „Auf in den Süden.", „Die Fußballer aus Berlin grüßen freundlich alle Reisenden", oder es waren einfach irgendwelche Striche in das Holz geritzt worden, was vielleicht Chinesisch war oder eine Sonne oder so darstellen sollte.

„Du hast gesagt, du weißt nicht, wen Mom heiratet?"

„Jap."

„Weißt du *irgendwas* darüber?"

„Nein, keine Ahnung. Eigentlich nur, dass er ihre Jugendliebe war, und sie hat gesagt, dass die Ehe ein interessantes Experiment ist, das man öfter machen sollte. Und das Komische ist, der Dad von Augustus, also der Dad von meinem Freund, hat dasselbe zu mir gesagt. Und irgendwas, dass er und Mom mir mal die Wahrheit sagen müssten. Aber anscheinend weiß er nicht, dass ich die Freundin von seinem Sohn bin. Oder, was auch sein kann, Augustus ist gar nicht sein wirklicher, richtiger Sohn."

Ich fuhr mit meinen Fingerspitzen das Herz und meinen danebenstehenden Satz nach.

„Ich kann das nicht verstehen, Liz. Vor einem halben Jahr war noch alles gut, es ist nicht mal zwei Monate her, dass wir uns scheiden ließen, und jetzt will sie gleich wieder heiraten."

„Apropos ‚alles war gut‘: Wieso habt ihr mir eigentlich nie gesagt, dass ich doch nicht so ganz deutsch bin, wie ich immer gedacht habe?"

Dad warf zwei Zuckerwürfel in seinen Kaffee und sah mich mitleidig an, sagte aber nichts.

Also fragte ich: „Wie habt ihr euch eigentlich kennengelernt? Also du und Mom?"

Dad schüttelte mit einem leichten Grinsen den Kopf.

„Och, das ging ganz schnell", sagte er. „Nach meinem Studium machte ich mehr oder weniger unfreiwillig eine Sprachreise nach England. Englisch war nie so meine Stärke ..."

Daher hatte ich also meinen Englischhass.

„Jedenfalls stellte ich mir das alles ganz langweilig vor. Und da es wirklich langweilig war, ging ich einmal verbotenerweise in einen Club. Also in einen Club zu gehen war nicht verboten, nur Alkohol war verboten, da ich am nächsten Tag eigentlich ein wichtiges Treffen hatte. Aber ich trank trotzdem."

Als er das sagte, holte er einen Energyriegel aus seiner Plastikverpackung und biss ab.

„Na ja, ich lernte also in dem Club deine Mom kennen. Sie tanzte mit ihrer Jugendliebe. Ich hatte mich augenblicklich in sie verliebt. Wir verabredeten uns und gingen einige Abende miteinander aus, und irgendwann fing sie trotz ihres Freundes an, sich auch in mich zu verlieben. Und dann hat sie sich von ihm getrennt. Meinetwegen. Süß, oder? Und als ich dann nach sechs Tagen wieder zurück nach Deutschland geschickt wurde, weil ich zu viel Alkohol getrunken hatte, blieb sie in Liverpool bei ihrer Familie. Ich war nicht mal zwei Tage in Deutschland, als sie mich anrief und sagte, dass sie mich vermisse und zu mir ziehen wolle. Also zog sie drei Tage später bei mir in meiner kleinen Wohnung in Hamburg ein. Übrigens: Das ist dieselbe Wohnung, in der ich jetzt wieder wohne. Ich hatte sie damals vor meiner Sprachreise gekauft. Und dann dauerte es gar nicht lange und du warst da. Die Wohnung wurde zu klein, also bauten wir uns unsere eigenen vier Wände. Und nach ein paar Jahren kam dann Bill. Und wir waren alle glücklicher denn je. Mom und ich liebten uns. Immer. Aber nachdem sie vor ein paar Monaten drei Tage in Liverpool war, kam sie komplett verändert zurück. Als hätte man sie ausgetauscht. Du erinnerst dich?"

„Ja, zu gut."

Mom war echt nicht mehr die Alte gewesen, obwohl sie nur drei Tage in Liverpool war. Sie fuhr jedes Jahr drei Tage nach Liverpool, um ihre Familie und ihre Freundinnen zu sehen und um irgendwelche wichtigen Dinge zu klären. Aber sie kam jedes Mal gut gelaunt zurück und alles war so, als wäre sie gar nicht weg gewesen. Nur dieses eine Mal war es anders gewesen. Danach hatte Mom angefangen, mit Dad zu streiten, und aus der ach so glücklichen wurde die ach so zerstrittene Familie.

„Genau, und dann lief Bill eines Tages weg. Meine Güte, wie oft waren wir bitte bei der Polizei und wie oft sind wir mit dem Auto in der Gegend rumgefahren. Und die ganzen Hubschraubereinsätze. Das pure Chaos. Und dann hat sie beschlossen, nach England zu ziehen. Sie nahm dich mit. Ihr war es egal, ob ich das wollte. Sie sagte nur, dass du dein neues, echtes Leben kennenlernen müsstest. Was sie mit echt meinte, weiß ich nicht. Tja, und dann warst du weg. Und Bill war weg. Und Mom war weg. Und ich zog in die alte Wohnung zurück nach Hamburg. Beim ersten Mal, als ich den Wohnungsschlüssel im Schloss umdrehte, und die ersten Schritte in den Flur machte, kam es mir vor, als käme ich von der Arbeit nach Hause und Melanie, also deine Mom, würde drinnen Fensterputzen oder sonst was, und all die Jahre wären nur ein Traum gewesen. Aber schnell wurde mir bewusst, dass mein Gehirn wie versteinert war und ich aufhören musste, mir dumme Sachen einzubilden.

Und es vergingen Tage und Wochen, bis ich dich wiedersehen durfte. Und in all den Tagen und Wochen vermisste ich dich, Bill und Mom, konnte nur ein Bild von euch sehen ... ich konnte euch nicht riechen, nicht hören, nicht spüren. In all den Tagen und Wochen habe ich dich, Bill und Mom weiter geliebt. Und in all den weiteren Wochen, Monaten und Jahren werde ich dich und Bill und Mom vermissen und weiter lieben. In meinen Erinnerungen werden wir vier nie verblassen, wir werden als Familie zusammen weiterleben, obwohl ich allein bin."

Still liefen mir die Tränen über die Wangen und ich merke, wie die Sonne meine Tränen gleich wieder trocknete.

Als mir die Umgebung immer bekannter und vertrauter vorkam, wusste ich, dass wir bald da sein würden. Wir fuhren an dem Krankenhaus vorbei, in dem Dad gelegen hatte, nachdem Mom den Blumentopf nach ihm geworfen hatte. Ich erinnerte mich, wie oft ich in den zwei Wochen mit dem Rad zu ihm gefahren war oder zu Fuß gehen musste, weil Mom mich nicht zu ihm bringen wollte. Wir fuhren an meinem alten Kindergarten und dem Spielplatz vorbei, an meiner alten Grundschule und der Realschule, in die ich vor dem Arthur Wynne College ging. Und von weitem sah ich die Scheune, in der ich mit meinen Freunden als Kind immer *Räuber und Gendarm* gespielt oder Strohhäuser gebaut hatte – und ab und zu hatten wir dort übernachtet und am Lagerfeuer Sternschnuppen beobachtet. Und ich sah den kleinen See, in dem wir jeden Sommer gebadet und Wickie nachgespielt hatten (meistens war ich Ylvi gewesen, die beste Freundin von Wickie) und auf dem wir im Winter Schlittschuh gelaufen waren oder Eishockey spielten. In Gedanken verglich ich die Straße mit dem Harrisonhaus und die Straße meiner alten Heimat miteinander. Egal wie wunderschön die endlos lange Harrisonhaus-Straße mit ihrem Kopfsteinpflaster und den einladenden Vorgärten war – die kleine Straße, in die Dad gerade einbog, war um tausend Universen schöner. Ich kann nicht sagen warum, es war einfach so.

Was mir als Erstes auffiel, war: Das Haus meiner besten Freundin hatte eine neue Fassade. All die Jahre war es gelb gewesen, jetzt war es grau. Langweilig grau. Am Zimmerfenster meiner Freundin hingen immer gemalte Bilder von uns, jetzt stand nur noch ein Blumentopf auf der Fensterbank. Da, wo vor ein paar Wochen noch unser Baumhaus stand, war jetzt ein kleiner Gartenteich. Einmal hatten wir eine tote Katze auf der Wiese neben dem Garten ihrer Familie vergraben und daraufhin jedes Jahr ein neues Kreuz gebaut und Blumen angepflanzt. Kein Kreuz ragte mehr aus dem braunen Hügel und keine Blumen blühten, was wahrscheinlich daran lag, dass es gar kein Grab mehr gab. Ich war enttäuscht. Sie war meine allerbeste Freundin gewesen. In der Grundschule hieß es immer BFF (beste Freundinnen forever), und in der Realschule dann Bæ. Wir hatten Freundschaftsarmbänder, Freundschaftstagebücher und Freundschaftsessen. Uns war extrem wichtig, so was zu haben, schließlich waren wir BFF. Wir kannten uns seit dem Kindergarten, gingen zusammen in die Grundschule und später auf die Realschule. Wir wurden zusammen zu Teenagern, aber die allerschönsten selbst gemalten Bilder aus unserer Kindheit blieben trotzdem an den Fenstern unserer Zimmer hängen, nur statt BFF sagten wir einfach Bæ.

Egal wie kindisch es war, unsere Tradition war es, jedes Jahr dieses verdammte Kreuz für die Katze neu zu bauen und Blumen aus dem Garten auszugraben und auf dem Grab wieder einzupflanzen.

Im Baumhaus hatten wir als Kinder mit Barbies oder Puppen gespielt, und als wir älter wurden dort unsere Geheimnisse ausgetauscht, uns über irgendwelche Bitches aufgeregt, die uns die Jungs vor der Nase wegschnappten – und wir hatten uns dort immer gegenseitig die Augenbrauen gezupft. Und jetzt war nichts mehr von all dem übrig.

Ich hatte ihr erzählt, dass ich nach England müsse, und sie hatte gesagt, dass wir trotzdem Freunde blieben und wenn wir uns wiedersähen, würde alles so sein wie früher.

Ich dachte mir: *Alles klar, Bæ. Alles wird so sein wie früher* – als ob.

Ein paar Häuser weiter stand unseres. Bingo, es sah genauso aus, wie wir es verlassen hatten.

Dad parkte den Wagen in der Einfahrt. Bevor wir ausstiegen, sahen wir uns tief in die Augen. Es herrschte eine schneidende Stille zwischen uns. Dad griff nach meiner Hand und hielt sie fest. Ich dachte an das Kopfsteinpflaster. Keine Ahnung warum, aber ich tat es. In meinem Kopf kreiste alles Mögliche, was ich je mit dem Kopfsteinpflaster in Verbindung gebracht hatte.

Die Gedanken kamen, als Dad meine Hand hielt und gingen, als er meine Hand wieder losließ.

Schließlich stiegen wir aus. Dad öffnete den Kofferraum, drückte mir einen Energydrink in die Hand. Ich nahm einen Schluck, blickte zurück auf das Haus meiner besten Freundin ... wenn sie überhaupt noch meine beste Freundin war.

Dad sperrte die Haustür auf. Ich stand direkt hinter ihm und merkte, dass der Zettel, den Mom damals noch schnell für Bill geschrieben hatte, verwittert unter einen leeren Blumentopf geklemmt war.

„Hereinspaziert, meine Kleine", sagte Dad und öffnete die Tür, zwinkerte mir zu.

Wenigstens konnte er wieder an was anderes denken, als an Moms fabelhafte Hochzeitpläne.

Ich sah die Dose in meiner Hand an, drehte mich im Flur mehrere Male im Kreis, so wie ich es getan hatte, als ich mit Augustus einer deutschen Stadtführungsgruppe begegnet war. Ich sog den Geruch des fast leeren Hauses in mich auf, bis ich ihn nicht mehr riechen konnte. Ich ging durch jeden einzelnen Raum. Ich ging in die Garage, zog im Garagenzimmer (wie ich es immer getan hatte) meine Schuhe aus, setzte mich ins Wohnzimmer auf den Boden, wusste genau, wo was gestanden hatte, obwohl der Raum bis auf mich und einen Sessel leer war. Ich schloss die Augen und konnte Bill sehen, der auf dem Teppich mit Lego spielte. Dad, Mom und ich saßen auf der Couch, aßen Popcorn und selbst gemachte Chips und sahen *Der Hobbit: Die Schlacht der fünf Heere.*

Ich ging weiter ins Esszimmer, setzte mich auf einen der drei Stühle, die wir hier zurückgelassen hatten, und erinnerte mich an meinen letzten Geburtstag. In der Ecke hatten meine Geschenke gelegen, auf dem Tisch ein Kuchen mit vierzehn Kerzen gestanden, außerdem volle Gläser und Luftschlangen. An der Lampe hingen Luftballons, auf den Stühlen saßen meine Großeltern, meine Onkel und Tanten mit ihren Kindern (alle väterlicherseits) und meine Freunde. Geburtstage waren immer schöne Tage gewesen, und mein Geburtstag war der letzte Tag gewesen, an dem wir alle zusammen im Esszimmer feierten und lachten, unsere Gläser aneinanderstießen, Witze rissen und uns gegenseitig Kuchen ins Gesicht warfen und, und, und. Okay, nein, es war überhaupt der letzte Tag, an dem wir zusammen irgendetwas feierten.

Ich ging weiter in die Küche. Die Küchenzeile war das Einzige, was noch darinstand. Am Kühlschrank sah man noch die Tesastreifen, mit denen wir Bills Bilder aufgehängt hatten. Ich roch den herrlichen Duft von selbst gemachten Donuts, die wir zu Fasching immer machten, und ich sah, wie Mom, Dad, Bill, Onkel Calvin und ich an Silvester Blei gossen und Früchte in den Schokobrunnen tauchten.

In der Speisekammer standen unsere alte Mikrowelle und ein paar Kartons mit Kochbüchern, die Mom jetzt nicht mehr brauchte, denn jetzt kochten Smith oder Olivia. Aber meiner Meinung nach sollte Mom kochen, oder wenn schon unbedingt Olivia und Smith kochen mussten, dann sollten sie wenigstens diese Kochbücher hier verwenden.

In der Gästetoilette war so ziemlich alles beim Alten, nur die Deko, der Duftspender und Seife, Klopapier, Abfalleimer und das Handtuch waren nicht mehr da. In der Gästetoilette hatte ich mich eigentlich weniger aufgehalten – schließlich war es ja die *Gäste*toilette. Nur ab und zu, wenn ich einen wichtigen Termin oder ein Date hatte und spät dran war, aber noch aufs Klo musste, dann – aber *nur* dann – ging ich auf die Gästetoilette.

Auf der Treppe nach oben sah ich, wie Bill mir nach oben hinterherlief. Wir spielten *Wer als Erster oben ist, hat gewonnen*. Das Spiel war ziemlich unsinnig, aber es machte immer Spaß. Meistens gewann Bill. Er war flink und schnell, drängte sich durch meine Füße und streckte mir jedes Mal die Zunge heraus, wenn er oben ankam. Er meinte es nicht böse, ich sah es an seinen Augen und wie er den Mund verzog.

Oben ging ich erst in das Schlafzimmer meiner Eltern. Bis auf den Wandschrank gab es hier nur eine Spinne, die in der Ecke hing, also schloss ich bei dem Anblick schnell die Tür und ersparte meinen Stimmbändern einen Schreianfall. Ich hielt den Türgriff festumklammert und versuchte ruhig ein- und auszuatmen. Ich sah, wie ich als kleines Kind, den Türgriff festumklammerte, den Kopf an die Tür lehnte und lauschte, ob meine Eltern noch wach waren, und wie ich weinend zu ihnen gelaufen bin, wenn ich Albträume hatte oder einfach nicht mehr schlafen konnte.

Im Büro war Dad. Er weigerte sich, durch alle Räume zu gehen. Er kämpfte gegen die Erinnerungen.

„Ich will nur das sehen, was ich nicht vermeiden kann zu sehen", sagte er. Er packte von dem einzigen Schrank, der hier noch aufgebaut war (die anderen Möbel waren alle in Einzelteile zerlegt und auf dem Boden gestapelt), ein paar Ordner in einen Umzugskarton. Er sah nicht gerade glücklich aus bei dem, was er tat, aber ich schätze, er musste es tun.

Aus bestimmten Gründen ließ ich Keller und Speicher aus. Zum einen waren das keine Räume, in denen ich mich besonders viel oder gerne aufgehalten hatte, um zum anderen wollte ich keiner Ratte über den Weg laufen, was natürlich völliger Quatsch war, weil bei uns keine Ratten gelebt hatten und auch nicht leben. Aber ich ekelte mich vor jeder winzig kleinen Spinne genauso wie vor einer fetten schwarzen Ratte mit feuerroten Augen und langem rosaroten Schwanz.

Als ich unser Badezimmer betrat, hatte ich, wie immer, wenn ich das Bad betrat, den Drang, auf die Toilette zu gehen. Egal ob ich muss oder nicht oder erst gewesen war oder keine Lust dazu hatte. Es war irgendwie automatisch. Ich schätze, wissenschaftlich kann man das nicht erklären – weder mathematisch noch biologisch. Ich glaube, es ist einfach eine Art Einbildung.

Also ging ich erst aufs Klo, dann stellte ich mich vor den Spiegel und sah, wie ich Zähne putzte, Bill in der Badewanne im Schaumwasser mit einem Boot spielte, Dad sich neben mir den Bart rasierte und Mom sich ihre Nägel lackierte. Ich musste schmunzeln, als ich sah, wie ich wieder Aggressionen hatte, weil mein Pickel oder Mitesser oder was zum Teufel das in meinem Gesicht auch immer war, einfach nicht weg gehen wollte, egal wie oft ich darauf rumdrückte, oder mich mit irgendwelchen Waschdingsis reinigte oder mir stinkende Salben ins Gesicht klatschte.

Wenn Bill und ich uns nicht entscheiden konnten, in welchem von unseren beiden Zimmern wir spielen sollten, spielten wir immer *Schere, Stein, Papier* und im Zimmer des Gewinners spielten wir dann. Ich hatte alle Räume (abgesehen vom Speicher und den Räumen im Keller) durch, bis auf meines und Bills Zimmer. Ich spielte mit mir selbst *Schere, Stein, Papier*. Mein Zimmer war die rechte Hand und Bills Zimmer die linke. Creepy, ich weiß. Aber ich sagte sogar *Sching, schang, schong*, während ich beide Hände mit der Faust nach oben und unten bewegte. Erst, als ich meine Finger zu einem Stein und einer Schere formte, fiel mir auf, dass man das eigentlich unmöglich alleine spielen konnte. Ich zog meine Hände so schnell es ging wieder an meinen Körper, um eine peinliche Situation zu vermeiden, falls Dad vorbeigehen würde.

Ich entschied mich für mein Zimmer. Mein Zimmer war der einzige Raum im ganzen Haus, der komplett leer war. Ich erschrak, als ich die Tür aufmachte und kein einziges Teil sah. Ich trat in die Mitte des Raums. Seine Wände waren weiß und schokobraun. Über meinem Bett klebte immer noch ein Wandsticker, auf dem stand:

„Zuhause ist ...

wo die Liebe wohnt,

wo Erinnerungen geboren werden,

wo Freunde jederzeit willkommen sind,

wo immer ein Lächeln auf dich wartet."

Der Spruch war gut – ich fand damals, dass mein Zuhause ein Ort war, an dem man sich gegenseitig liebte, wo Freunde willkommen waren, es nie Streit gab und Momente gelebt wurden, die man nie mehr vergaß. Aber jetzt passte dieser Spruch keineswegs mehr in dieses Haus.

Ich machte kleine Schritte in die Richtung des Wandtattoos, drehte mich noch einmal um, sah ihn jede Ecke des Zimmers. Mein Zimmer war immer ein Rückzugsort für mich gewesen. Als kleines Kind und auch als heranwachsender Teenager. Mein Zimmer war ein Ort für mich, wo ich lernen konnte, wo ich an dummen Englischvokabeln verzweifelt war, wo ich meine ersten Liebesbriefe schrieb und wo ich zusammen mit meinen Freundinnen mit Polly Pockets Flugzeug oder Playmobil gespielt hatte, wo ich Schokoladeneis gegessen hatte, wenn ich Liebeskummer hatte, wo ich mit meiner besten Freundin so getan hatte, als wären wir Madonna und Lady Gaga. Für mich war mein Zimmer eben *mein* Zimmer. Ich hatte 14 Jahre in *diesem* Zimmer geschlafen, hatte 14 Jahre dieselben Wände angestarrt und 14 Jahre denselben Ausblick aus den Fenstern.

Ich drehte mich ruckartig um, als hätte mich jemand erschreckt, riss mit einem Ruck das Wandtattoo herunter und ließ es auf den Boden fallen. Ich setzte mich ebenfalls auf den Boden, stampfte mit den Füßen. Ich hatte mir absichtlich meine Wimpern nicht getuscht, um ein Waschbärengesicht zu vermeiden. Ich starrte geradeaus in den leeren Raum, dachte an gar nichts. Irgendwann, als ich mich wieder gesammelt hatte, stand ich auf. Ich lehnte meinen schweren Kopf an der Wand an und sah durch eines meiner Fenster. Niemand war im Garten. Na ja, wenn man es noch Garten nennen konnte. Überall wuchs Unkraut. Die Schaukeln waren kaputt und einige Sträucher waren sogar mehr als nur kaputt. Blumen blühten auch nicht. Obwohl es nach Ostern war?! Auf der Terrasse lag ein zersprungener Blumentopf. Nein, nicht der, den Mom zerschlagen hatte, ein anderer. Der Rasen, der dringend mal gemäht werden musste und zur Hälfte aus Erde bestand, lag eine Katzenscheiße nach der anderen, und im Sandkasten auch.

Moment mal, wo war eigentlich Jess? Dad hatte ihn doch mit nach Hamburg genommen, aber in Hamburg war er nicht. Wenn doch, hatte ich ihn nicht gesehen oder war er mir gar nicht aufgefallen?

Ich riss meine Zimmertür auf und brüllte (wie ich es meistens tat, wenn ich irgendetwas brauchte, aber zu faul war, aus meinem Zimmer zu gehen): „Dad? Was ist eigentlich mit Jess?"

„Oh, sorry, hab ich dir das noch gar nicht erzählt?", rief er aus dem Büro zurück.

Er klang ein wenig überrascht.

„Nein."

„Er ist kurz nachdem wir in Hamburg eingezogen sind gestorben. Einfach so. Ich schätze, er war einfach schon zu alt."

„Oh."

Mehr brachte ich nicht raus, ich sank zu Boden. Jess war mit mir aufgewachsen. Na ja, mehr oder weniger. Ich war vier oder so, als ich ihn in unserem Garten gefunden hatte. Er war noch so klein gewesen und ohne Mutter ... zumindest hatten wir keine gefunden. Wir hatten keine Katze und unsere Nachbarn auch nicht. Ich hatte sofort angefangen, ihn zu streicheln, jedenfalls hat Mom das immer erzählt. Aber wir mussten ihn von Dad aus erst zum Tierarzt bringen. Dann durften wir ihn erst behalten.

Jess war mein Lieblingskater ... na ja okay, ich hatte ja nur einen. Aber Jess war immer da, wenn ich jemanden zum Kuscheln brauchte. Und mir Idiot war nicht aufgefallen, dass er nicht mehr lebte. Ich hätte mich selbst schlagen können. Ich holte mein Handy aus meiner Hosentasche und suchte in der Galerie nach dem letzten Bild von ihm. Ich sah es an, sagte leise: „Leb wohl", und ging dann in Bills Zimmer.

Bills Zimmer war das einzige das noch in seinem Originalzustand, oder wie man das nennt, war. Auf seinem Stuhl lagen benutzte Klamotten, die er eigentlich wieder hatte anziehen wollen. Seine Spielsachen lagen verstreut auf dem Boden, wie er sie zurückgelassen hatte. Das Buch, das er angefangen hatte, lag immer noch aufgeschlagen auf seinem Bett und sein Traktorkalender zeigte immer noch Februar, obwohl wir längst April hatten.

Ich setzte mich auf sein Bett und nahm einige seiner Kuscheltiere in die Hand, roch an ihnen und an seiner Bettdecke und seinen Klamotten. Ich wusste, dass es das letzte Mal wäre, dass ich seinen Geruch roch, und ich musste diese Chance ausnutzen.

Wo war er? Warum hatte sich niemand gemeldet, dass er ihn gefunden hatte? War er tot? Er war doch erst fünf, wieso musste das passieren?

Ich sah, wie er vor mir auf dem Teppich mit seinen Spielsachen spielte, wie er abends unter seiner Bettdecke hervorlugte, und ich erinnerte mich daran, als wäre es gestern gewesen, wie wir im Garten saßen, unsere Eltern sich im Hintergrund stritten und ich seine Ohren zuhielt.

Und ich hatte ihn angelogen, ich hatte gesagt, es wäre Jess gewesen, aber er wusste, was los war. Ich hätte ihn nicht anlügen dürfen. Vielleicht wäre er dann nicht abgehauen. Ich nahm ein Kuscheltier und schmiss es mit Vollgas gegen die Wand.

Wieso hielt ich ihn nicht auf, als er weglief? Ich hatte ihm zugesehen, war nicht hinterhergerannt! Warum?! Ich hätte es tun sollen! Und wenn ich ihn schon nicht aufgehalten hatte, ihm nicht nachgelaufen war, hätte ich es wenigstens Mom und Dad sagen sollen. Ach was, sagen *müssen*. Ich war doch seine große Schwester. Wie konnte ich mich nur so gestört verhalten?! Und danach sagte ich ständig, Mom sei schuld, dabei war doch ich diejenige, die schuld war. Ich war so behindert, so eingebildet, so ein Miststück.

Ich nahm meine ganze Kraft zusammen, warf Bücher von den Regalen, knallte die Legogebilde gegen die

Wand, sodass sie zerbrachen. Staub wirbelte auf. Meine Taten waren schneller als mein Kopf. Ich hätte vernünftig sein sollen. Jeder meiner Schritte hatte für Probleme gesorgt, nichts wäre so, wenn ich es verhindert hätte. Ich war so gemein zu Mom gewesen. Ich hätte mich für sie freuen sollen, dass sie wieder vorhatte zu heiraten, statt nicht mehr mit ihr zu reden. Ich hätte ihr nicht die Schuld geben dürfen, dass ich nach England musste. Und dafür, dass sie Engländerin war, konnte sie auch nichts. Was hatte ich getan? Wieso war ich so herzlos und sauer auf sie? Verdammt! Was musste passieren, um so zu sein, wie ich es war?

In keinem Moment meines Lebens fühlte ich mich so leer, so verletzt von mir selbst, so lebensmüde. Hätte ich ein Messer gehabt, schätze ich, hätte ich es mir irgendwo in die Nähe meiner Pulsadern gerammt.

Problem 1: Ich hatte kein Messer.

Problem 2: Ich hatte nicht mal etwas, das einem Messer ähnelte.

Problem 3: Ich wusste nicht mal genau, wo die Pulsadern eigentlich waren.

In keinem Moment meines Lebens vermisste ich Mom und Bill mehr als jetzt. Ich wollte zu ihnen. Ich wollte, dass sie mir verziehen. Ich wollte Mom umarmen, wollte mich bei ihr entschuldigen, wollte, dass sie wusste, dass es mir leid tat. Ich wollte wissen, dass Bill lebte, dass es ihm gut ging, dass er glücklich war, wollte seine kleinen Hände halten.

Ich konnte nichts verstehen, mein Kopf war leer, es war, als hätte ich alles verloren. Und ja, es fühlte sich an, als hätte ich meinen Sinn, meine Bedeutung verloren. Und ich schätze, das hatte ich auch. Mein Herz pochte stärker als mit der Unterstützung eines großen Basses.

Diese einsamen Wände in diesem einsamen Haus hatten meine Gefühle verändert. Sie hatten mir neue Türen geöffnet, mich auf neue Wege geführt, mir einen unsichtbaren Kompass geschenkt. Nur wusste ich nicht, wohin die Kompassnadel zeigte.

Ich stand immer noch in Bills Zimmer, inmitten der von mir kaputt geschlagenen Dinge. Irgendwie musste ich das alles wiedergutmachen. Egal wie. Irgendwie. Mit einem letzten, lauten Schrei, riss ich den Vorhang von der Stange. Ich war bereit, mich allem zu stellen, und jede Stimme in meinem Kopf, die weinte, würde mich lenken, direkt dem Ausweg entgegen.

Mein Kopfsteinpflaster wurde noch tiefer in die Erde gesteckt. Die Zeit verging so rasend schnell. Das Böse fiel viel zu stark mit der Tür mitten in das Gold. Ich kam mir vor, als hätte ich den Verstand verloren. Wo konnte ich denn noch hingehen, ohne irgendeine Scheiße zu denken, zu sagen, zu bauen? Ich hatte den Glauben an mein Herz verloren. Ich sah die Scherben nicht, auf denen ich weiterging, schätze ich. Ich hatte Zweifel, an all dem, was hier passierte. Meine Tränen hatten sich mit Staub vermischt, sie wollten einfach nicht aufhören zu fließen.

„Hey Liz. Was ist los?" Dad steckte seinen Kopf durch die Tür. Er sah erschrocken aus.

„Tut mir leid", sagte ich.

„Muss dir nicht leidtun."

„Ich will hier raus. Ich will hier weg, Dad. Es verändert sich nichts. Können wir nach Hause fahren?"

Er nickte.

24.

Im Grunde genommen war es schön, wieder dort zu sein, wo man herkam. Heimat ist eben der Ort, mit dem man so viel verbindet, die Gegend, die man in- und auswendig kennt, die Landschaft, die mal laut und mal leise ist. Es ist die Heimat, in der man am Tag träumen kann, sich selbst oder andere oder Erlebtes wiedersieht, obwohl es längst vergangen ist. Es ist die Heimat, die man im Herzen trägt. Heimat ist die nicht sichtbare Verbindung zwischen einem Raum und einem Menschen. Deine Heimat liegt da, wo du hineingeboren wurdest, dort, wo deine Wurzeln liegen. Manche definieren Heimat auch mit dem Ort, an dem sie momentan Leben, aber Heimat ist eine Dimension. Man kann Heimat nicht aus einem Kaugummiautomaten ziehen oder im Lotto gewinnen. Heimat muss man lieben und spüren können. Heimat, entweder die in die wir hineingeboren werden (in der unsere Wurzeln liegen), oder die, in der wir jetzt leben und die wir lieben, besteht aus Gold. Gold, das alles zusammenhält, was zusammengehalten werden muss, was verbindet. Gold, das auch strahlt, wenn es mit Dreck übergossen wird. Und genau darum war hier meine Heimat. In Deutschland und nicht irgendwo im Norden Englands. Liverpool war schön, ja, aber Deutschland war schöner.

Als ich mit Mom nach England musste, wollte ich nicht weg. Ich war traurig. Als ich hier allein in Deutschland ankam, war ich froh, wieder hier zu sein.

Und als ich am Hamburger Flughafen saß, mit Dad die neueste *Bravo* durchblätterte, war ich traurig, wieder von hier weg zu müssen.

Mit Dad war es schön. Seine Wohnung war niedlich, das Musical gigantisch, die Hafenrundfahrt wunderschön. Bei Oma und Opa war es gemütlich und zu Hause war zwar nicht alles so ganz nach Plan verlaufen. Eigentlich wollte ich nicht, dass Dad so darauf reagierte, wie er reagiert hatte, als ich ihm das von Mom erzählte, aber es war trotzdem eine Traumerfüllung gewesen, alles wiederzusehen. Wir besuchten den Hamburger Dom, den Frühlingsdom – das größte Volksfest im Norden. Wir fuhren Achterbahn und Riesenrad, kauften uns Zuckerwatte. Wir machten Chill-Tage in seiner Wohnung, das heißt, wir blieben den ganzen Tag im Schlafanzug, bestellten uns Essen, sahen nur fern oder lagen einfach nur so herum, ohne dass uns langweilig wurde.

Das einzige Problem war gewesen, dass ich Augustus vermisst hatte. Wir kannten uns zwar noch nicht lange, aber trotzdem. Telefoniert hatten wir seit Ostern auch nicht mehr und viel gechattet auch nicht. Manchmal hatten wir uns gegenseitig einen guten Morgen und eine gute Nacht gewünscht. Nein okay, ich hatte zweieinhalb Probleme gehabt. Das zweite war, mir war ständig schlecht gewesen. Ich sags euch, es war ätzend. Ich weigerte mich gegen einen Arztbesuch, da stand ich nicht besonders drauf. Na ja, jedenfalls kam es dann oft zur folgenden Situation: Mir war schlecht, ich musste kotzen, mir ging es kurz gut, mir wurde wieder schlecht, ich bekam Heißhunger, ich aß was, mir ging es kurz gut, ich musste kotzen, obwohl mir nicht schlecht war, mir wurde schlecht. Und dann fing der Kreislauf von vorne an. Mal dauerte es mehrere Stunden, mal nur mehrere Minuten, bis die nächste Etappe begann.

Dad sagte ich nichts davon, ich wollte ihn nicht belasten. Schließlich sollten wir doch eine schöne Zeit haben. Also sagte ich immer, wenn mir schlecht wurde oder ich das Gefühl hatte, mich übergeben zu müssen, dass ich aufs Klo musste oder etwas aus dem Bad holen oder meine Nägel feilen wollte.

Und das verbleibende halbe Problem war meine Art Essstörung. Also nein, ich war nicht magersüchtig und auch nicht übergewichtig. Ich war ganz normal, schätze ich. Nur die Kombination verschiedener Lebensmittel war bei mir ein wenig, na ja, abnormal. Das fiel sogar Dad auf. Also habe ich zum Beispiel Essiggurken immer gehasst, mehr als Spinnen, aber seit Neuestem aß ich Essiggurken bis zum Gehtnichtmehr. Essiggurken im Nudelsalat. Essiggurken auf dem Sandwich und so weiter.

Ich saß hier also auf einem der schwarzen Stühle neben Dad am Hamburger Flughafen, las einen Comic und ich war gerade wieder in der Mir-ist-nicht-schlecht-Phase. Je näher der Zeiger auf meiner Uhr Richtung zwölf rückte, umso trauriger wurde ich. Mein Flug ging um 12:15 Uhr, also musste ich mich um spätesten zwölf von Dad verabschieden, um den Flug nicht zu verpassen.

Ich war traurig, weil ich

1.) nicht von Dad weg wollte. Bei Dad fühlte ich mich sicherer als in Liverpool. Bei Dad war es schöner, lustiger. Bei Dad konnte ich ich sein,

2.) Dad nicht allein zurücklassen wollte. Er war ständig allein, hatte keinen, mit dem er lachen konnte, weil in seiner Arbeit waren auch alle zu ernst, um einen Spaß zu verstehen. Und er konnte mit niemanden zu Hause reden, außer mit sich selbst. Wenigstens hatte er noch seine Eltern, die einmal in der Woche anriefen,

3.) nicht nach England wollte, weil ich keine Lust auf das College hatte. Also nichts gegen meine Freunde, aber ich war wirklich nicht der Typ, der gern und freiwillig lernte,

4.) dort wieder Englisch reden musste. Mit Mom konnte ich Deutsch reden, aber auch sie redete meistens Englisch mit mir,

5.) keine Nerven für Smith, Paul, Olivia, Tante Arista, Onkel Calvin, Lily, Jacob, Evelyn und Mom hatte und eben

6.) einfach nur hierbleiben wollte.

Im Gegenzug war ich froh, wieder nach England zu fahren, weil ich
1.) Augustus wiedersehen konnte und
2.) Scarlett, Isaac, Katie und C&C wiedersehen würde.

Es sprach also eindeutig mehr dafür, hierzubleiben, aber dafür war es zu spät.

Mittlerweile war es fünf vor zwölf und ich klappte meine *Bravo* zu und packte sie in meine Tasche. Dad stand auf. Ich biss mir auf die Lippe, zitterte. Dad stand vor mir und versuchte zu grinsen. Das Ankommen war eindeutig schöner gewesen. Generell war Abschied keine Sache, die mir leichtfiel, aber der Abschied von Dad tat besonders weh.

Wer wusste, ob ich ihn jemals wiedersehen würde. Was wäre, wenn er vor dem nächsten Treffen sterben würde? Ein Unfall? Eine Krankheit? Was wäre, wenn er Alzheimer bekommen und sich nicht mehr daran erinnern würde, eine Tochter zu haben?

Bei dem Gedanken, dass es das letzte Mal sein könnte, dass ich ihn sah, zog sich mein Herz zusammen. Ich bekam Gänsehaut. Ich konnte nicht anders, als mir auf die Lippe zu beißen, um mein innerliches Zittern und Beben zu minimieren (was mir nicht gelang) und ihn anzuschauen. Von oben bis unten. Er war mein Dad. Er war so hübsch. Er war immer für mich da, wenn ich ihn brauchte. Er hatte so viel mit Mom mitgemacht. Er war der beste Dad der Welt. Er hatte mir immer geholfen, wenn ich am Verzweifeln gewesen war. Ich hatte mit keinem anderen Menschen mehr Spaß als mit ihm. Und wenn er sich von der Bühne des Lebens verabschieden würde, würde er meine Seele mitreißen.

Dad drückte mich an seine Brust. Ich weinte. Ich spürte, wie sein Herz pochte und wie seine Tränen auf meine Haare fielen.

„Papi ...", sagte ich, „ich liebe dich."

Meine Stimme zitterte.

„Ich dich auch, meine Kleine."

Und seine Stimme zitterte.

Wir hatten nur noch eine Minute Zeit, aber ich wollte nicht weg. Ich wollte, dass er noch lange lebte. Ich wollte, dass er glücklich war. Und jetzt war er alleine und hatte niemanden. Wieso musste ich weg? Konnte ich nicht dableiben?

Ich weiß, es war kindisch, aber ich konnte nicht anders als zu weinen. Durch das Zittern tat mein Herz weh. Hätte ich Flügel gehabt, hätte ich sie ihm geschenkt, damit er wusste, dass ich immer an ihn denken, ihn vermissen und ihn lieben würde. Und dass er zu mir fliegen könnte, wenn er sich einsam fühlte. Und er würde sich einsam fühlen, ich wusste das. Er war ein herzlicher Mensch, ein Familientyp. Seine Eltern wohnten weit entfernt und seine Schwester und sein Bruder auch – die wohnten sogar so weit weg, dass wir sie in den Ferien gar nicht besuchen konnten. Ein fünfminütiger Anruf in der Woche war das Maximale, was es an Kontakt gab. Wenn ich gekonnt hätte, hätte ich mit Dad getauscht.

Als es Punkt zwölf schlug, wurde Dads Griff um meinen Arm noch einmal ganz stark. Dann ließ er mich los, streichelte meine Wange, strich meine Haare hinter die Ohren und wischte meine Tränen weg.

„Danke, Papi", sagte ich.

„Hab dich lieb."

„Ich dich auch. Danke für alles. War schön mit dir."

Ich löste mich unfreiwillig immer mehr von ihm, ging rückwärts, um ihn noch so lange zu sehen, wie ich konnte, aber je weiter ich weg ging, mit dem Menschenstrom mitgerissen wurde, umso unschärfer wurde das Bild durch meinen Tränenschleier.

25.

Smith und Mom holten mich am John Lennon Airport in Liverpool ab. Als ich aus dem Flieger stieg, kam es mir vor, als wäre ich in einer anderen Welt gelandet. Als hätte ich zwei verschiedene Charaktere, zwei Ichs, sozusagen. Das eine Ich lebte bei Dad und das andere hier in Liverpool. Das eine stieg gerade aus dem Flieger und das andere lag chillend bei Dad auf der Couch.

Als ich Mom sah, wusste ich gar nicht, wie ich reagieren sollte. Einerseits war ich froh, nicht mehr alleine unterwegs zu sein, andererseits war mir in Bills Zimmer klargeworden, dass ich ihr gegenüber nicht immer fair war und mich entschuldigen sollte, und wieder andererseits dachte ich über das nach, was Prof. Dr. Twigley gesagt hatte. Ich steckte in einer Phase. Diese Phase würde vorbeigehen. Vielleicht nicht morgen, aber irgendwann. Twigley hatte in seinem Leben alles erreicht, was er erreichen wollte, aber unterm Strich hatte er doch nichts erreicht. Am Anfang wusste ich nicht so ganz, was das jetzt mit mir zu tun haben sollte, aber je mehr man um die Ecke denkt, umso deutlicher wird es. Manchmal ist das, was man sich einbildet, gar nicht richtig. Andere Menschen haben auch Gefühle und auf die sollte man Rücksicht nehmen. Nur ein Miteinander macht uns erfolgreich, kein Gegeneinander.

Smith nahm mir sofort mein Gepäck ab und natürlich hatte er seine weißen Handschuhe an. Mom umarmte mich, drückte mich an sich, legte ihren Arm um mich, als wir nach draußen gingen.

„Mom? Kann ich mir einen Cheeseburger kaufen?"

Ich hatte wieder dieses brennende Gefühl, irgendetwas essen zu müssen. Ich befand mich sozusagen in meiner Heißhungerphase.

„Nein, Schätzchen. Olivia hat zu Hause schon ein Menü vorbereitet."

Smith machte die Autotür auf und drückte mich in den schwarzen Bentley.

Und voilà, da war er wieder: der verdammte Perfektionismus.

Früher war Mom nie so aufgetakelt und trug keine Markenklamotten – sie war erst seit wir hier wohnten eine von ihnen geworden. Um ehrlich zu sein: Mir war das ganze Geld auf dem Konto der Harrisons egal. Mir war der Bentley egal. Hätte ich mit dem Taxi fahren müssen, wäre es mir egal gewesen. Ich hätte auch auf das fette Haus geschissen, eine Wohnung hätte vollkommen gereicht. Ich brauchte keinen Butler, vor dem ich eh Angst hatte. Und genau genommen machte es auch keinen Spaß, eine Mondlampe zu sein. Viele Vorteile hatte man dadurch ohnehin nicht. Man bekam keine besseren Noten und hatte keinen besseren Ruf bei den Lehrern. Die meisten wussten gar nicht, aus welchem sozialen Stand ihre Schüler kamen. Nicht mal Ms. Sheppard wusste das, schätze ich, und Ms. Sheppard war eine unserer Vertrauenslehrerinnen. Also brachte es dir gar nichts, eine Mondlampe zu sein. Außer, dass du vielleicht damit angeben konntest, schon zwanzigmal in New York gewesen zu sein, eine Weltumsegelung mit einem der beliebtesten Kreuzfahrtschiffe gemacht zu haben und dass deine Urgroßeltern auf der Titanic erste Klasse gefahren waren. (Übrigens: Ich war noch kein einziges Mal in New York, nicht mal in der Nähe oder so, und ein Kreuzfahrtschiff hatte ich auch noch nie betreten. Auf dem Mond war ich auch nicht und ein Treffen mit Justin Biber hatte ich auch nicht gehabt.) Einer der wenigen Vorteile war zum Beispiel, dass man das schönste Abschlussballkleid aller Abschlussballkleider hätte tragen können – nur brauchte ich gar kein wertvolles Designerstück, um schön zu sein. Ich war es auch so ... Nein, Spaß. Lily hätte so etwas gesagt, aber zu mir passte ein solcher Satz keineswegs. Ich würde auch in einem Müllsackkleid zum Abschlussball gehen, wenn es sein musste. Ich meine, hallo?! Es war nur ein Abschlussball und kein Treffen mit der Queen, Putin, Merkel, Victorias Secrets Besten und David Beckham. Und ich glaube, nicht mal dann hätte ich ein teures Kleid angezogen.

Mom redete kein einziges Wort mit mir. Sie fragte nicht, ob es mir gut ging oder wie es bei Dad gewesen war, ob ich Spaß gehabt hatte oder wie es Dad eigentlich ging. Sie sagte nicht mal was, als ich mein neues Smartphone rauszog. Mom hätte mir bestimmt ein iPhone gekauft. Ich hatte wirklich nicht das Gefühl, dass das, was neben mir auf der Rückbank saß, meine Mutter war. Sie sah zwar aus wie Mom, benahm sich aber nicht wie sie.

Zu Hause angekommen fuhr Smith den Bentley wie immer in die Garage unter dem Haus und öffnete uns dann von innen die Haustür. Eigentlich hatte ich eine solche Begrüßung erwartet, wie die, als Mom und ich hier zum ersten Mal aufkreuzten. Aber anscheinend interessierte sich hier niemand für meine erneute Ankunft. Es war still und leer.

Fünfter Rat für dein zukünftiges Leben:
Erwarte nie eine feierliche Begrüßung oder Ähnliches, wenn du weißt, dass es sowieso nichts Besonderes wird. Wenn du dir vorher alles wunderschön ausmalst, wird deine Enttäuschung am Schluss umso größer sein.

Smith verschwand in der Küche, Mom ging in ihr Zimmer. Keiner sagte was. Ich stand immer noch in der Eingangshalle. Irgendetwas stimmte hier nicht. Lily kam die Treppe herunter gehopst, dicht hinter ihr kam Mason. Er hielt ihre Hand.

„Oh, Liz ist wieder da", sagte sie zu ihm und küsste ihn auf die Wange.

War er nicht ein wenig zu alt für sie? Schließlich ging er mit mir in die Klasse und Lily erst in die Unterstufe des Colleges. Und Scarlett stand doch auf ihn ... und was war mit Zoe? Sie war doch mit ihm auf der Birthdayparty von Cameron und Christoph gewesen.

Als sie lachend an mir vorbeigingen, rümpfte Lily die Nase und musterte mich von oben bis unten. Dann sagte sie „Iiih, Liz stinkt nach Erbrochenem. Ist ja widerlich" und verschwand mit Mason im Wohnzimmer.

Und wenn ihr euch denkt, ich würde mir das nur einbilden, habt ihr euch geschnitten. Der Typ – ja, genau der, der Lilys Hand hielt, der mit ihr im Wohnzimmer verschwand – war eindeutig und hundertprozentig kein anderer als Mason. Ich schwöre auf Augustus, und das heißt was.

Ich habe einen guten Menschenwiedererkennungssinn – ich sage nur: W. W., Harry Potters Doppelgänger und ... ähm, ja, das wars auch schon.

Ich nahm meine Sachen, die Mr. Smith neben der Marmortreppe abgestellt hatte, und ging nach oben. Mom war in ihrem Zimmer, ich konnte sie telefonieren hören. Sie klang fröhlich, voller Energie und ein wenig verliebt. Wahrscheinlich telefonierte sie gerade mit dem Typen, der bald mein Ersatzvater werden sollte ... wollte ... musste ... sein durfte ... sein würde(?). Aber ich hatte keinen Ersatzdad nötig. Genau genommen fand ich die Vorstellung, einen Ersatzdad oder einen Dad 2.0 zu haben, einfach ein wenig zu scheiße, um es gut zu finden. Ich ging ins Bad und kratzte die angetrocknete Kotze von meinen Schuhen, gab meine Klamotten in die Wäsche und legte mich in die Badewanne. Ich verzichtete auf das Abendessen, hatte kein bisschen Hunger mehr. Und außerdem hatte ich keinen Bock, mich meiner superheißen Family zu präsentieren. Es hätte doch sowieso keine Sau mit mir geredet. Also: Warum dann gut aussehen, ein Lächeln aufsetzten und ekliges Zeug hinunterwürgen?

Ich war also wieder in England und nichts hatte sich auch nur annähernd verändert, abgesehen von Mom. Das Harrisonhaus hatte dieselbe Verlauf-dich-in-mir-ich-bin-ein-Riesenhaus-Ausstrahlung wie zuvor. Von Tante Arista, Paul, Olivia, Jacob, Onkel Calvin und Evelyn sah man genauso wenig wie zuvor auch und Lily war immer noch davon überzeugt, etwas Besseres zu sein. Ja, Mom hatte sich verändert. Normalerweise hätte sie mich mit Fragen gelöchert, dass ich schlimmer ausgesehen hätte als ein Schweizer Käse und sie hätte mir auch einen Cheeseburger gekauft und alles dafür gegeben, dass ich eine schöne Ankunft gehabt hätte. Aber stattdessen war sie nicht sie selbst: Sie hatte mir keinen Cheeseburger gekauft. Sie redete nicht mit mir, sah mich nicht an. Ich hatte den Eindruck, sie würde so tun, als wäre ich nicht hier. Ich erkannte Mom nicht wieder. Sie war so ... anders eben. Was mir in Bills Zimmer klar geworden war, dass ich mich bei ihr entschuldigen sollte, war dann doch wohl keine so gute Idee.

Da ich nichts anderes vorhatte, schloss ich mich in meinem Zimmer ein und chattete mit Scarlett. Wir unterhielten uns nur kurz darüber, wie es uns so ging. Ich erzählte ihr von meinen sich ständig wiederholenden Kotzphasen, und sie beschloss, ohne dass ich ihr es ausreden konnte, dass sie am nächsten Tag zu mir kommen wollte. Dann rief Augustus an. Er fragte mich, wie es mir gehen würde und ich sagte „gut". Keine Ahnung, warum. Eigentlich ging es mir ja nicht ganz besonders gut, aber ich war, wie ihr sicherlich (hoffentlich) alle wisst, ein

Mädchen – und Mädchen sagen immer, immer, immer, immer zu dem Typen, der ihnen gefällt, dass es ihnen gut gehe. Und wenn ihr euch jetzt fragt, warum Mädchen das tun, kann ich nur sagen:

Ich weiß es nicht. Ich habe mal irgendwo gelesen, dass „gut" kürzer zu schreiben oder zu sagen sei als „deprimiert" oder „ohne Lebensgeist" oder „weiß nicht mehr wo oben und unten ist" oder „traurig" oder „komm mir verarscht vor" oder was es sonst noch gibt. Aber genau genommen ist das nur eine lächerliche Ausrede.

Jedenfalls dauerte unser Gespräch nicht länger als eine halbe Stunde. Augustus erzählte, dass seine Eltern sich jetzt ganz sicher waren, dass sie sich scheiden lassen wollten. Morgen. Morgen wollten sie sich scheiden lassen. Augustus tat mir zwar leid, aber ich hatte einmal in einem Buch gelesen, dass Mitleid etwas Absurdes sei und gar nichts bringe. Also ließ ich mir mein Mitleid nicht anmerken, stellte Augustus nur Fragen und redete ganz normal mit ihm, als würden wir über eine Reise reden (so wie es in dem Buch gestanden hatte). Ich wollte ihm eigentlich gern erzählen, wie ich mich damals gefühlt hatte, aber ich konnte mich nicht mehr daran erinnern, ob in dem Buch stand, dass man in solch einer Situation über eigene Erfahrungen reden sollte oder nicht.

26.

Der letzte Tag der Osterferien – es war ein Sonntag wie jeder andere auch. Tante Arista ging in die Kirche und betete für ihren verstorbenen Mann Daniel. Olivia und Paul begleiteten sie. Währenddessen stand Smith in der Küche vor dem Herd. Nach dem Mittagessen rief Tante Peggy an und wir mussten jeder mindestens fünf Minuten mit ihr reden. Danach ging jeder seiner eigenen Wege.

Mom redete immer noch nur das Nötigste mit mir, also regte sie sich auch nicht auf, als Scarlett bei uns aufkreuzte. Scarlett hatte Kekse dabei. Sie sagte, ich brauche so was. Mir war eigentlich gar nicht nach Essen und schon gar nicht nach Keksen, aber Scarlett sah mich so mitfühlend an, dass ich nicht anders konnte und ihr schließlich einen Keks aus der Hand nahm.

Scarlett stellte die Keksschachtel auf meinem Schreibtisch ab und sah mich abwartend an.

Mit dem Finger zeigte sie auf mein Bett.

„Komm, setz dich und erzähl."

Ich setzte mich also auf mein Bett (mit einem neuen Keks) und fragte, was genau ich eigentlich erzählen sollte. Sie meinte, alles. Also erzählte ich ihr einfach alles. Ich erzählte ihr, wie es war allein von hier nach Deutschland zu fliegen. Ich erzählte ihr von Ostern bei meinen Großeltern und von Dads Wohnung, von dem Musical und der Hafenrundfahrt und dass Dad auf der Autobahn stehen geblieben war, wie ich in Bills Zimmer mein Unwesen getrieben hatte und welche Stimmungsschwankungen das alles mit sich brachte. Außerdem erzählte ich ihr, dass Mom nur noch das zu mir sagte, was sie sagen *musste*, und dann sagte ich ihr auch noch, dass mein Essensverhalten sich „ein wenig" verändert habe.

Scarlett warf mir immer wieder einen neuen Keks zu, wenn ich den letzten Krümel des vorigen heruntergeschluckt hatte. Sie sagte nicht viel, hatte sich an die Schreibtischkante gelehnt und hin und wieder mit dem Kopf genickt und „Oha, krass" oder „Alter, was ist da los?" gesagt.

„Weißt du, Liz", sagte sie irgendwann, als sie die Keksschachtel in den Abfalleimer quetschte, „wir machen jetzt ein Ablenkungsprogramm. Okay?"

Ablenkungsprogramm?

Scarlett nahm meinen Laptop, setzte sich neben mich aufs Bett und suchte irgendwelche lustigen Videos, wie etwa *Spongebob*, auf YouTube. Wir aßen Chips und hörten Musik, von der wir den Text gut genug kannten, um mitsingen zu können. Wir machten Witze über dies und das. Genau genommen wusste ich nicht, was ein Ablenkungsprogramm war, und jetzt weiß ich es immer noch nicht.

Scarlett stand irgendwann vom Bett auf, sie spielte auf ihrem Handy *Renegades* ab und machte Bewegungen, als wäre sie selbst die X Ambassadors auf der Bühne. Beim Refrain machte sie eine Handbewegung, als wollte sie sagen: *Komm, Liz. Steh auf und sing mit mir. Es ist ganz leicht. Komm schon.*

Also stand ich auf, viel Bewegung hatte ich heute ja noch nicht gehabt. Ein wenig zu tanzen verbrannte auch sicher ein paar Kalorien – da ich in letzter Zeit immer so viel aß, hatten sich an meinen Armen, Beinen und meinem Bauch bereits Fettpolster gebildet. Doch als ich aufstand, begann sich plötzlich alles zu drehen. Es war wie mit einem schnellen Kettenkarussell zu fahren. Ich hielt mir den Bauch, der krampfte. Für wenige Sekunden schloss ich die Augen, doch als ich sie wieder öffnete, in der Hoffnung, es hätte aufgehört, bildeten sich kleine schwarze Punkte in meinem Blickfeld. Vorsichtig ging ich mit kleinen und vor allem langsamen Schritten zu Scarlett. Ihr war das alles gar nicht aufgefallen, denn sie tanzte immer noch wie wild in meinem Zimmer herum. Sie brauchte keine Drogen, um high zu sein. Mir war gar nicht nach tanzen. Ich wollte lieber wieder in mein Bett und einfach nur daliegen und schlafen. Irgendwas zog sich in meinem Bauch zusammen und mein Hals zog sich zu, sodass mir das Reden besonders schwerfiel und singen erst recht nicht ging. Für Bewegung war ich mittlerweile gar nicht mehr zu haben.

Renegades ging dem Ende entgegen und ich stand immer noch am selben Fleck, hielt mir den Bauch und sah, wie Scarlett stehen blieb und mich ansah. Sie kam auf mich zu, legte mir einen Arm um die Schulter und sah mir tief in die Augen. Irgendwas stimmte nicht mit mir – das stand fest. Aber was?

Scarlett war kleiner als ich, hatte aber doppelt so viel Kraft. Deswegen konnte sie mich auch ohne Probleme ins Bad ziehen. Mit einem festen Handdruck beugte sie meinen Kopf übers Waschbecken und reichte mir einen mit Wasser gefüllten Zahnputzbecher. Sie fasste mir an die glühende Stirn. Ich schloss die Augen und klammerte mich fester an den Rand des Waschbeckens.

„Okay, okay, Liz. So gehts nicht weiter. Du hast nicht mal zehn Kekse gegessen! Getanzt hast du auch nicht! Schwindelerregende Sachen hast du auch nicht getrieben und was Asoziales hast du nicht gesehen, da du schon gekotzt hast, bevor ich mich ausgezogen hab. Besser gesagt, ausziehen musste! Man, Liz, du bist krank. Du isst Dinge, die du in meiner Anwesenheit sonst immer verabscheut hast."

„Hm."

„Na schön. Wir gehen zum Arzt, wenn du nicht mal vernünftig mit deiner Kotzzielscheibe reden kannst."

„Wir? Arzt? Kotzzielscheibe? Hä? Was?"

„Alles klar, alles klar, auf zum Arzt."

Scarlett ging ins Zimmer meiner Mom und sagte ihr, was sie vorhatte, packte mich am Ärmel und los gingen die verwirrendsten Stunden meines Lebens.

27.

Meine Freundin schleppte mich durch halb Liverpool zu irgendeinem Arzt, von dem ich nicht mal wusste, dass er existierte. Laut Scarlett sei er aber der beste Arzt, den Liverpool in seiner ganzen Geschichte je gesehen habe. Die Praxis war circa zehn Minuten von der Straße mit dem Harrisonhaus entfernt.

Die Praxis war dafür, dass sie dem besten Arzt hier gehören sollte, ziemlich unscheinbar eingerichtet. Sie befand sich in einem älteren Haus und die Frau an der Info war auch nicht gerade die Jüngste.

„Scarlett Caroll", sagte Scarlett zu der Frau, die uns daraufhin ins Wartezimmer schickte.

„Moment mal ... Scarlett? Ich heiße doch eigentlich Liz und nicht Scarlett."

„Entspann dich."

Das Wartezimmer war ungefähr so groß wie unser Gästeklo bei den Harrisons, aber gemütlicher. Ich sagte schon immer, es würde sich nicht alles um Geld drehen. Klein kann auch fein sein. Außer uns beiden waren nur eine Frau Mitte 40 da und eine Mutter mit ihrer Tochter. Im Wartezimmer war es relativ dunkel, da das einzige Fenster mit einem dunklen Vorhang verhangen war und nur durch ein kleines Loch im Stoff die Nachmittagssonne schien.

Nacheinander wurden erst die Frau und dann das Mädchen mit ihrer Mom von der alten Arzthelferin in einen Behandlungsraum gebeten. Scarlett saß mir gegenüber und sah mich die ganze Zeit an.

Sie hielt die Arme verschränkt, als sie sagte: „ Eierstockkrebs – wohl eher nicht. Herzinfarkt – ist auszuschließen. Hirnblutung – tut dir dein Hirn weh? Nein? Okay, dann kommt das auch nicht infrage. Reisekrankheit – könnte sein. Schädel-Hirn-Trauma – lass mich überlegen ... Nein! Schilddrüsenentzündung – ich denke eher nicht. Schilddrüsenkrebs – Krebs? Nein, das passt nicht ganz. Typhus – erinnert mich ein bisschen an Michel aus Lönneburg, Lönneberger, ach, weiß der Geier, wie der heißt."

Der Behandlungsraum, in den wir geschickt wurden, war auch nicht viel größer als das Wartezimmer. Der Platz reichte gerade so für einen Schrank, in dem sich allerlei schlaue Bücher stapelten, ein Waschbecken mit Minispiegel, einen Schreibtisch und eine Patientenliege.

Der Arzt lachte, als er Scarlett sah, und schüttelte ihre Hand mit Freude, bevor er meine einfach nur schüttelte ... mit ohne Freude.

Er war ein etwas zu junger Arzt für diese Praxis, fand ich. Er sah aus wie Mitte 30 und die Praxis sah aus wie aus den 80ern.

„So, Scarlett, was gibts denn dieses Mal?", fragt er.

Seine Stimme klang etwas rauchig.

„Meine Freundin Liz", Scarlett tippte mir auf die Schultern. „Sie hat ernsthafte Schwierigkeiten, würde ich sagen."

„Was hat sie denn?"

Komisch irgendwie, oder? Der beste Arzt der Stadt spricht nicht mit der Patientin, sondern mit deren Freundin.

„Sie muss sich ständig übergeben. Und nur mal so als Nebeninfo: Ständig ist verdammt viel für ihre Verhältnisse."

„Magst du dich bitte mal auf die Liege setzen?"

Na, da schau mal einer an. Er konnte doch mit mir reden.

„Du bist also Scarletts Freundin?", fragte er mich, während er mit einem Stethoskop, schätze ich, irgendwas unter meinem Oberteil machte.

„Ja. Seit Kurzem. Ich wohne noch nicht lange hier."

„Ah ja. War dir in letzter Zeit öfter nach Schlafen?"

„Nicht, dass ich mich daran erinnern könnte."

„Nicht? Okay. Fieber?"

„Nein."

„Sonst irgendwelche Beschwerden, außer der öfter auftretenden Übelkeit?"

„Sie hat erzählt, dass sie sehr komische Dinge isst. Also die Dinge, die sie isst, sind schon normal, um Gottes willen, nur die Zusammenstellung ihres Essens von verschiedenen Lebensmitteln ist, wie soll ich sagen ... etwas eigenartig für ihren eigentlichen Geschmack", mischte sich Scarlett ein.

Nicht, dass sie das nicht durfte. Natürlich durfte sie das, nur ich fand nicht gerade, dass das eine Beschwerde war. Ich meine, es schmeckte mir doch, wenn auch erst seit Kurzem.

„Wie alt bist du denn, Liz?", fragte der Arzt wieder.

„Vierzehn", sagte ich.

Er trommelte mit den Fingern der einen nervös auf die Finger seiner anderen Hand.

„Du hattest deine Menstruation sicherlich schon, oder?"

„Ja, klar. Welches unglückliche Mädchen hat seine Tage mit vierzehn noch nicht?"

„Wann hattest du zum letzten Mal deine Menstruation?"

„Vor vier Wochen vielleicht. Ich müsste sie normal bald wieder bekommen. Aber warum hat das was damit zu tun, ob mir schlecht ist oder nicht?"

„Wir müssen den Raum wechseln, Kids, kommt ihr mit?"

„Merkwürdiger Arzt. Erst redet er nicht mit mir, dann kann er meine Fragen nicht beantworten und jetzt müssen wir den Raum wechseln", flüsterte ich Scarlett zu.

„Lass ihn einfach machen. Er kennt sich aus. Ich bin selbst bei ihm in Behandlung. Das ist normal so."

Im zweiten Behandlungsraum (ich nenne ihn einfach mal Behandlungszimmer 2.0) sah alles genauso aus wie in Behandlungszimmer 1.0. Der Schreibtisch, die Stühle, die Wand, der Schrank.

Nur wo in Zimmer 1.0 die Patientenliege stand, stand hier ein Ultraschallgerät.

„Ich würde gern eine Ultraschallaufnahme von deinem Bauch machen. Ist das okay?"

„Ja, passt schon."

„Ist dir momentan schlecht?"

„Nein."

„Tut nicht weh und dauert auch nicht lange."

Er bat uns, auf den Stühlen Platz zu nehmen.

Ich beobachtete seine Augen, wie sie über den Monitor wanderten.

Ich beobachtete sein Gesicht, das sich vereinzelt in Falten legte.

Ich lauschte seinem Atem, der von ruhig zu schnell zu ruhig und wieder zu schnell überging.

Ich wollte die Bilder gar nicht sehen, sondern einfach nur wissen, was ich hatte und tun musste, damit ich aufhörte, die ganze Zeit irgendetwas vollzukotzen.

Scarlett legte ihren Arm um mich und wartete mit mir, bis der Arzt irgendetwas sagte. Doch er sagte nichts, starrte nur auf den Bildschirm und kritzelte irgendwas auf einen kleinen Notizzettel, in einer Schrift, bei der Ms. Sheppard bestimmt einen Herzkollaps bekommen hätte.

„Bin gleich wieder da. Wartet hier bitte auf mich", sagte er.

Also warteten wir.

Die ersten fünf Minuten fühlten sich an wie eine Ewigkeit. Scarlett und ich saßen still auf unseren Stühlen. Ich sah mich um, aber es gab einfach nichts Interessantes, das man genauer hätte ansehen können. Ich stand auf und versuchte mich irgendwie in diesem kleinen, engen Raum zu bewegen, wollte einfach nur hin- und hergehen. Meine Beine taten weh, mein Bauch war schwer und mein Rücken schrie nach Bewegung.

„Warum sprichst du eigentlich nicht mehr mit deiner Mom?"

„Frag mich nicht ... Sie hat angefangen, nicht mehr mit mir zu reden, als sie mich vom Airport abholte."

„Was ist eigentlich mit eurem Familiengeheimnis? Na ja, besser gesagt mit dem Geheimnis von Smith und deinem Großvater?"

„Keine Ahnung. Vielleicht war Paul eifersüchtig auf Ava und hat sie deswegen umgebracht. Eigentlich klingt das ziemlich logisch, aber das mit der Gerichtsmedizin ... keine Ahnung, wie er das gemacht hat. Eigentlich habe ich gar keine Ahnung, es ist nicht mal sicher, ob er sie überhaupt umgebracht hat. Es ist alles nur eine Vermutung, die aber sehr wahrscheinlich ist."

Man konnte hören, wie eine Standuhr draußen im Flur eine neue Stunde anschlug. Ich bekam Hunger und Scarlett brauchte frische Luft, doch auf dem Fensterbrett standen zu viele fette Bücher und goldene Statuen, die mit Sicherheit zu schwer waren, um sie wegzustellen. Nicht, dass wir das ausprobiert hätten, wir dachten uns das nur. Außerdem hätten wir gar nicht gewusst, wo wir die ganzen Sachen hinstellen sollten, denn alles stand ja voll in diesem kleinen Raum.

„Und du bist dir wirklich sicher, dass er der beste Arzt in Liverpool ist?" Langsam wurde ich echt ungeduldig.

„Mehr als sicher. Ich musste eigentlich noch nie so lange warten. Vielleicht stimmt ja was mit deinem Ultraschall nicht."

„Darauf wäre ich jetzt nicht gekommen ...", schnauzte ich.

Ich meine, erst redete dieser studierte Typ nicht mit mir, dann ließ er mich auch noch hier rumsitzen und dann sollte er auch noch der beste Arzt sein? Jeder Arzt wusste doch, dass Mädchen in der Pubertät ziemlich ungeduldig waren. Vor allem, wenn es darum ging, wieder gesund zu werden.

Irgendwann, als ich schon eine Flucht durch das Fenster geplant hatte, ging die Tür auf, und die ältere Frau von vorhin brachte uns zwei Gläser mit Wasser und versicherte uns, dass es nicht mehr lange dauern würde. Es waren nur zehn Minuten vergangen, aber es fühlte sich wie eine Ewigkeit an.

„Also, meine Theorie ist ja", sagte Scarlett, während sie ihr Glas fast ganz leer schlürfte, „ er hat ein Date mit seiner Flamme. Jetzt. Hier. Na ja vielleicht nicht gerade hier."

„Wieso soll er *jetzt* ein Date haben? Es ist doch nicht mal früher Abend."

„Schau, er hat mit ihr ein Date von jetzt bist morgen früh, wenn sie beide nackt in ein und demselben Bett aufwachen werden. Sie sitzen gerade am Ufer vom River Mersey und halten ihre Zehen ins kalte Wasser oder bummeln durch die Innenstadt."

„Wieso sollte er ein Date haben, wenn er seine Praxis nicht schließt?"

„Ganz einfach: Er hatte das Date vergessen. Für ihn wars bis vor ein paar Minuten noch ein völlig normaler Arbeitstag. Aber dann fiel ihm ganz plötzlich ein, dass er eigentlich längst die Blumen für seine Zukünftige hätte kaufen sollen ..."

Wir blätterten in irgendwelchen Prospekten, die auf seinem Schreibtisch lagen, und erklärten uns gegenseitig in Teeniesprache, was genau da in Arztsprache stand.

Gott sei Dank hatte Scarlett doch nicht recht mit ihrer Theorie, denn nach exakt fünfzehn Minuten kam der Arzt wieder. Ich sags euch, ich wäre fast umgekommen vor Langeweile, wobei ich von Glück reden konnte, dass Scarlett dabei gewesen war. Alleine hätte ich das bestimmt nicht überlebt.

Der Arzt setzte sich wieder auf seinen Stuhl hinter dem Schreibtisch und stocherte mit einem Kugelschreiber auf der Tastatur seines Computers herum. Vor ihm lag ein Stapel Blätter. Der Geruch von frisch gedruckten Seiten stieg mir in die Nase und brachte mich zum Niesen.

Meine Theorie war: Er brauchte so lange zum Drucken dieser Blätter, weil er hier in seiner alten, kleinen Praxis keinen Drucker hatte und erst ans andere Ende von Liverpool fahren musste, um die ganzen Teile dort auszudrucken. Und den Ort am anderen Ende von Liverpool hatte er ausgewählt, weil er zuvor auf irgendeiner Homepage im Internet die Preise der Copyshops in Liverpool verglichen hatte und dieser eine der günstigste war. Seid ehrlich, meine Theorie war besser als die von Scarlett.

„Liz?"

„Ja?"

„Bald wird eine Veränderung auf dich zukommen. Zwar nicht *so* bald, aber doch irgendwie bald. Schau dir mal dieses Bild an."

Er zeigte mir eines der Bilder aus seinem Papierstapel. Es war schwarz-weiß. Wohl ein Ultraschallbild. Ich war nicht besonders gut in Medizin und so, also wusste ich auch nicht, ob da alles an seinem richtigen Platz war oder nicht. Ich zuckte mit den Schultern, um eine peinliche Antwort zu vermeiden und er zog ein anderes Bild aus dem Stapel, auf dem alles etwas vergrößert dargestellt war.

„Erkennst du was?", fragte er.

„Nicht wirklich", musste ich gestehen.

Scarlett schüttelte ebenfalls den Kopf, obwohl ich immer den Eindruck hatte, sie würde in Biologie auf einer guten Note stehen. Aus irgendeiner Schublade im Schreibtisch kramte der Arzt einen grünen Textmarker hervor. Er nahm das Bild und zog ohne lange zu suchen einen Kreis um einen etwas dunkleren Fleck.

„Zumindest ist es für schlaue Leute eindeutig, was das hier sein soll", widersprach Scarlett.

„Könnte ein Stück sein, das ich nicht verdauen kann … oder ein Loch oder so", platzte es aus mir heraus.

Eigentlich hatte ich nicht die geringste Ahnung, was das darstellen sollte. Umso nervöser war ich, als ich die Antwort abwartete. Meine Hand war bereits schweißnass.

„Liz, ich weiß, dass du erst vierzehn bist, und ich kann mir gut vorstellen, dass dich diese Diagnose überraschen wird, auch wenn sie doch ganz schön sein kann."

Eine Krankheit, die schön sein soll? Bitte, was labert der da?

„Hab ich das richtig verstanden, Herr Doktor? Liz hat eine Krankheit, die *ganz schön* sein soll?", fragte Scarlett und klang sehr ungläubig.

„Vielleicht solltest du draußen warten ..."

Ich schüttelte den Kopf.

„Soll sie hierbleiben?"

Ich nickte.

„Also: Liz, du bist schwanger."

„Das ist nicht wahr!"

„Doch, Liz, das ist es. Schau, dieser schwarze Punkt hier ist dein Baby." Er griff nach meiner Hand.

Ich ließ mich zurückfallen. Mein Gehirn machte dicht.

Das kann gar nicht wahr sein, ich hatte gar keinen Sex ohne Verhütung. Das hatte ich nicht!

Mein Bauch zuckte. Vor meinen Augen bildete sich unscharf ein Bild. Ich lag in Augustus' Bett. Er sah seinen Nachttisch an und starrte auf das Kondom. Ich sah, wie ich es in die Hand nahm ... und es wieder fallen ließ.

„NEIN!!!", schrie ich so laut, als wäre ich der einzige Mensch auf Erden und wollte mit einem Lebewesen auf der Sonne kommunizieren.

Mir war heiß. Ich spürte den Schweiß, der mir das Gesicht hinunterlief. Ich zitterte. Mir war kalt. Ich sah, mit welchen großen Augen Scarlett mich ansah. Ich schlug mit der Faust auf den Tisch und sie legte ihren Arm um mich.

„Hey, freu dich doch."

Ich wusste nicht, ob ich mich freuen sollte, ein Kind zu bekommen, oder ob ich diese gottverdammte Praxis kaputt schlagen sollte. Ein Kind! Hallo, ich war erst vierzehn! Ich hatte momentan echt etwas Besseres zu tun, als mich um so einen kleinen Schreihals zu kümmern.

Mom redete nicht mehr mit mir und wollte *irgendwen* heiraten. Dad lebte am anderen Ende der Welt (nicht wörtlich nehmen). Mein Bruder lebte nicht mehr oder starb gerade. Und ich saß hier bei einem wildfremden Arzt, der mir erklären wollte, dass ich schwanger sei, weil ich zu betrunken, verdammte Scheiße, Sex hatte.

So was passiert doch nur Kettenraucherinnen aus „Mitten im Leben", oder den „Teenie-Müttern" bzw. den „Die Schulermittlern".

Ich hätte nie damit gerechnet, dass das ausgerechnet *mir* passieren würde. Einerseits war es ein Traum, von Augustus ein Kind zu bekommen, andererseits ein Albtraum, mit vierzehn schwanger zu sein.

Mein Herz raste und mir war schlecht. Mir war nicht so schlecht, wie mir schlecht ist, wenn ich mich übergeben musste, sondern mir war so schlecht, wie einem schlecht ist, wenn er erfährt, dass er schwanger ist – mit vierzehn! Wie sollte ich das bloß erklären? Ich konnte nicht mal stolz drauf sein! Ich hätte mit allem gerechnet, aber nicht mit einem Kind! Jeder meiner Schritte hat Probleme bereitet. Sogar dieser. Ich fühlte mich ohne Heimat und falsch, so falsch. Ich saß immer noch da und nichts hatte sich verändert. Mein rot angelaufener Kopf, meine verschwitzten Hände und Haare, meine zerlaufene Wimperntusche, mein schneller Atem, mein rasendes Herz, mein zerstörtes Selbstvertrauen. Nur eines hat sich verändert: In mir steckte nicht nur meine schwarze verfickte Seele, sondern auch die reine, unschuldige Seele meines(!) Kindes.

Es fühlte sich so unglaublich an, dass es schon fast wieder real war. Ich sah, wie sich die Lippen des Arztes bewegten, wie er mir weitere Seiten aus seinem Stapel zeigte, wie er mir was erklären wollte, doch ich konnte ihn nicht hören.

Ich sah, wie Scarletts Hand mich berührte, doch ich spürte keine Berührung.

Ein Drama, eine Zeit des Eigenhasses. Nicht nur mein Bauch schmerzte, meine Seele tat es auch. Der Sinn der Schwangerschaft zeigte sich mir einfach nicht. Egal wie sehr ich in mir suchte, er zeigte sich nicht. Die Angst trieb mich in die Enge. Ich wollte einfach nur weg. Weg von der Praxis. Weg von Scarlett. Weg von den Harrisons. Weg aus Liverpool. Weg aus England. Weg aus dieser Welt. Ich war so wütend auf mich selbst, dass ich es gar nicht fassen konnte. So! Wütend!

Der Arzt drückte mir den Stapel Papier in die Hand und klopfte mir auf die Schulter. Scarlett stand auf. Der Arzt verschwand, ohne etwas zu sagen – ich sah ihn übrigens nie wieder. Scarlett riss mir die Blätter aus der Hand, zog mich vom Stuhl hoch und aus der Praxis, wo ich erst einmal kurz die Augen schloss. Die Sonne brannte in mein Gesicht, als wollte sie, dass ich an ihr erblinde.

„‚Meine Hebamme‘, ‚Meine Untersuchungen‘, ‚Ich bin schwanger – was muss ich beachten?‘, ‚Was bedeutet es, Mutter zu werden‘, ‚Wenn Kinder Kinder bekommen‘", las Scarlett von den Blättern ab und stützte mich, weil mir das Stehen schwerfiel.

„Scarlett? Was soll ich jetzt machen?"

„Du hörst dich an wie ein kleines Küken, das zum ersten Mal über die Landstraße geht. Erzähl es deiner Mom und freu dich einfach. Das ist doch toll. Findest du nicht? Ich meine, du bekommst ein Kind von dem Typen, den du über alles liebst."

„Scarlett, ich bin aber keine dreißig, sondern vierzehn!"

„Stell dich nicht so an."

Sie führte mich in die entgegengesetzte Richtung, aus der wir gekommen waren. Zum ersten Mal in meinem Leben begriff ich, wie viele Dinge in meinem Körper funktionieren müssen, damit ich gehen kann. Meine Beine waren schwerer denn je und bei jedem Schritt musste ich nachdenken, was genau zu tun war.

Scarlett hingegen sprang fröhlich neben mir durch die engen Gassen der Stadt.

„Wo gehen wir hin?", fragte ich sie mit meiner kleinlauten, bedrückten Stimme.

„Cathedral."

„Bitte was?"

„Kirche, Liz, große Kirche, Liz, sehr große Kirche."

„Ah ja …"

Je mehr die Straßen zu Gassen wurden, je enger die Häuser aneinander standen, je höher und schmaler sie wurden, desto schöner wurde es. Es waren Fachwerkhäuser oder alte Backsteinhäuser, die in den Himmel ragten. Die engen Gassen waren dunkel und kühl, aber die Leute, die hier plaudernd durchspazierten, schien das nicht zu stören. Und auch mich störte es nicht. Die Gassen verliehen mir ein Gefühl von Ruhe. Keine Hektik, kein Mensch, der nach Perfektionismus strebte. Keiner wunderte sich wegen meines Gesichtsausdrucks, keiner hatte einen Kommentar abgegeben, den jemand wie Lily oder Olivia gerissen hätten, hätten sie mich so gesehen.

Meine Augen mussten alles sehen. Es war hier so viel schöner als in der Straße mit dem Harrisonhaus, so viel gemütlicher. Ich hatte ein bedrückendes Gefühl, das mir sagte, dass ich hier nie wieder herkommen würde.

Scarlett zog mich weiter auf einen Platz, wir ließen die engen Gassen mit den schönen Häusern und der Kühle hinter uns und vor uns ragte die braune Riesenkirche in den blauen Himmel mit der stechenden hellen Sonne.

„Die Liverpool Cathedral wurde im 20. Jahrhundert erbaut. Man nennt sie auch anglikanische Domkirche von Liverpool. Der offizielle Name ist aber Cathedral Church of Christ in Liverpool. Sie ist eine der letzten Großkirchen, die im Stil der Neugotik gebaut wurden. Geweiht ist sie Jesus und seiner Mutter Maria", erklärte Scarlett.

„Woher weißt du das alles?"

„Wikipedia." Sie zuckte mit den Schultern.

Wir drängten uns an Reisegruppen und anderen Besuchern vorbei bis zu einem Nebeneingang, da der Haupteingang verschlossen war.

In der Kirche war es kalt. Sie war hoch und ich schätze, sie ist aus Stein oder so. Am Altar stand eine Gruppe. Sie sang ein Lied, das sich so ähnlich anhörte wie *Gloria in excelsis Deo*. Es war ein junger Chor, der zum Großteil aus Mädchen bestand. Außerdem waren nur ein paar ältere Damen, die in den Bänken beteten, und Japaner, die alles mögliche fotografierten, anwesend.

„Hast du Geld dabei?"

„Seh ich so aus, als hätte ich Geld dabei, Scarlett?"

„Ähm, nein, nicht wirklich."

„Na also ..."

„Okay, dann muss ich meiner Oma sagen, sie muss nächstes Mal mehr Geld einwerfen."

„Wo?"

„Kerzen, Lizchen. Kerzen"

„Oh."

Lizchen. Ich musste schmunzeln. Mich hatte noch nie jemand Lizchen genannt.

Vorbei an den mit vielen Schnörkeln und Schnitzereien verzierten Mauern und Säulen stützte mich Scarlett auf dem Weg zu einem Meer aus Lichtern. Auf dem Boden standen Kerzen. Auf Tischen standen Kerzen. Auf speziellen Ständern und Haltern standen Kerzen. Aus einer Schachtel zog Scarlett eine Kerze und ein Streichholz. Sie stellte die Kerze in eine der freien Halterungen zwischen die bereits brennenden Kerzen und zündete sie an. Ich sah ihr dabei zu.

„Für dich und dein Baby und Augustus", sagte sie feierlich.

Mit geschlossenen Augen faltete sie die Hände und sprach flüsternd das *Vater unser.* Ich tat es ihr gleich.

Danach setzten wir uns in eine der freien Bänke und sahen uns den Stapel Blätter an, den der Arzt mir mitgegeben hatte. Ich hatte schon geahnt, dass Schwangersein nicht einfach war, aber dass es gleich so viel zu beachten gab, war mir nicht klar gewesen. Mit dem Gedanken, schwanger zu sein, konnte ich mich noch nicht abfinden. Ich kam mir wie in einem Traum, der nicht gut war, vor. Ich realisierte zwar, dass ich mit Scarlett hier saß und irgendwelche Arztblätter ansah, aber ich realisierte nicht, dass in meinem Bauch ein Baby heranwuchs.

Nachdem wir die Kirche verlassen hatten, gingen wir in eine andere Richtung, als die, aus der wir gekommen waren. Scarlett kannte sich in Liverpool gut aus. Mir kam es vor, als würde sie jede Straße, jedes Haus, jeden Winkel kennen.

Die Häuser wurden wieder moderner, die Menschen wieder hektischer und die Stimmung wieder angespannter. Schweigend gingen wir nebeneinander her. Hauptsächlich sah ich den Boden an, ich wollte nicht, dass irgendwer mein Gesicht sah. Hier gab es das gleiche Kopfsteinpflaster wie in der Straße mit dem Harrisonhaus, und auch hier entdeckte ich nur die schönen Seiten der Steine. Keine schmutzigen, keine, auf denen Ameisen und Asseln krabbelten.

„Hey Liz, schau mal", sagte Scarlett plötzlich und hielt mich fest, sodass ich nicht weitergehen konnte. „Ist das nicht dein Schatzi?"

Scarlett zeigte mit dem Finger auf eine Menschengruppe, die vor einem hohen Haus stand. Ich griff nach ihrer Hand und zog sie wieder nach unten. Tatsächlich hatte sie recht. Augustus schaute direkt in unsere Richtung, aber er sah nicht so aus, als würde er uns erkennen.

Neben ihm stand das Auto, mit dem er mich in der einen Nacht nach Hause gebracht hatte, und – scheiße! – der gruselige Typ aus der Bücherei und dem Café. Ihr wisst noch? Der Typ, der zu mir gesagt hatte, es sei an der Zeit, mir die Wahrheit zu sagen.

Was machte der denn neben Augustus?

„Was macht Augustus denn beim Gericht?"

„Gericht? Seine Eltern wollen sich scheiden lassen, oder haben es gerade getan."

„Oh, krass. Willst du nicht zu ihm rüber gehen? Du könntest es ihm gleich sagen."

„Was sagen?"

„Das du schwanger bist. Von ihm."

„Scarlett!"

Meine Beine begannen zu zittern, als könnten sie mich nicht mehr tragen.

Und wirklich konnten sie mich nicht mehr tragen – ich brach zusammen. Scarlett konnte gerade noch ihre Arme ausstrecken und mich auffangen. Ich schwitzte und mir war kalt, und das Gefühl, von allem weg zu wollen, kam wieder in mir hoch. Ich war noch anwesend, nicht ganz weg. Mein Tunnelblick war direkt auf Augustus gerichtet. Wäre er ein Ozean, wäre ich eine dreckige kleine Regenpfütze gewesen. Ja, er war großartig, aber irgendwie hatte ich das Gefühl, ihn in diesem Moment hassen zu müssen.

Ein Teil der Menschengruppe hinter ihnen stieg in die Autos auf der linken Straßenseite und fuhr in Richtung Innenstadt. Der andere Teil, inklusive Augustus stand immer noch auf dem Vorplatz des Gerichts. Urplötzlich fiel mir auf, wie scheiße peinlich ich gerade war, und rappelte mich auf. Augustus sah immer noch zu uns herüber. Seine Blicke waren neugierig, anders als die der anderen. Trotzdem sah er traurig und innerlich zerrissen aus. Wie immer hatte er seine Hände in den Hosentaschen.

„Scarlett?"

„Ja?"

„Lass uns abhauen."

„Warum denn?"

„Scheißegal. Lauf!"

Ich begann zu laufen, als der miese Gedanke in mir zu brodeln begann, dass Augustus uns doch erkannt hatte.

„Liz. Bleib stehen. Ich weiß nicht, ob das gut ist für dich." Scarlett versuchte mich vom Rennen abzuhalten. Nach einer kurzen Pause fügte sie hinzu: „Und für dein Kind."

Ich rannte trotzdem weiter, weil ich hätte schwören können, Scarlett lief mit. Je mehr ich mich verausgabte, umso weniger dachte ich daran, ein Kind mit mir zu schleppen. Bis nach Hause lief ich. Auf der Kieseinfahrt des Harrisonhauses ging ich in die Hocke und atmete erschöpft aus. Ich sah zu, wie Scarlett hektisch auf mich zu rannte. Hin und wieder ließ sie eins der Blätter fallen, drehte um, hob es auf und rannte weiter.

„Spinner!", sagte sie, als sie bei mir ankam und ich scherzhaft applaudierte.

Sie boxte mir sanft in die Seite und ich schubste sie zu Boden. Die Blätter fielen wie Regen auf sie herab und wir sahen uns gegenseitig an. Irgendwann konnte ich mich nicht mehr halten und prustete los, bis mein Bauch schmerzte – zur Abwechslung mal vom Lachen. Scarlett lachte auch. Das letzte halbe Jahr hatte ich, schätzungsweise, nicht mehr so viel gelacht wie in diesem Moment. Mir liefen die Tränen, ich konnte nicht mehr aufhören zu lachen. Ich vergaß das Atmen und ließ mich zu Scarlett auf den Boden fallen. Wenn mir jemand ein paar Minuten vorher die Frage gestellt hätte, was denn der Sinn des Lebens sei, hätte ich ihm geantwortet: sich mit allem Elend und Schicksal auseinanderzusetzen, damit der Tod nur noch ein Kaugummikauen wäre. Hätte mir aber jetzt einer dieselbe Frage gestellt, hätte ich gesagt: Lache, bevor es zu spät ist.

„Was ist denn hier los?"

Erschrocken stand ich auf. Eine Stimme, die ich schon ewig nicht mehr gehört hatte, sprach zu uns. Ich musste überlegen, wessen Stimme es war. Ich hörte die Schritte dieses Jemands im Kies. Er kam auf uns zu. Ich stand mit dem Rücken zu ihm und veränderte meine Haltung nicht. Meine Arme verschränkt, meinen Kopf nach unten gerichtet. Scarlett sah ebenfalls nach unten.

„‚Schwangerschaft – alles auf einen Blick!'", sagte die Person.

Ich wusste, dass es von einem der Blätter abgelesen war, die auf dem Boden lagen.

„‚Endlich schwanger – und jetzt?' Aha ... ‚Schwangerschaftsrisiken'."

„Seid ihr bei einer Hebamme eingebrochen? Oder ist hier etwa eine von euch SCHWANGER?!"

Mir lief ein kalter Schauer über den Rücken. Stille. Keiner sagte was. Keiner bewegte sich. Kein Geräusch war zu hören.

„Wer von euch ist schwanger?!", wurde die Frage gereizt wiederholt.

Die Stimme gehört Mom. Eindeutig, keiner konnte so verbittert Fragen stellen.

„Ich, Mom ..." Ich drehte mich um. „Ich bin schwanger, Mom."

„Du?" Sie sah mich an, als wäre ich das Letzte, was sie sehen wollte.

Ich nickte.

„Scarlett, stimmt das?"

Scarlett nickte.

Mom trat näher zu mir. Mit jedem Schritt, den sie machte, machte ich einen weiter weg von ihr. Mom wurde schneller, immer schneller. Sie dachte also, ich würde irgendwann aufgeben und stehen bleiben. Aber ich hatte nicht den Mut, aufzugeben. Ich hatte Angst vor ihrer Nähe. Als sie irgendwann zu nah war, bekam ich Atemnot und meine einzige Rettung war nur noch: rennen! Mein Verstand sagte: *Bleib stehen,* aber meine Beine waren schon weiter voraus. Ich lief die Straße mit dem Harrisonhaus entlang, bog an irgendwelchen Kreuzungen in irgendwelche Richtungen ab, mit dem einzigen Ziel: schnell weg von hier. Ich achtete nicht auf andere, auf mein Baby, ich achtete nur darauf, schnell genug zu sein und weg von Mom zu kommen. Die Häuser wurden immer größer und standen immer näher beieinander. Die Straßen wurden breiter und die Passanten hektischer. Es gab nichts, das mich zum Stehen brachte. Ich rannte, bis sich die Häuser wieder weiter voneinander entfernten und zwischen dem Grau wieder Grün herausblinzelte. Der Stadtpark. Ich rannte an Leuten vorbei, die Yoga machten, und an alten Omis, die auf Parkbänken kratzige Socken strickten. Ich überholte sogar einige Jogger. Vor mir erstreckte sich der große See und ich sah weit und breit kein Ende. Ich war vorher nur einmal hier gewesen. Mit der Schule. Wir hatten Sportunterricht gehabt und waren hierher gekommen, um Ausdauertraining zu machen. Ich konnte mich nicht mehr erinnern, in welche Richtung wir damals gelaufen waren. Ich blieb stehen und ließ meine wenigen Gehirnzellen auf Hochtouren laufen.

Plötzlich packte mich jemand an den Schultern. Ich hätte mit jeglicher Beleidigung, mit einer Standpauke, Schlägen oder sonst was gerechnet, aber nicht damit, dass mich meine Mom lieblich lachend ins Wasser schubste. Ich tauchte auf und sah, dass sie mir hinterher gesprungen war. Scarlett stand am Ufer und sortierte Blätter.

„Du hast nicht ernsthaft alle Blätter aufgesammelt und mit durch die ganze Stadt genommen?", fragte Mom.

„Ich hab sie sogar sortiert."

„Alphabetisch?"

„Nach Anzahl der Wörter", scherzte Scarlett.

Ich konnte es immer noch nicht fassen. Ich war durch die halbe Stadt gerannt, damit mich meine Mom in einen eiskalten stinkenden See werfen konnte. Der See war eigentlich nicht zum Baden geeignet. Am Ufer stand sogar ein Schild mit der Aufschrift: „Baden strengstens untersagt!"

Ich überlegte, ob Mom gesoffen oder Crack geraucht haben könnte, aber eine Stimme in mir sagte, dass sie einfach nur genauso war, wie sie schon lange nicht mehr gewesen war. Genauso, wie sie vor etwa einem Jahr gewesen war. Sie lachte und schwamm im dunkelgrünen Wasser auf mich zu.

„Du bist also schwanger?" Sie strahlte, als hätte ich zum ersten Mal eine Eins in Englisch, was bedauerlicherweise leider noch nie der Fall war.

Ich nickte mit geschlossenen Augen und sie strich mir, wie sie es früher so oft getan hatte, die nassen Haare hinters Ohr. Mom legte ihre Stirn an meine, ich blinzelte und sah, dass ihre Augen geschlossen waren und ihre Mundwinkel zu einem Lächeln verzogen.

Platsch. Scarlett war zu uns ins Wasser gesprungen, direkt vor Mom und mich. Ich hörte Mom laut lachen. Mit einem ihrer Arme umschlang sie mich und mit dem anderen Scarlett. Diese umschlang sie und mich und ich umschlang Mom und Scarlett.

„Herzlichen Glückwunsch, Kleine", flüsterte Mom.

Lächelnd schüttelte ich den Kopf.

Eine ganze Weile bespritzten wir uns noch gegenseitig mit dem dreckigen Wasser, lachten und hatten Spaß. Der Weg zurück zum Harrisonhaus war länger als ich ihn in Erinnerung hatte, und da es schon spät war, beschloss Mom, Scarlett nach Hause zu fahren. Ich ging in unser Stockwerk und ließ mir ein Bad ein.

Während meine Zehen mit dem Schaum spielten und im Radio zum tausendsten Mal *All you need is love* von den Beatles lief, kreisten meine Gedanken um dies und das.

Ich bin jetzt schwanger, ohne schwanger sein zu wollen.

Als ich Augustus heute gesehen habe, hatte ich das Gefühl, ihn nicht mehr lieben zu wollen.

Mom ist auf einmal wieder nett zu mir, obwohl sie allen Grund dazu hätte, mich fertigzumachen.

28.

Die letzten Tage der Ferien waren nicht spannend genug, um irgendetwas davon an die große Glocke hängen zu müssen. Den Kontakt mit Augustus hatte ich so gut es ging vermieden und auch Scarlett hatte ich nicht mehr gesehen. Na ja, vielleicht wurde ich ihr ja zu nervig und sie brauchte mal eine Auszeit von mir und meinen Problemen. Mom und ich hatten nur ernste Gespräche über die Schwangerschaft geführt, welche eh sinnlos waren, weil sie mir nicht weiterhalfen. Sie war nett zu mir, hatte mir sogar Kuchen gebacken. Sie versprach, vor den andern so zu tun, als wäre alles ganz normal, um meine Schwangerschaft solange es funktionierte geheim zu halten. Ich meine, solange ich noch keinen Bauch hatte, fiel es nicht auf, und wenn er dann da wäre, müsste ich wohl zu meinem Ausrutscher stehen.

In der Schule war alles so wie immer. Der erste Tag nach den Ferien war ein Schulmontag wie jeder andere. Erst Religion bei Ms. Sheppard, dann Doppelstunde Englisch und drei Stunden Musik. Danach Mittagspause und Doppelstunde Geschichte. Wie hinter Gittern, ewig das Gleiche. Die ganze Zeit versuchte ich, Augustus irgendwo in der Menschenmenge zu finden. Nicht, dass ich mit ihm reden wollte, aber ich wollte ihn sehen, bei seinen Freunden oder so. Vielleicht vermisste ich ihn. Vielleicht auch nicht.

Eigentlich wollte ich nach Geschichte nach Hause gehen, weil mir alles viel schwerer fiel – das Treppensteigen, das Konzentrieren, die Tatsache, dass ich mich nicht hinlegen konnte. Ich schätze, es war alles nur Einbildung, aber ich schätze auch, dass es eine Herausforderung ist für jede schwangere Frau. Nur konnte ich noch nicht nach Hause. Nicht weil mich Smith nicht abholte, das war nicht das Problem. Das Problem war, dass an meinem Schließfach ein gelber Post-it hing. Er war von Prof. Dr. Twigley. Er wolle unser Treffen verschieben. Auf heute. Ich verdrehte die Augen, riss den Post-it vom Schließfach, nahm Schultasche, Jacke und den ganzen Kram, den ich brauchte, und schleppte meinen müden Körper die Treppe und die Gänge entlang, bis ich zu Prof. Dr. Twigleys Zimmer kam. Die Gänge waren leer. Mir kam es vor, als wäre ich der einzige Mensch, der hier noch eingesperrt war. Ich klopfte an seine Tür und drückte vorsichtig die Klinke herunter.

„Herein ..." Seine Stimme war etwas zittriger, als ich sie in Erinnerung hatte.

Ich trat in den schwülen Raum, setzte mich auf einen der Stühle vor seinem Glasschreibtisch und ließ mit einem lauten Seufzer meine Sachen fallen. Seine Augen waren etwas kleiner, und wenn mich nicht alles täuschte, war seine Brille noch größer und dicker geworden.

„Liz, tut mir leid, dass ich unsere Vereinbarung vorziehen musste. Ich hoffe, dass ich dich von nichts abhalte."

„Schon ok." Ich versuchte zu lachen und dachte ans Schlafen.

„Es gibt einen Grund, warum ich unser Treffen vorziehen musste. Vielleicht ist das jetzt der falsche Zeitpunkt, aber ich werde die Schule wohl bald verlassen."

Ich sagte nichts.

„Und wahrscheinlich nicht nur die Schule."

Ich sah ihn mit gerunzelter Stirn an. Seine grauen Haare waren irgendwie weniger geworden.

„Ja, Liz, da schaust du. So schnell kann es gehen. Aber meine Ärzte geben mir nicht mehr lange."

Stimmt, die ganzen Urkunden und Meisterbriefe hingen nicht mehr an der Wand. An ihrer Stelle steckten nur noch schwarze Nägel in der kahlen Wand. Der übergroße Aktenschrank war nur noch zur Hälfte aufgebaut. Ich öffnete meine Faust und faltete den gelben Post-it auseinander. Seine Schrift war zittrig und tanzte aus der Reihe. Ich versuchte, den Blickkontakt zu meiden. Ich hatte Angst, in die Augen eines Menschen zu schauen, der mir gerade gesagt hatte, dass er nicht mehr länger als sieben verdammte Tage leben würde.

„Ich war in den Ferien oft hier." Er hielt sich am Glastisch fest. „Ich habe angefangen, alles auszuräumen. Der Neue wird bestimmt ein leer ausgeräumtes Zimmer von mir erwarten."

Am liebsten hätte ich gesagt: *Der Neue wird gar nichts erwarten. Niemand erwartet jetzt noch etwas von Ihnen.* Aber in meinem Hals bildete sich etwas, das mich am Reden hinderte.

„Ich hab keine Familie mehr und das Einzige, was ich jetzt noch will, ist, dass ich dir bestätigen kann, dass ich den ganzen Müll, der all die Jahre an der Wand hing, nicht einfach so bekommen habe. Viele Mädchen ritzen sich heutzutage mit scharfen Klingen in die Arme. Mach das nicht. Das bringt es nicht. Deine Eltern ... Glaubst du die würden nicht darunter leiden? Keine Mutter will, dass ihr Kind stirbt, und keine Mutter will, dass sich ihr Kind die Arme aufschneidet. Und wenn die Welt den Verstand verliert, ritz dich bitte trotzdem nicht. Das ist eines der schlimmsten Dinge, die du dir selbst antun kannst. Zudem ritzen sich die meisten wegen Dingen, die es nicht mal wert sind, sich eine Klinge zu kaufen. Es geht vorbei. Alles geht vorbei. Nur nicht der Tod. Der wird dann immer in Erinnerung bleiben. Das Leben ist für niemanden ein Zuckerschlecken. Das Leben ist für jeden ein Kampf. Manche lassen sich den Kampf nicht anmerken, mache nur manchmal oder ab und zu und manche übertreiben. Sei ein starkes Mädchen. Geh weiter, lebe dein Leben. Das Leben ist zu kurz." Prof. Dr. Twigley wurde blasser und sein Mund begann zu beben. „Bitte versprich mir, dass du dein Leben lebst. Willst du mir irgendetwas sagen? Nein? Okay. Dann kannst du jetzt gehen. Ich wünsche dir alles, alles erdenklich Gute. Und pass auf dich auf. Du wirst gebraucht. Vielleicht sehen wir uns ja irgendwann wieder, da oben."

Er deutete mit einem seiner dünnen Finger in den Himmel. Ich nickte und schleppte mich wieder nach unten.

29.

Es dauerte nur wenige Tage, bis wir die Nachricht erhielten. Wir hatten gerade Religion bei Ms. Sheppard, als sich etwas Staub vom Schullautsprecher löste und die Stimme eines Vertrauenslehrers zu uns sprach. Es kam nicht oft vor, dass während des Unterrichts eine Durchsage kam, und schon gar nicht von einem der Vertrauenslehrer. Vertrauenslehrer waren Lehrer, die jedes Jahr von den Schülern gewählt wurden, und waren Ansprechpartner für Schüler und Schülerinnen, bei schulischen Problemen oder Konflikten mit Mitschülern oder Lehrern. Jedes Jahr gab es zwei solcher Vertrauenslehrer und die mussten dann eben auch die ein oder andere beschissene Aufgabe übernehmen. Aber ich glaube, *diese* Aufgabe war die schwerste aller Aufgaben. Ich wusste nicht recht, welcher Lehrer es war, aber er war männlich und stotterte ein wenig. Im Klassenraum ertönte Geflüster und Gelächter, sodass ich nur schwer verstand, was genau durchgesagt wurde. Irgendwann mussten wir uns von den Stühlen erheben und eine Minute schweigen. Ms. Sheppard wurde blass und einigen Schülern stand der Mund offen. Dann war die Stunde auch schon aus und ich wusste immer noch nicht, was passiert war. Ich fragte Cameron, die plötzlich ihren schönen Mund zu einem Strich zusammenpresste.

„Prof. Dr. Twigley ist tot."

„Was?"

„Prof. Dr. Twigley ist gestorben. Gestern Nachmittag", wiederholte sie und ging die Treppe zu den Schließfächern hinunter.

„Wo willst du denn hin? Wir haben doch jetzt Geschichtskurs."

„Wir dürfen nach Hause gehen. Hast du das nicht gehört?" Sie drehte sich um und lächelte schwach.

„Nach Hause ... okay." Ich nickte und blieb stehen.

Andere Schüler drängten sich an mir vorbei nach unten.

„Tschüss Liz."

„Bis morgen Liz."

Ich stand da und sah ihnen zu, wie sie entweder glücklich und erfreut oder traurig und bedrückt die Treppe nach unten gingen. Ich wusste nicht, warum meine Füße keinen Schritt nach unten machten.

So schnell kann es gehen. Aber meine Ärzte geben mir nicht mehr lange. Ich hörte Twigleys Stimme und drehte mich auf dem Absatz um, ging wie ein Geisterfahrer auf dem Highway wieder nach oben. Ich kassierte einige dumme Blicke der älteren Schüler, die sagten: „Hey Kleine, nach unten gehts. Schule ist aus." Aber ich beachtete sie nicht. Ich ging einfach weiter nach oben. Als ich den Gang zu Twigleys Zimmer entlangging, hatte ich wieder dieses Gefühl, hier als Einzige eingesperrt zu sein, aber dieses Mal war es kein schlimmes Gefühl. Ich blieb vor seiner Tür stehen. Das Plakat hing immer noch da, war aber an einer Ecke umgeknickt und irgendwer hatte „Prof. Dr." durchgestrichen und „Geist" darübergekritzelt. Wahrscheinlich sollte es lustig sein. Ich presste meine Lippen aufeinander, bis sie schmerzten und blau anliefen. Ich drückte die Türklinke hinunter, doch die Tür war verschlossen. Ich hielt die Klinke fest und lehnte meinen Kopf an der Tür an.

„Prof. Dr. Twigley sitzt nicht in seinem Zimmer. Er wird nicht zurückkommen. Auch wenn du das vielleicht willst."

Erschrocken zuckte ich zusammen und suchte nach der Stimme. Ms. Sheppard kam den Gang entlang und machte eine Handbewegung, als wollte sie mich verscheuchen. Also ging ich ohne sie anzusehen an ihr vorbei zu meinem Schließfach und zu Smith und Lily, die ungeduldig warteten.

Prof. Dr. Twigleys Beerdigung war nur wenige Tage später. Wir hatten alle schulfrei. Keiner den ich kannte, wollte mit mir zu seiner Beerdigung gehen, also ging ich allein. Überhaupt fiel es nicht wirklich auf, dass er nicht mehr lebte,.

Ich stand stundenlang vor dem Kleiderschrank und diskutierte mit Mom über mein Outfit. Zum Schluss nahm ich dann doch das, was ich am Anfang geplant hatte. Schwarze Hose, schwarzes T-Shirt, cremefarbene Blümchenkette. Eigentlich hasste ich Kirchen und alles, was mit Glauben zu tun hatte, aber irgendwo in mir drin bestand ich darauf, zu seiner Beerdigung zu gehen. Vielleicht musste ich ihm was zurückgeben. In den zwei Gesprächen mit ihm hatte ich zwar nicht den Eindruck gehabt, er wäre der Psychologe aus dem Bilderbuch und würde die krassesten Psychologensprüche raushauen, aber wenigstens sah ich jetzt einiges mit anderen Augen. Fast so, als hätte ich das letzte Jahr nicht erlebt.

Smith brachte mich mit dem Bentley zur Liverpool Cathedral – genau, die Kirche, in der ich mit Scarlett Kerzen angezündet hatte. Auf dem Vorplatz standen nicht viele Leute, die meisten waren Lehrer. Die Einzigen, die ich nicht kannte, waren fünf alte Damen, die mit ihren Gehhilfen im Kreis standen. Ms. Sheppard nickte mir zu, als sie mich nähertreten sah, aber ich verzichtete auf ein Gespräch und ging direkt in die Cathedral. Der Sarg stand vorne mit Blumen geschmückt vor dem Altar und ein großes Bild von Twigley stand daneben. So genau wusste ich nicht, was man mit dem Weihwasser anfangen sollte, aber ich tauchte meine Finger ein und ließ die Tropfen auf den Sarg und die Blumen fallen.

Ich setzte mich in eine der hinteren Bänke, da ich dachte, dass die vorderen bestimmt alle besetzt werden würden. Doch als der große Einzug war, merkte ich, dass diese Beerdigung ziemlich erbärmlich war. Außer den fünf alten Ladys, mir und den Lehrern war niemand da.

Ich hab keine Familie mehr und das Einzige, was ich jetzt will, ist, dass ich dir bestätigen kann, dass ich den ganzen Müll, der all die Jahre an der Wand hing, nicht einfach so bekommen habe".

Seine Stimme war so klar in meinen Ohren, als würde er neben mir sitzen und mit mir reden.

Ms. Sheppard bezeichnete ihn in ihrer Grabrede als Schützer der Schüler, als denjenigen, den sich jede Schule nur wünschen könne. Als ich meine Rose ins Grab warf, schluckte ich und dachte an den leeren Aktenschrank. Sonderlich traurig war ich nicht, aber Prof. Dr. Twigley tat mir leid, obwohl ich wusste, dass ihm das nun wohl völlig egal war. Ich stellte mir meine Beerdigung anders vor als seine. Es tat mir leid, dass an seiner Beerdigung nur Lehrer und vielleicht seine Nachbarinnen teilnahmen. Man merkte, dass seine Kollegen ihn nicht wirklich gekannt hatten und einfach nur hier waren, weil es sich gehörte, von einem Kollegen Abschied zu nehmen.

Ich sah in den Himmel und suchte zwischen den Wolken sein Gesicht, aber ich fand es nicht. Vielleicht war das nur erfunden, dass Menschen, nachdem sie starben, vom Himmel aus auf die Erde sehen konnten, oder er hatte einfach zu viel Selbstmitleid und konnte seine eigene Beerdigung nicht mitansehen, ohne dass es ihm wehtat, wenn er sah, was hier bei uns auf der Erde abging.

30.

Die restliche Woche verging recht schnell. Isaac und Christian wurden des Öfteren ins Direktorat gerufen, und weil wir jedem Lehrer, den wir an diesen Tagen hatten, erzählen mussten, wieso die beiden Gespräche im Direktorat zu führen hatten, blieb der Unterricht auch recht kurz. Isaac und Christian hatten nämlich die geniale (Ironie) Idee gehabt, den Mondlampen aus der Parallelklasse eins auszuwischen. Die Idee entstand im Baumstammpalast bei einer Marlboro. Am Tag der Beerdigung von Prof. Dr. Twigley hatten sich die beiden in die Schule geschlichen und alle Schulbücher der Mondlampen mit Sekundenkleber zugeklebt, sodass sich kein einzelnes mehr öffnen ließ. Danach wurden Liebesbriefe geschrieben. Isaac und Christian schrieben neun Liebesbriefe an verschiedene Lehrer oder baldige Absolventen und unterzeichneten jeden einzelnen mit einem Mädchennamen der Mondlampen. Dann legten sie die Briefe in die jeweiligen Schließfächer oder auf die Pulte der Lehrer. Die Jungs, die am Tag danach die Liebesbriefe in ihren Schließfächern fanden, waren so ziemlich die beliebtesten, aber kaltherzigsten Schüler des Colleges und die Lehrer die strengsten. Die Jungs machten sich auf Facebook und Instagram über die kitschigen Briefchen lustig und die Mädchen mussten mit Eltern und Lehrern ernste Gespräche führen. Ihr könnt euch nicht vorstellen, wie tief die Verwirrung den Mädchen ins Gesicht geschrieben stand. Natürlich mussten die verklebten Schulbücher ersetzt werden.

Eigentlich gar keine so schlechte Idee, nur es gab ein Problem. Isaac und Christian mussten deswegen ins Direktorat. Und zu den unzähligen Standpauken von Lehrern, der Schulleitung und den Eltern kam eine lange Rechnung. Jeder von beiden bekam einen Verweis und ordentliche Strafarbeiten.

Christian war todessauer auf Isaac. Er redete kein Wort mehr mit ihm und teilte seine Marlboros nicht mehr mit ihm. Er ließ ihn bei Klassenarbeiten nicht mehr spicken und verbat Isaac das Betreten des Baumstammpalasts. Isaac tat mir ein bisschen leid, aber im Grunde genommen war er wirklich selbst schuld. Er hatte an dem Tag, als sie in die Schule einbrachen, ein Bild von sich und Christian auf Snapchat gepostet – und es war nicht irgendein Bild. Es war ein Bild von ihnen mit Sekundenkleber und der verlassenen Schule im Hintergrund. Darunter hatte er geschrieben: „Beste Aktion seit Langem!"

Was er vergessen hatte: Zoe (wie ihr wisst, auch eine Mondlampe) folgte ihm auf Snapchat und so widerwillig und arrogant wie sie war, machte sie einen Screenshot von seinem Bild und zeigte es der Schulleitung, woraufhin die ganze Sache aufflog.

Cameron hingegen war sauer auf Christian und Zoe. Als Zoe stolz vor der Klasse bekanntgab, dass sie die beiden verpetzt hatte, stand Cameron auf, nahm meine Schere und schnitt der selbst ernannten Queen of Arthur Wynne College wahllos in die Haare. Zoes Haare reichten dann rechts bis zum Hintern und wurden nach links immer kürzer, bis sie ganz links nur noch bis zu ihren mit tausend Edelsteinohrringen behangenen Ohren reichten. Mal war eine Strähne länger, mal etwas kürzer. Die künstlich gelockten Haare flogen wie Seide zu Boden, wo sie einen Haufen bildeten. Zoe, entsetzt wie sie war, stand auf, zerbrach meine Schere in der Mitte und rammte Cameron die spitze Seite in den linken Arm. Blut tropfte auf die abgeschnittenen Haare und es dauerte nicht lange, bis Cameron auf einen Stuhl sank und über dem Tisch zusammenbrach. Dann fing das Ganze erst richtig an. Christian verprügelte Zoe, Mason verprügelte Christian. Isaac stürzte sich auf die drei, riss sie zu Boden. Scarlett kümmerte sich um Cameron, war aber so neben der Spur, dass Katie ihr helfen musste. Sie wollten Cameron ins Sekretariat bringen, und anstatt mit dem Aufzug zu fahren, nahmen sie, mit der verletzten Cameron in den Armen, die Treppe. Auf halbem Weg ließ die Kraft in ihren Armen nach und sie flogen allesamt die halbe Treppe nach unten, wo sie auf den harten Steinboden prallten und sich alles mögliche prellten, was man sich nur prellen kann. Oben gingen die Schlägereien weiter, bis alle Jungs auf einem Haufen lagen, ganz unten Zoe und Christian. Irgendwann kam die Hälfte der Klasse mit Nasenbluten, zerzausten Haaren und blau geschlagenen Augen nach unten, wo die drei immer noch reglos auf dem Boden lagen, und ich versuchte irgendwie, eine von ihnen wieder auf die Füße zu kriegen. Und als dann die Jungs mit ihren zerschlagenen Gesichtern hinter mir standen und vor uns drei blutende Mädchen lagen, kam ein Junge aus der Abschlussklasse vorbei, blieb stehen und zog die dunklen Augenbrauen nach oben. Er musterte uns, als wären wir Gespenster. Und nein, es war nicht *irgendein* Junge aus der Abschlussklasse. Es war der *eine* Junge aus der Abschlussklasse: Augustus Winterbuttom. In dem Moment, als wir uns mit kalten Blicken in die Augen sahen, war die Kacke am Dampfen. Einen peinlicheren Moment konnte es nicht geben. Da ich von allen noch am wenigsten verletzt war und mein Blick ziemlich ertappt wirkte, trat Augustus auf mich zu, rüttelte mich an den Schultern, sodass er mir Haare ausriss, und sah mit leuchtenden Augen direkt in meine, sodass ich seinem Blick nicht widerstehen konnte. Sein Blick war gefährlich, anders als die der anderen. Ich biss mir auf die Lippe und kniff meine Augen zusammen.

„Was hast du getan?", zischte er.

„Nichts!"

Er runzelte die Stirn und sein Blick wurde intensiver.

„Was hast du getan?!", wiederholte er.

„Sie hat nichts getan", sagte eine männliche Stimme hinter mir, über die ich in diesem Moment sehr froh war.

Augustus ließ mich los, sah an mir vorbei nach hinten, vermutlich zu dieser Stimme, die zu mir hielt, und zeigte mit einer Hand in die Runde.

„Und was ist dann deiner Meinung nach das hier? Warum seht ihr alle so aus und sie nicht?"

Eigentlich dachte ich ja, er wäre der Typ, der mich liebte, der immer zu mir hielt, der mir glaubte und vertraute und auf den ich mich verlassen konnte. Der für mich da war, genauso, wie ich für ihn da war – und dann stellte er mich als Verursacherin einer Massenschlägerei dar, als wäre ich ihm egal, als würde er mich nicht kennen, als ob er mich nicht geschwängert hätte!

Sechster Rat für dein zukünftiges Leben:

Solltest du jemals das Glück haben, unter lauter blutigen, verprügelten Menschen zu stehen, die Liebe deines Lebens auf dich zukommen sehen und wissen, du siehst nicht so verprügelt aus wie alle anderen, leg dich hin und tu so, als ob du es doch wärst.

Meine Hände zitterten und ich war kurz davor, seine Hand zu ergreifen. Doch bevor meine zitternden Finger seine berührten, zog ich sie rasch zurück. Ich dachte, es wäre nicht der passende Moment, um ihm ins Ohr zu flüstern, dass ich ihn liebe.

Die männliche Stimme von vorher forderte Augustus auf: „Lass deine Kleine!"

Gerne hätte ich mich umgedreht und dieser männlichen Stimme ein Gesicht und einen Namen zugeordnet, aber Augustus' scharfer Blick von der Seite brachte mich in Verlegenheit, sodass ich meine Sachen nahm und die Schule verließ, ohne die Erlaubnis dafür zu haben – eigentlich hätte ich nämlich noch ein paar Fächer und Kurse gehabt.

Smith und der Bentley standen nicht wie üblich hinter dem Schultor und warteten darauf, dass ich kam, was mich nicht wunderte. Smith hatte die Aufgabe, uns zur Schule zu bringen, während wir in der Schule waren Einkäufe und dergleichen in der Stadt zu erledigen, und uns dann nach Schulschluss wieder abzuholen. Da jetzt nicht Schulschluss war, stand er auch nicht da, und ich nahm den Weg nach Hause zu Fuß auf mich.

Ich ging langsamer und krummer als sonst, hatte meine Schultasche nur an einer Schulter hängen und meinen ganzen Ordnerkram unter dem Arm. Es kam mir nicht vor, als hätte ich gerade etwas Unerlaubtes getan, und es kam mir auch nicht vor, als würde ich dafür Ärger bekommen. Es war schön, die Schule eher zu verlassen, nicht nur weil ich dann keine Schule mehr hatte (was, glaube ich, für jeden von uns ein tolles Gefühl ist), sondern auch, weil die Straßen viel leiser waren. Es roch frischer als sonst, viel angenehmer nach Blumen und leichtem Regen und die Luft war viel klarer, nicht so staubig und nicht voller Autoabgase. Genau richtig. Es fühlte sich so an, als würde ich zum ersten Mal richtig atmen, zum ersten Mal wissen, wie gut sich Luft anfühlen konnte und wie sie roch.

31.

Die Ehe ist ein viel zu interessantes Experiment, um es nur einmal zu versuchen. Diesen Satz hatten mir Mom und dann später noch mal dieser eine Typ gesagt. Ich schätze, es war der Typ, den sie heiraten wollte. Sicher war ich mir nicht, und ganz so gut konnte ich mich an das alles nicht mehr erinnern. Jedenfalls sollte heute der Tag sein, an dem ich ihn kennenlernen durfte.

Mom hatte mich schon ziemlich früh (ich schätze halb acht, was für mich am Wochenende definitiv zu früh war) geweckt. Sie war ganz nervös. Im Harrisonhaus war noch keiner außer uns und Tante Arista wach. Tante Arista hatte heute wieder ihren Friedhoftag und danach ging sie wie üblich zu Hailey zum Kartenspielen.

Mom hatte gemeint, ich solle doch etwas besorgen – ein Ich-kenn-dich-nicht-aber-ich-schenke-dir-trotzdem-was-Geschenk. Der erste Eindruck gegenüber einer fremden Person sollte doch immer zuvorkommend sein, hatte sie gesagt. Also war ich am Vortag in der Stadt, um ein Geschenk zu kaufen. Ich rannte von Geschäft zu Geschäft durch das Liverpool One: Rolltreppe hoch, Rolltreppe runter, Diverser Krimskrams kam mir zwischen die Finger, aber nichts wirklich Tolles. Deswegen hatte ich mich danach in der Altstadt auf die Suche gemacht, wo mir das große Glück aber auch versagt blieb. Außerdem wusste ich gar nicht so recht, was ich eigentlich genau verschenken sollte, weil ich mein Gegenüber ja noch gar nicht kannte, zumindest nicht persönlich. Schließlich entschloss ich mich, in irgendeinem Süßwarenladen irgendwelche typisch englischen Süßigkeiten zu kaufen. Ich schätzte zumindest, dass es typisch englische Süßigkeiten waren – die Macarons standen halt in Hülle und Fülle zu einer Pyramide gebaut mitten im Laden. Also ließ ich sie extra in Union-Jack-Papier einpacken, damit der erste Eindruck nicht ganz so peinlich werden würde.

Mom ging mit mir also dann viel zu früh aus dem Haus. Sie ging mit mir zu Watermelon Studio, einem der besten Friseure Liverpools.

„Die Haare müssen sitzen, und das Make-up auch", betonte sie mit erhobenem Zeigefinger.

„Stylst du dich eigentlich immer so auf, bevor ihr euch trefft?"

„Nicht immer, früher ja, jetzt nur noch selten."

„Früher?"

„Wir kennen uns schon, seit wir so ungefähr in deinem Alter waren. Wenige Jahre später haben wir uns aus den Augen verloren, bis wir uns vor ein paar Wochen wiedergefunden haben. Und die alten Gefühle waren auf beiden Seiten sofort wieder da."

Mom blätterte in der ein und anderen Klatschzeitschrift, während ihre Haare unter der Trockenhaube steckten.

Krass, dachte ich.

Verrückt, dachte ich auch.

Um mich herum standen vier frauenähnliche Menschen. Die Eine machte irgendwas mit meinen Haaren, die Andere lackierte meine Fingernägel zartrosa, die Dritte strich mir irgendetwas, von dem ich keine Ahnung hatte, was es war, ins Gesicht, damit es einmal schön aussehen würde. Und die Letzte hielt die Tabletts mit den ganzen Materialien der anderen drei. Sie waren alle eine Mischung aus Kassiererinnen mit Plastiktitten und drei Kilometer langen künstlichen Wimpern und Müllfahrern in gelb-orangenen Anzügen, die jeden dritten Tag eine Nutte am Sack hatten.

Anziehen sollte ich meiner Mom nach ein dunkelblaues, enges Kleid mit goldenem Reißverschluss. Zum Schluss trug ich aber doch eine an den Knien zerrissene schwarze Jeans und meinen Lieblings-Mickey-Mouse-Pulli, denn in dem von Mom vorgesehenen Kleid fehlte mir aufgrund meines Bauches der Platz zum Atmen und zum Verrecken war das nicht meine Vorstellung von diesem Tag.

So rümpfte Smith die Nase, als er mir die Bentleytür aufhielt. Einen ganzen Tag hatte es gedauert, bis Mom und ich so aussahen, wie wir es nun taten, und er verdrehte die Augen, als er uns zu einem Mondlampenviertel in Liverpool fuhr. Mom rutschte die ganze Fahrt über auf ihrem Sitz hin und her, als würde sie in zwei Sekunden ein Kind gebären und gleichzeitig vor dem Traualtar stehen und das Jawort von ihrem Geliebten erwarten.

Wow, fuck, dachte ich, *die* wollen *ja heiraten!*

Irgendwie musste ich schmunzeln und ich legte dabei einfach so meine Hand auf meinen Bauch – irgendwie fühlte ich mich erwachsen.

Smith parkte in einer langen Allee mit hochgewachse-
nen Birken. Sie warfen reichlich Schatten auf die dunkle
geteerte breite Straße. Die Seitenstreifen waren noch
weiß, als wären sie erst frisch gezogen worden. Es roch
irgendwie anders ... anders als in der Straße mit dem
Harrisonhaus und anders als in der Schule und anders als
in allen anderen Straßen Liverpools, in denen ich zuvor
gewesen war. Es roch frischer und nach einer anderen
Welt. Ich schätzte, hier hätte ich mich wohlfühlen können. Ich stand mitten mit meiner Mom auf der Straße
und wir sahen Smith zu, wie er mit dem schwarzen Bentley die lange Allee entlang nach Hause fuhr. Mom sah
mir zu. Ich hatte sie schon ewig nicht mehr so glücklich
gesehen. Wie sie dastand in ihrem Kleid, mit ihren welli-
gen Haaren, dem breiten Lächeln und dem Blitzen ihrer
weißen Zähne. Ihr Duft nach Seerosen stieg mir in die
Nase, er vermischte sich mit dem Geruch dieser Allee,
dem Vogelgezwitscher und den wenigen, aber angenehmen Sonnenstrahlen, die durch die Birken auf uns fielen.

Mom nahm mich an der Hand und führte mich ein
Stück weiter durch die Allee. Links neben einem kleinen
niedlichen Häuschen mit Herzchen in den Fensterläden
befand sich eine schmale, lange Einfahrt. Wir gingen die
Einfahrt entlang und mit jedem Schritt kam mir das
Haus, das sich vor uns in die Höhe streckte bekannter
vor. Das Haus war offensichtlich erst neu gebaut worden,
war weiß mit bodentiefen schwarzen Fenster, einer
schwarzen, großen Haustür und zwischen einigen Fens-

tern in den oberen Geschossen waren Holzplatten angebracht.

Ich spürte, wie Moms Hand zu zittern begann, darum umklammerte ich sie fester. Als Mom klingelte, begann auch mein Atem hektischer zu werden. Mom lächelte mir von oben herab aufbauend zu.

Bis sich die Tür öffnete, dauerte es nicht lange. Mom ließ meine Hand los und fiel diesem Jemand, der geöffnet hatte, sofort um den Hals – ich sah von ihm bisher nichts, außer seinen Füßen und den Armen, mit denen er Mom umschlang. Schlagartig wurden die Sonnenstrahlen mehr, als wollte die Sonne den Himmel küssen. Warmer Wind wirbelte die Birkenblätter auf, die wie Seifenblasen durch die Gegend flogen. Bis sich aber Mom von ihm löste, dauerte es noch länger. Ich wurde noch nervöser, bis sie sich endlich auf dem Absatz umdrehte und ich zum ersten Mal unserem neuen Familienmitglied ins Gesicht sah. Ich musste losprusten.

„Sie haben da etwas Lippenstift von Mom im Gesicht", sagte ich und kassierte einen scharfen Blick von ihr.

Ertappt fasste sich der Mann an den Mund und versuchte den Lippenstift, der beim Küssen abgefärbt hatte, wegzuwischen, woran er aber scheiterte, weil er ihn noch mehr verwischte.

Vor meinem inneren Auge begannen sich Bilder abzuspielen – Bilder, die mich in der Stadtbibliothek und im Café zeigten, und nicht nur mich, sondern auch den Typen, der vor mir stand. Gedankenblitze verrieten mir, dass genau er der gruselige Typ war, der mir denselben

Satz sagte wie Mom: *Die Ehe ist ein viel zu interessantes Experiment, um es nur einmal zu versuchen.*

„William, das ist meine Tochter Liz. Liz, das ist William." Mom machte seltsame Handbewegungen.

„Freut mich, dich kennenzulernen", sagte William mit einem aufgesetzten Lächeln. Wahrscheinlich war ihm die Sachen mit dem Lippenstift etwas peinlich.

„Haben wir doch bereits."

Er zog die Augenbrauen hoch und zog seine ausgestreckte Hand schnell wieder zurück.

„Stadtbibliothek? Café?" Überheblich sah ich ihm ins Gesicht und lächelte provozierend.

Er reagierte nicht, also sah ich zu Mom und sah, wie er erstarrt dastand. Mom schlug mir auf den Mund. Da ich hier anscheinend nicht erwünscht war, ging ich mit gesenktem Kopf durch die Haustür nach drinnen. Gleich dahinter stand ein Butler. Der gleiche Anzug, den Smith trug, und die gleichen weißen Handschuhe. Er nahm mir vorsichtig mein Geschenk, das eigentlich Moms Neuem gehörte, ab und stellte es auf irgendeine hochwertige Garderobe. Gruseligerweise konnte ich mich irgendwie an diese Garderobe erinnern. Der Butler griff mir unter die Arme wie ein alter Mann seiner alten Frau. Ich sah ihn erschrocken an, aber er erwiderte meinen Blick nicht, sondern führte mich den langen hellen Gang entlang. Er öffnete eine große Glastür.

Der Raum, in dem wir jetzt standen, war vielleicht so groß wie die Eingangshalle plus der Speisesaal plus das gemeinsame Wohnzimmer der Harrisons.

Ich dachte: *Dreifache Mondlampen!*

Die Außenwände bestanden zum Großteil aus bodentiefen Fenstern, durch die man nichts anderes außer einem gepflegten Garten mit viereckigem Teich und Holzterrasse und einem Rasen mit saftgrünem Gras und dichter Hecke sah.

Der Raum war hell und ziemlich schlicht eingerichtet. Eine große weiße Küche mit Kochinsel und schwarzer Marmorarbeitsfläche befand sich ganz rechts. Vor einer dunkelroten Wand stand eine große weiße Kommode mit drei leeren Vasen und einem Foto darauf. Leere. Dann stand da eine lange schwarze Ledercouch mitten im Raum und ein Riesenfernseher, dessen Größe an eine Kinoleinwand grenzte, hing an der weißen Wand. Darunter befanden sich ein dunkelroter Wandstreifen und eine länglichere weiße Kommode, auf der Blu-ray-Player, Wii und Playstation 4 standen. Auf dem schwarzen Couchtisch, der auf einem weißen, flauschigen Teppich stand, befand sich lediglich eine Schale mit Obst. Leere. Ein Riesenbild hing an der Wand – abstrakte Kunst der ganz besonderen Art. Am Ende des Raumes stand ein fetter Glastisch mit Lederstühlen drum herum und einem teuren Kronleuchter darüber. Der Tisch war bereits gedeckt und der Butler versicherte mir, ich dürfe mich wie zu Hause fühlen.

Hand in Hand kamen Mom und William nach – ich schätze, nach einer Stunde. Moms Haare waren zerzaust. Das Hemd von William hatte einen Lippenstiftabdruck und sein Gürtel war nicht ordentlich geschlossen. Auch einige Knöpfe an Moms Kleid waren offen.

Aha, aha, so ein Schlingel also, dachte ich und sofort musste ich wieder lachen.

Der Butler saß neben mir auf der Ledercouch. Er hielt sich seine Hand vor den Mund, aber ich konnte genau sehen, dass er genauso lachen musste wie ich. Nicht, dass der Anblick sonderlich witzig war, aber okay.

„Dylan, es wäre Zeit für das Essen." William hatte eine gewisse Ernsthaftigkeit, wenn man das so nennt, in seiner Stimme, die mir Angst einjagte.

„Sehr wohl, Sir", sagte der Butler, der offensichtlich Dylan hieß.

Dylan sah mich an, wie ein bester Freund nach langem Lachen, bevor er aufstand und in einer Tür im Gang verschwand.

„Du darfst dich setzen." Nun sprach William zu mir und blickte durchdringend.

Zu essen gab es auf hochwertigen weißen Tellern erst irgendeine Fleischdelikatesse und als Nachtisch Kuchen mit Eis und Erdbeeren. Dylan brachte jeweils alle drei Teller auf einem Tablett unter einer gläsernen Haube. Er durfte nicht mitessen, obwohl für eine vierte Person gedeckt war. Während des Essens redete keiner, außer Mom, die gelegentlich „sehr gut" oder „köstlich" oder „ausgezeichnet" in den Raum warf. Mom und William hielten durchgehend auf dem Tisch Händchen, was mich weder abstieß noch rührte.

Das Essen schmeckte nicht besonders anders als das Essen von Smith. Schätzungsweise hatten Smith und Dylan dieselbe Butlerschule besucht.

Nach dem Essen machte der Kennenlerntag seinem Namen dann alle Ehre. William saß mir gegenüber und löcherte mich mit einer Million und neunundneunzigtausendsiebenhunderneunundneunzig Fragen. Von „Was willst du mal werden?" über „Was hast du in deiner Kindheit gespielt?" und „Wie gefällt dir Liverpool?" bis „Was hältst du vom Brexit?" war alles dabei. Die Ausfragerei war schlimmer als die bei Dr. Hawkins über den Hundertjährigen Krieg zwischen England und Frankreich, den zum Schluss doch Frankreich gewann. Mom nickte bei jeder meiner Antworten, als hätte sie starke Zuckungen im Nacken. William ließ mir keine Zeit, eigene Fragen zu stellen. Er fragte etwas, oder ging auf meine Antworten ein, oder erzählte selbst uninteressante Dinge aus seinem Leben, wie etwa, dass er sich vor kurzem von seiner Frau Madeleine, die Autorin sei, scheiden ließ, er Chefarzt in einer Klinik in Liverpool sei und, und, und.

Irgendwann brachte uns Dylan Kerzen, Feuerzeug und Lavalampen und schaltete draußen im Garten die Lichter ein. Mom räusperte sich und William und sie tauschten Blicke, die beunruhigend auf mich wirkten.

„Was ist?", fragte ich.

„Liz, wir sollten dir was sagen." Mom begann, meine Hand zu halten.

„Ich weiß, dass ihr heiraten werdet, und ich weiß auch, dass er dann mein Stiefvater werden wird."

„Nein ..."

„Was nein?!"

William stand auf, nahm sein Glas Rotwein mit und setzte sich neben mich.

„Vor vielen, vielen Jahren habe ich mein Medizinstudium hier in Liverpool begonnen. Ursprünglich komme ich aus London. Eines Abends, nachdem ich mein erstes Semester hinter mir hatte, ging ich in eine der Bars hier. Ich war allein, kannte niemanden, weil ich mich ausschließlich auf mein Studium konzentriert hatte, und deine Mama war auch allein dort. Bis heute weiß ich nicht wieso, aber wir lernten uns schnell kennen. Wegen ihr ging ich dann auch während des zweitens Semesters immer wieder in die Bar und mein Studium rückte für mich in den Hintergrund. Deine Mama war das Einzige, das mich damals interessierte. Wir gingen oft aus, trafen uns unter der Woche in meiner WG, machten Urlaub bei meinen Eltern und meiner Schwester in London."

„Na und?" Ich begriff nicht wirklich, was sie hier und jetzt von mir wollten oder was ich verstehen sollte oder was sie von mir verlangten.

„Na ja, es war der Geburtstag deiner Mama." William sah Mom an und Mom lächelte ihm zu und gab ihm einen Luftkuss, den er zurückgab, bevor er weiterredete. „Ich hatte in meiner WG sturmfrei. Erst waren deine Mutter und ich im Kino, dann chic essen und dann gingen wir zu mir nach Hause. Wir waren *so* verliebt, also hatten wir Sex. Und eines Tages kam deine Mama zu mir und hat geweint. Ich verstand erst nicht, was los war, bis sie mir sagte, dass sie schwanger sei. Es war die reinste Katastrophe! Wir waren beide nicht älter als zwanzig und ich steckte mitten in meinem Studium. Aber wir freuten uns auf unser Kind."

„Wuhuuu, ein Halbgeschwisterchen?!"

Mom sah mich bedrückt an.

„Nein Liz."

„Hä, wieso nicht?"

„Das Baby, das wir bekamen, warst *du!*"

„Guter Witz Mom, haha ..."

„Das war kein Witz." William presste seine blassen Lippen aufeinander und sah Mom mit gekräuseltem Kinn an.

„Mom! Mir ist gerade nicht nach Scherzen!"

„Schätzchen, lass mich dir das erklären. Also ..."

„Mom! Wo ist die versteckte Kamera?"

„Nirgends."

„Wo ist sie?!"

„Schätzchen ...", so nennt Mom alle möglichen Personen, denen sie etwas Unangenehmes beibringen muss, „es gibt keine versteckte Kamera. William, sag du was." Mom hatte schweißnasse Hände und strich sich nervös eine Locke hinters Ohr.

William räusperte sich.

„Also gut. Deine Mutter und ich bekamen dich. Du ... ähm, warst ein, ähm ... süßes Kind. Ja, ein süßes Kind. Deine Mom und ich, wir ... ähm, wir, ähm, kümmerten uns liebevoll um dich."

„*Ihr* habt euch um mich gekümmert? *Du* hast dich um *mich* gekümmert? Definitiv nicht! *Mein Dad* hat sich um mich gekümmert!"

„William ist dein Dad. Dein leiblicher, waschechter Dad. Kein Witz, Schätzchen."

Ich sammelte meine ganze Kraft in meiner rechten Hand und schlug sie mit voller Wucht auf den Tisch. Das Klirren der Scherben von Tellern, Besteck und Glas, vermischt mit dem erschrockenen Geschrei meiner Mom erzeugte einen unausstehlichen grellen Ton. Es heißt, Scherben spiegeln das Licht. Aber das ist gelogen. Eigentlich müsste es heißen: Scherben spiegeln das Blut. In dem Takt, in dem mein Blut auf den Boden tropfte, sah ich Mom und William abwechselnd an. Erst den einen, dann die andere, dann den einen, dann die andere.

Im Augenwinkel sah ich, dass Dylan neben mir auf dem Boden kniete und die Scherben in einen blauen Beutel entsorgte. Ich kniete mich zu ihm. Zitternd versuchte ich eine Scherbe aufzuheben. Ich hob sie auf, aber meine Hände ließen sie wieder zu Boden fallen. Sie zerbrach noch einmal in der Mitte entzwei. Mit meinen blutigen Händen wischte ich mir die Tränen aus dem Gesicht. Mom stand auf und wollte mich umarmen. Ich stieß sie zurück. Draußen wurde es dunkler, Dylan hatte die Lichter wieder ausgeschaltet.

„Er ist also mein Dad?!" Ich zeigte mit einem Finger auf William.

Mom nickte und weinte. Ich griff nach der nächstbesten Vase und schleuderte sie in Williams Richtung. Die Vase traf ihn am Oberkörper. Er schrie, aber ich beachtete ihn nicht.

„Mom, wieso hast du mich eigentlich mein ganzes Leben lang belogen? Kann es sein, dass Bill vielleicht noch lebt? Aber halt, er ist ja gar nicht mehr mein Bruder! Bin ich vielleicht auch gar nicht Liz, sondern Rapunzel höchstpersönlich?"

„Liz!"

Ich stand immer noch da, mit dem Blick auf William, der in Scherben badete und die Blutflecken auf seinem Hemd begutachtete.

„Mom? Wo kann ich eigentlich noch hingehen, ohne von irgendjemandem belogen zu werden. Alle meine Erinnerungen sind nichts mehr wert. Nichts! Und warum? WEIL SIE ALLE EINE ERFINDUNG, EINE LÜGE WAREN. Ich hatte dir alles geglaubt. Alles. Wenn ich mich selbst aufgebe, verliere ich nichts. Weil ich nämlich nichts zu verlieren habe. Weil ich nämlich schon alles verloren habe. Weil mir nämlich alles weggenommen wurde und jede Stimme in meinem Kopf, die weint und die schreit, wird mich für immer direkt in dein beschissenes Leben lenken. Hattest du, ohne Scheiß, keine Zeit, mir all das zu sagen? Hattest du nie ein schlechtes Gewissen? Bin ich dir wirklich so wenig wert? Du hast mein komplettes Leben verspielt, als wärst du Pokern gewesen, mein ganzes Leben lang! Ich bin doch deine Tochter. Oder bin ich adoptiert? Es ist eine Quälerei, deine Tochter zu sein, weißt du das eigentlich? Wieso ertrinkst du nicht einfach in deinen Lügen und alles ist endlich vorbei?! Keiner hat mir je die Wahrheit gesagt! Keiner! Nicht Dad, nicht du, nicht Oma, nicht Opa, nicht dein hässlicher William von und zu Ich-nehme-anderen-Vätern-ihre-Töchter-weg!"

„Dad hat es nicht gewusst. Er hat es nicht gewusst, okay!? Er dachte, du wärst sein Kind. Ein paar Wochen, nachdem ich wusste, dass ich schwanger war, wollte ich weg. William hat sich zwar gefreut und ich mich auch, aber sein Semester ging weiter und er meldete sich nicht mehr bei mir. Also dachte ich, ich wäre nach seinem Studium nur zweite Wahl, und wollte weg. Ich begann die Ausbildung in Deutschland, wo ich Dad dann kennenlernte. Es dauerte nicht lange, vielleicht eine Woche, bis wir beschlossen zusammenzuziehen. Ich war so in Trauer wegen William und er hörte mir zu, tröstete mich und nahm mich in den Arm. Und so aus dem Leben geschmissen, verliebte ich mich in ihn und er sich auch in mich und wir heirateten. Also dachte er, dass du seine Tochter wärst, als mein Bauch immer dicker und dicker wurde, bis ich meine Schwangerschaft nicht mehr verstecken konnte. Er war so glücklich, also wollte ich ihm sein Glück nicht nehmen. Vielleicht hätten wir dann gar nicht geheiratet und vielleicht hätte er mich gehasst, aber das wollte ich damals nicht, also habe ich ihm nicht gesagt, dass du nicht sein Kind bist. Als ich auf dem Dachboden die alten Bilder von William und mir fand, kamen die alten Erinnerungen hoch und sie mussten raus. Ich habe Dad alles erzählt und er war traurig, aber nicht sauer. Aber ich *wollte*, dass er sauer auf mich war. Er war es nicht. ‚Wenn man jemanden liebt, so wie ich dich liebe, verzeiht man so etwas‘, hat er gesagt. Und dann hab ich den Blumentopf geschmissen.“

„Du bist so eine widerliche Sau! Ein egoistisches, dummes Egoschwein! An nichts außer an dich, kannst du denken! An nichts!"

Ich bemerkte einen Verband um meinen Arm und an meinen Händen. Ich versuchte Dylan anzulächeln. Er hatte sein Butler-Pokerface auf und nickte nur. Mom weinte. Dylan winkte mich zu sich und ich folgte ihm. Irgendwann blieb er im Gang stehen und öffnete eine Tür, hinter der sich ein langer Gang erstreckte, von dem rechts und links viele Türen abgingen. Es sah genauso aus wie Smiths Wohnteil im Harrisonhaus. Ich wartete nicht lange auf Dylan, der mit einer Kiste wiederkam. Er ging wieder in den großen Raum und öffnete mir eines der bodentiefen Fenster. Meine Eltern hatten sich nicht bewegt. Keinen Millimeter. Ich trat in die Freiheit. Ich spürte die Kühle der Nacht auf meiner Haut. Ich öffnete die Kiste. In der Kiste befand sich ein steinaltes, ich würde sogar sagen, museumsreifes Telefon. Es war dunkelgrün und hatte eine weiße Wählscheibe. Als hätte Dylan es gewusst – ich wählte die Nummer von Dad.

32.

Ich ließ es klingeln, keiner ging ran, legte auf und probierte es noch einmal. Ich ließ es wieder klingeln, aber niemand hob ab. Ich wickelte das Kabel um meinen Finger. Es war noch nicht spät, aber ich konnte mir vorstellen, wie Dad auf seiner Couch schlief. Ich sprach auf den Anrufbeantworter. Irgendwann, wenn er von der Arbeit kam oder wach wurde, hätte er bestimmt Zeit, meine Nachricht abzuhören. Ich wusste, dass es wahrscheinlich das letzte Mal sein würde, dass ich ihm etwas sagen konnte, umso schwerer fiel es mir, den Hörer zu halten. Meine Hände zitterten so. Mit tränenüberströmtem Gesicht und blutig gebissenen Lippen setzte ich mich auf die Terrasse, hinter mir der helle Raum mit meinen Eltern. Vor mir ein dunkler Garten, von dem ich nur noch die Umrisse erkennen konnte.

Hi Dad ... oder sollte ich lieber Herr Schneider sagen? Nein, Dad ist besser. Es tut mir leid, was passiert ist. Mom hat es mir erzählt. Ich bin sauer auf sie, weil sie mir nichts davon gesagt hat. Das Leben ist nicht fair. Das Leben tut weh. Es tut so weh. Ich kann gar nicht glauben, was sie dir angetan hat. Und jetzt will sie diesen William heiraten. Dad, wieso ist sie so? Ich will nicht mit ihm zusammenleben. Ich will nicht, dass er mein Dad ist. Er ist auch nicht mein Dad. Er war es nie und er wird nie mein Dad sein. Er war nie für mich da. Du bist mein Dad. Du wirst immer mein Dad sein. Es tut so weh zu wissen, dass er deinen Platz einnehmen will. Du hast mich durch alle Zeiten begleitet, du hast mir aufgeholfen und mir ein Pflaster gebracht, wenn ich hingefallen bin. Du hast mich hochgehoben und behandelt wie eine Prinzessin, auch wenn ich nicht Geburtstag hatte. Du hast mich immer zum Lachen gebracht, auch wenn mir nicht danach war. Ich trag dich immer bei mir. Immer in meinem Herzen. Nichts und niemand kann dich ersetzen und nichts und niemand wird je so viel Gutes für mich tun, wie du es für mich tust. Du hast mich nie angelogen. Mom hat mich hingegen immer angelogen. Du hast es nicht verdient, so behandelt zu werden, wie du von Mom behandelt wurdest. Ich will zu dir, Dad. Ich will in deine Arme, weil ich bei dir sicher bin. Danke Dad, dass du dir immer all meine Sorgen angehört hast. Danke Dad, dass du für mich da warst, egal wann und egal wo. Danke Dad, dass ich für dich etwas Besonderes bin. Danke Dad, für all die schönen Erinnerungen. Ich werde sie nie vergessen. Danke, dass ich dich gekannt habe. Du bist der tollste Dad der Welt. Du kannst mich behalten. Ich vermisse dich, Dad. Irgendwann kommt die Zeit, in der wir uns wiedersehen. Ich liebe dich! Du wirst immer mein Dad sein. Versprochen! Ich bin für immer deine Liz ... Tschüss.

Ich legte den Hörer wieder auf das Telefon, stellte es in die Kiste und wischte den Staub ab. Ich wusste, dass ich nie wieder seine Stimme hören würde. Ich wusste, dass ich nie wieder in seinen Armen sein würde. Ich wusste, dass ich nie seine Antwort hören würde. Ich wusste, dass ich ihn nie wiedersehen würde. Als ich durch die Tür ging, wusste ich, dass ich nie wieder diese Welt sehen wollte und würde.

33.

Als ich nämlich zurückkam, begann der schlimmste Teil meines Lebens. Mom umarmte mich von der Seite und ließ mich einfach nicht mehr los. Ich reichte Dylan die Kiste. Meine Wangen glühten, obwohl mir kalt war.

„Schätzchen, ich weiß, dass das alles jetzt ein bisschen viel für dich ist."

„Schon ok", sagte ich, obwohl gar nichts okay war.

„Wir müssen dir noch jemanden vorstellen." Williams Blut an der Stirn war getrocknet, er hatte das Hemd gewechselt.

„Du hast einen Halbbruder. William hat ihn mit seiner Ex-Frau bekommen." Mom strich mir meine zerzausten Haare hinter die Ohren. Die Ohrringe, die ich trug, waren ein Geschenk zu meinem zehnten Geburtstag gewesen - von Dad.

„Kommst du mal bitte?", rief William in den Raum.

Und dann passierte alles, was nicht passieren hätte dürfen. Mein Halbbruder trat in den Raum. Ich dachte ja schon, mein bisheriges Leben wäre beschissen gewesen und einfach nur unwürdig, aber was ich da sah, verpasste mir einen finalen Stich ins Herz. Mitten ins Herz! Ich sank in den Armen meiner Mom zusammen. Vor mir war nichts. Alles war schwarz. Die Welt begann sich zu drehen und ich spürte, wie sie mich aufsaugte. Ich spürte, dass sie mich haben wollte. Ich spürte, dass sie wollte, dass meine Lunge aufhörte zu arbeiten. Der Stich war so tief, er war, als würde dir jemand deine Leber aus deinem Körper reißen. Ich lag auf dem Boden. Ich hatte Schweißausbrüche und hoffte, ich würde träumen. Aber als ich die Augen aufmachte, wusste ich, dass nicht nur ich von der Begegnung überrollt worden war. Ich hörte die Stimme. Klar und deutlich. Und ich konnte den Geruch wahrnehmen, wenn auch nur ganz leicht. Aber es reichte. Ich blinzelte, weil meine nassen, getuschten Wimpern so schwer wurden. Mein Halbbruder hatte die Hände in den Haaren vergraben und schluchzte. Ich spürte, wie mein Bauch krampfte und wie er sich drehte und wie er sich gegen all das hier wehrte, wie er sich dem Ganzen hier entgegensetzen wollte. Fast ertrunken im Selbstmitleid. Manche Pflastersteine wollten einfach nicht schön sein. Manche wollten einfach nur noch dreckiger werden.

Er rappelte sich auf. Er strich seine Haare zurecht und legte sich zu mir auf den Boden. Ohne Worte legte er die Arme um mich. Ich weiß nicht, ob ich darüber froh sein sollte oder nicht. Ich spürte zum ersten Mal, wie es sich anfühlte, keine Gedanken zu haben, wenn man nichts denken konnte, weil jede einzelne Gehirnzelle zu sterben begann. Mein Halbbruder strich mir die Haare aus dem Gesicht und flüsterte mir ins Ohr: „Hab es selber nicht gewusst. Scheiße gelaufen. Verdammt scheiße. Wie du aussiehst, Mann. Ich glaube, wir beide haben was zu besprechen mit unseren, ähm, Eltern."

„Nein, haben wir nicht!" Mehr konnte ich nicht sagen. Ich lag einfach da, mit einem Knoten zwischen den Stimmbändern. Ich lag einfach da, konnte nicht anders tun als nichts zu sagen und einfach nur da zu liegen. August wischte mir die Tränen aus dem Gesicht und da sah ich auch Tränen in seinem Gesicht. Aber die Haare waren in dem Gesicht und meine Hände zu gelähmt, um sie wegzumachen. Also schloss ich die Augen. Nur ganz kurz. Aber mir kam es vor, wie die Ewigkeit höchstpersönlich.

Aber als ich sie wieder öffnete, hatte er seine Haare aus seinem Gesicht gestrichen. Und jetzt lagen wir da, sahen uns an.

Auge an Auge, Nasenspitze an Nasenspitze, Stirn an Stirn.

„Augustus und Liz? Ich denke, ihr könnt jetzt wieder aufstehen. Der Boden ist nicht sehr bequem, nicht wahr?"

„Lass sie doch …", hörte ich Mom sagen. Und ich konnte nicht anzweifeln, dass in ihrer Stimme eine Prise Mitleid war.

Aber William hatte recht. Der Boden war nicht wirklich bequem. Ich stand auf. Zum letzten Mal sah ich William auf seinem Stuhl sitzen. Und ja, man konnte die Ähnlichkeit sehen. Zum letzten Mal sah ich Mom da an der Wand lehnen, mit ihrem Lockenkopf. Zum letzten Mal sah ich, wie Augustus da auf dem Boden lag und weinte und wie er mit seiner Faust auf den Boden schlug, bis sie blutete. Zum letzten Mal sah ich Dylan, der mir die Haustür aufhielt und mir Augustus' Jacke brachte.

Aus Moms Tasche hatte ich den Stapel Infoblätter über die Schwangerschaft mitgenommen. Während ich so die Allee entlang und die Straßen weiter bis zum

Stadtpark ging, blätterte ich alles noch mal durch. *Risiken für eine schwangere Frau. Die richtige Ernährung finden. Was sollte man bei einer Schwangerschaft beachten ...*

Von diesem Viertel aus erreichte man den Stadtpark von der anderen Seite, als von dem Viertel mit dem Harrisonhaus aus. Ich stand am Ufer des Sees und nur durch die Laternen, die im Stadtpark Licht spendeten, konnte ich das gegenüberliegende Ufer sehen.

Ich sah den Steg, auf dem Scarlett gestanden hatte, als sie die Blätter sortierte. Und ich sah nicht nur den Steg, ich sah auch Scarlett. Zwar leicht verschwommen und durchsichtig, aber sie stand da. Und ich sah Mom und mich, wie wir nach einer langen Verfolgungsjagd durch die Stadt glücklich in dem See badeten. Wir waren wie Scarlett da, aber durchsichtig und verschwommen. Sogar unsere Stimmen konnte ich hören, und unser Gelächter.

Der kühle Nachtwind blies mir durch die Haare, während ich dastand und meiner Vergangenheit zusah. Ich warf die Schwangerschaftsblätter in die Luft. Ich ließ sie alle los. Ich trat einen Schritt zurück. Sie flogen über den See, blieben lange in der Luft. Das Weiß der Blätter blendete in der finsteren Nacht. Sie flogen Kreise und flogen Zickzack und flogen ... keine Ahnung was. Jedenfalls erzeugte es ein warmes Gefühl, ein Gefühl der Zufriedenheit, ihnen dabei zuzusehen. Ich wusste zwar nicht, womit ich zufrieden sein sollte, aber ich war es. Vielleicht weil ich wusste, was als Nächstes kommen würde ...

34.

Der Weg nach Hause, in die Straße mit dem Harrisonhaus, war leer und still. Das Einzige, was hier Licht spendete, waren die Straßenlaternen. Zwischen den Lichtkegeln der Laternen war Schatten. Der Weg nach Hause, in die Straße mit dem Harrison-Haus, war keine Herausforderung für mein Gehirn. Meine Füße gingen von alleine. Sie bogen ab, wo sie wollten. Sie gingen so schnell sie wollten. Mal langsamer, mal schneller. Alles ging automatisch. Automatischer als sonst. Mir fiel es gar nicht auf, dass ich überhaupt ging. Es war, als würde ich träumen. Im schwarz-weißen Farbton liefen Bilder vor meinen Augen ab. In hellen Tönen wiederholten sich vergangene Worte in meinen Ohren. Ereignisse, die mein Leben geschrieben hatte. Ereignisse, die gut waren. Auch Ereignisse, die weniger gut waren. Wie ein dickes Fotoalbum sah ich das, was mein Leben prägte, was mein Leben ausgemacht hatte. Und ich fragte mich, als ich all die Bilder sah und all die Stimmen hörte: *Was ist eigentlich der Sinn des Lebens? Warum existieren wir eigentlich? Wieso gibt es uns? Jeden Tag gehen wir einen Schritt mehr dem Tod entgegen. Wir kommen nicht lebend raus. Ein Weg, den jeder von uns geht. Aber weshalb? Wie ein Drama von Goethe oder Schiller oder Lessing.*

Ich hatte nach dem Leben gerufen, ich vermisste es zu Leben. Ich hatte es überall gesucht, nicht gefunden. Mein Kopfsteinpflaster umgedreht und gewendet. Ich dachte, es würde vorbeigehen.

Ich war zu Hause. Mein Zuhause, das eigentlich gar nicht mein Zuhause war, sondern nur eine Unterkunft mit Luxus hoch drei. Es fühlte sich an, als wäre ich allein. Die anderen schliefen, trotzdem kam es mir so vor, als wären sie nicht da. Ich ging die Marmortreppe nach oben. Ich ging in den Wohnbereich von meiner Mom und mir. Im Spiegel im Bad sah ich mich an. Das Geweine hatte mein Make-up ruiniert. Ich nahm einen Waschlappen und wusch es weg, all die Dinge, die ich mir ins Gesicht geklatscht hatte, um gut auszusehen, wenn ich meinen Stiefvater kennenlernte. Ich wusch es weg, all das Make-up, weil ich nicht meinen Stiefvater, sondern meinen Vater kennengelernt hatte. Ich kramte in der Schublade, suchte das Make-up, das mir Dad gekauft hatte. Ich trug es auf. Ich suchte nach dem Parfüm, dass Dad mir zum Schulanfang geschenkt hatte. Ich spritzte mich damit voll und ging in mein Zimmer. Nackt. Ich hatte mich im Bad ausgezogen. Ich stand vor meinem Spiegel. Ich sah mich an. Meine Hände, sie streichelten meinen Bauch. Ich spürte die weiche Haut, sie war kalt. Ich nahm das Kleid, das ich vor zwei Jahren getragen hatte, als wir Dads Geburtstag auf der Französischen Insel Île de Ré gefeiert hatten. Zwar war es knapp, aber es passte. Ich prüfte mein Handy – keine Nachrichten. Trotzdem schaltete ich meinen Laptop ein – auch nichts.

LIZHARRISON14: Ich komme morgen nicht in die Schule. Aber, Leute, wir sehen uns. Okay?

Es war kurz nach drei Uhr nachts. Eigentlich hatte ich nicht damit gerechnet, aber plötzlich tauchte eine Nachricht auf.

ISAACSCOOLERMEGABLOG: hört Sich nicht Gut an. ich Bring dir Dann marlboro Mit. versprochen.

Ich loggte mich nicht aus. Ich wusste, dass etwas kommen würde. Und es kam auch was. Eine Nachricht von Scarlett.

SCARLETTCAROLL: Bis dann. Pass auf dich auf. Hab heute extra deine Lieblingskekse gekauft.

Ich klappte meinen Laptop nur zu. Keine Ahnung, warum, ich hielt es für die bessere Idee, mich nicht abzumelden. Mein Atem wurde hektischer. Ich öffnete das Fenster, setzte mich aufs Fensterbrett. Wind blies mir ins Gesicht, durch meine Haare. Mein Vorhang flatterte im Wind. Ich sah die Lichter von Liverpool. Und ich sah die Bahn, die leuchtete, während sie ihre Strecke fuhr. Meine Hände umklammerten das Fensterbrett, ließen es los und klammerten sich wieder fest. Ein Rhythmus. Ich begann zu singen. Ein letztes Mal. Ich sang das Lied, dass Dad und ich immer *Unser Einschlaflied* nannten. Ich sang es leise. Sodass es niemand hören konnte außer mir.

Komm, gib auf, komm, gib auf, dachte ich. Mein Blut kochte, mein Herz pochte, ich hatte Atemnot, meine Nerven glühten, als könnte ich Feuer sprühen. Mein Leben hatte sich überschlagen, auf der Überholspur, einfach überschlagen. Ich wollte raus hier, alles hinter mir lassen, einen anderen Weg finden, einfach abhauen. Hier war zu wenig Platz, hier war es zu eng. Ich wollte fliegen. Ich wollte fliegen, zum letzten Mal das Gefühl spüren, wie es sich anfühlte zu fallen. Alles frei lassen, bevor ein neuer Weg begann. Geradeaus in ein anderes Ich. Hier war alles so farblos, so schmerzvoll, so unerträglich. Und ja, ich fragte mich oft: *Warum?* Und es fühlte sich an wie Heimweh, wie das Heimweh nach der Vergangenheit, nach meinem Leben vor der Wahrheit. Unterm Strich waren all die Lügen besser und schöner gewesen, als die Wahrheit. Aber niemand kann vor der Wahrheit flüchten, niemand kann Lügen einfach weiterleben und so tun, als wäre alles nur ein Albtraum. Es ist eine Veränderung.

Es war diese Veränderung. Es war diese Verzweiflung. Es war dieser Schmerz. Es war diese Traurigkeit. Es war diese Wut. Es war diese Einsamkeit. Es war diese Stille. Es war dieses Gefühl, weg zu wollen. Es war dieses Gefühl, niemanden mehr sehen zu wollen. Es war diese Wahrheit. Es war dieses Feuer, das in mir brannte und nicht erlöschen wollte. Es war die Liebe, die fehlte. Es war der Weg, der Probleme bereitete. Es war die Seele, die schmerzte. Es war immer noch so nah, immer noch so da. Es waren alle Fehler, dieser Selbsthass. Es war dieses Verarschtwerden, ein Leben lang. Es waren diese Erinnerungen, die mich zum Fliegen brachten. Ich flog durch die kühle Nachtluft. Ich spürte den Wind. Ich flog lange, langsam glitt ich nach unten. Ich ließ alles los. Es gab nur noch mich. Ich schloss die Augen, wollte nichts sehen. Einfach nur fliegen. Weil fliegen so schön war. Freiheit.

35.

Mit dem Aufprall verschwand das Gefühl der Freiheit. Mit dem Aufprall kam alles wieder zurück. Die Gefühle, die Seele, die Gedanken, der Schmerz. Ich lag da, zwischen dem Harrisonhaus und dem Haus der Nachbarn. Es war Nacht. Ich spürte, wie mein Stein zu bröckeln begann, wie er zerbrach. Ich befand mich geradeaus auf neuen Wegen durch den Scherbenregen. Wenn dich gar nichts mehr hält, brauchst du nur weiterzugehen, woanders hin. Ich war noch hier, aber es war nur eine Frage der Zeit, wie lange noch. Unter meinem Kopf wurde die Pfütze immer größer. Blut trat aus meinen Kopf aus. Ich spürte den Schmerz nicht.

Ich hörte die Kirchenuhr drei Uhr nachts schlagen, betrachtete den Sternenhimmel, den Mond und die vorbeifliegenden Flugzeuge. Ob mich jemand gesehen hatte? Ach, das Leben war hart.

Ich hörte die Kirchenuhr vier Uhr morgens schlagen, als sich auf meinem Körper dunkle Flecken ausgebreitet hatten. Mir war schlecht von dem Geruch nach Blut. Meine Fingernägel waren hart. Ich merkte, wie der Frost meine Finger hinaufkletterte. Vor meinen Augen bildete sich ein dünner Schleier und meine Wimpern klebten aneinander. Meine Lippen waren fest aufeinandergepresst. Ich probierte zu reden, mir einzureden, dass alles gut werden würde. Aber meine Lippen ließen sich nicht öffnen. Meine Haare klebten strähnig aneinander. Vom Blut. Vom Frost. Sie waren nass. Mir war kalt. Ich zitterte. Man sah es nicht, weil mein Körper sich nicht bewegte, aber ich merkte es, weil es in mir geschah.

Ich hörte die Kirchenuhr halb fünf schlagen, befand mich gerade auf der Schwelle zwischen Leben und Tod. Ich stand gerade am Ende meines alten Weges und am Anfang meines neuen Weges. Die Zeit verging hier viel schneller als im Leben. Im Leben wäre jeder aufgestanden oder hätte sich bewegt, weil sein Körper sonst verkrampft wäre. Ich aber lag hier und es war angenehm, sich nicht zu bewegen. Außerdem konnte ich mich nicht bewegen, ich klebte am Boden, konnte nicht weg. Aber es störte mich nicht.

Ich hörte die Kirchenuhr fünf Uhr schlagen, spürte, dass Menschen in der Nähe waren. Ich roch sie und hörte ihre Stimmen. Mom stand oben am offenen Fenster. Sie schrie. Plötzlich erstarb meine Hörfähigkeit. Ich sah sie nur noch, wie sie dastand, die Arme auf meinem Fensterbrett abgestützt, den Mund weit aufgerissen.

Das Letzte, das ich erlebte, bevor ich für immer meine Augen schloss, waren das grelle Blaulicht und das Anheben meines steifen Körpers. Sie legten mich auf eine Liege und brachten mich in den Krankenwagen. Dann war ich weg. Meine Augen hatten ihren Job erledigt. Sie legten sich nieder. Nicht mal mehr das Schwarz konnte ich sehen. Gar nichts. Als hätte ich gar keine Augen. Meine

Nase war zu, als hätte sie jemand verstopft. Das Kribbeln in meinem Körper verschwand. Das Feuer erlosch. Mein Blut erstarrte. Ich sagte „Goodbye" und mein Herz machte einen letzten Schlag, bevor es für immer aufhörte zu Schlagen. Es tat mir leid, dass ich nicht länger durchgehalten hatte.

36.

Ich war tot, aber nicht ganz tot. Mein Körper war tot, ja, aber ich nicht. Ich merkte es im Krankenhaus. Ich lag auf der Liege und die Ärzte versuchten mich zu retten. Sie scheiterten. Mein Körper war tot. Ich aber schwebte im Raum. Meine Seele lebte. Ich hatte so was mal in einem Buch gelesen, glaubte aber nie daran. Und jetzt erlebte ich es selbst.

Ich sah, wie die Ärzte an meinem Körper alles gaben. Ich sah mich selbst daliegen. Aber meine Seele und mein Verstand schwebten. Ich versuchte, mein schwebendes Ich zu sehen, was mir nicht gelang, und auch die Ärzte schienen mich nicht wahrzunehmen. Als eine Schwester die Tür öffnete, schwebte ich nach draußen. Ich sah Mom, William und Augustus auf den unbequemen Krankenhausstühlen sitzen. Alle drei hielten sich gegenseitig an den Händen, sie weinten. Vielleicht hätte ich Mitleid mit ihnen gehabt, ich weiß es nicht. Der Anblick schockierte mich. Es tat mir leid, was ich getan hatte, aber ich bereute es nicht. Mom hatte Williams Jacke an. In Augustus' Gesicht sah man seine Verzweiflung in rot geweinten Augen und von den Augen abwärts führend je fünf tiefe, blutige Kratzer. Ich schätze, von seinen Fingernägeln. Und ja, seine Lippen waren röter als sonst und schmaler. Unter seinen Fingernägeln klebte Blut.

Ich hatte keine Ahnung was in ihm vorging. Er war traurig oder entsetzt weil er 1.) seine Halbschwester verloren hatte oder 2.) mich wirklich liebte und mich jetzt nie wieder lebendig sehen konnte oder 3.) sauer war, dass ich so etwas getan hatte ... oder Theorie Nummer 4.) mich wirklich liebte und nicht wahrhaben wollte, dass er seine Halbschwester geschwängert hatte.

Ach ja, das Kind war natürlich auch tot. Also hatte ich nicht nur mich umgebracht, sondern auch es. Irgendwie packte mich das schlechte Gewissen, aber es ließ direkt wieder nach, als ich nach meinen Schätzungen feststellte, dass es sehr wahrscheinlich noch nicht mal richtig geformt und vielleicht so groß wie ein Apfel gewesen war. Außerdem hätte es dieses Kind in der realen Welt eh nicht geben dürfen. Ein Mädchen durfte nicht die Mutter des Kindes ihres Halbbruders sein – und Augustus war nun mal wohl oder übel mein Halbbruder, auch wenn ich mir das nicht vorstellen wollte. Ist es nicht krank, dass man sich in eine Person verlieben kann, die sein Bruder oder seine Schwester ist?

Jedenfalls lernte ich schnell damit umzugehen, ein Geist zu sein. Ich hatte festgestellt, dass ich mich selbst nicht sehen konnte, auch nicht, wenn ich vor einem Spiegel schwebte. Außerdem wusste ich, dass ich auch für die anderen komplett unsichtbar war. Reden konnte ich auch nicht und Hände und Füße gehören anscheinend nicht zur Ausstattung eines Geistes. Ich konnte nicht durch Wände gehen, aber jeder durch mich. Ich spürte nichts, war einfach nur da und hatte keine Gefühle wie Hunger oder so. Die Temperatur konnte ich weder bestimmen noch fühlen. Ich war einfach nur in dieser Welt gefangen, schätze ich. Als wäre es nicht schlimm genug gewesen, hier gelebt zu haben. Ich fühlte mich einsamer als je zuvor. Ich sah alle, aber niemand sah mich. Ich versuchte, auf mich aufmerksam zu machen, aber niemand beachtete mich. Aber oft war die Einsamkeit hier erträglicher als zu meinen Lebzeiten.

37.

Vierzig bis fünfzig Leute saßen in der Liverpool Cathedral, davon waren zehn eng mit mir verwandt, sechs nur weitläufig. Weitere acht Personen waren Nachbarn und dann waren da noch alle Freunde und Klassenkameraden aus der Schule. Und Dad war auch da. Der Organist spielte bemüht, aber jämmerlich. Die Messe dauerte zwanzig Minuten, dann war sie vorbei – eine Trauerfeier wie tausend andere auch. Nur, dass bei dieser Trauerfeier die Tote mit anwesend war.

Ich saß in der letzten Reihe. Bei den Fürbitten und der Lesung versuchte ich mich abzulenken. Es waren dieselben Texte wie bei Twigleys Beerdigung. Als Mom ihre Rede hielt, wären mir wahrscheinlich die Tränen gekommen, hätte ich welche gehabt. Sie selbst klammerte sich ans Rednerpult, schwankte dahinter hin und her, als würde sie gleich umfallen. Ich schätze, was sie eigentlich sagen wollte, verstand niemand. Nach jedem zweiten Wort kam ein großer Schluchzer. Dann gingen Isaac, Scarlett, die Zwillinge und Katie nach vorne. Sie spielten eine Diashow mit allen Bildern, die wir zusammen geschossen hatten, auf einer großen Leinwand ab. Im Hintergrund lief unser Lieblingslied. Jeder von ihnen hatte ein rotes Herz aus Pappe dabei. Nach der Diashow las jeder vor, was er auf sein Herz geschrieben hatte. Scarlett und Katie zählten auf, was sie an mir geschätzt hatten, wofür sie dankbar waren. Isaac und Christian erzählten witzige, schöne und besondere Geschehnisse, die wir zu-

324

sammen erlebt hatten. Cameron hatte ein Bild von uns beiden gemalt. Dann sagte sie „Danke Liz" und legte ihr Pappherz wie alle anderen auf meinen Sarg.

Ja, und dann begann die Bestattung und alles war irgendwie anders, als ich es mir vorgestellt hatte. Der helle Sarg, da hatte sich die Familie Harrison was ganz schön Teures ausgesucht, stand schon blumengeschmückt vor der Kirche und es lief Musik vom Band, als ich nach draußen in die Freiheit schwebte. Verschlossene Räume machten mir als nicht wirklich existierendes Wesen unheimlich Angst, aber ich wollte unbedingt zusehen, was auf meiner Trauerfeier passierte. Außerdem war es ein Zeitvertreib für mich, hatte ja sonst nichts zu tun. Nach der Begleitung des Chors, der die Stimmung meines Erachtens noch deprimierender machte, traten alle zurück. Kräftige Männer öffneten den Sarg ein allerletztes Mal. Mom starrte mich nur an. William kam gar nicht nach vorne. Augustus streichelte meine Haare und gab mir einen letzten Kuss auf den Mund. AUF DEN MUND. Meine Freunde knipsten ein letztes Mal ein Erinnerungsfoto von meinem Sarg. Ich schwebte neben dem Sarg auf der Höhe meines toten Gesichts und sah, dass Dad nähertrat. Er war blass und hatte dunkle Augenringe. Seine Lippen waren leicht lila. Er nahm meine gelblichen, gefleckten Hände in seine und stand mindestens dreimal solange da wie jeder andere. Er starrte mich an und ich sah, dass ihm Tränen herunterliefen. Er zitterte und legte mir eine Rose auf die Brust, als hoffte er, sie würde mich wieder lebendig machten. Er ließ meine Hände los und da sah ich es erst: Er hatte einen gefalteten Brief in meine rechte Hand gelegt. Ich war mir sicher, er wusste, dass ich ihn niemals lesen würde, aber ich war mir auch sicher, dass es ihn Überwindung gekostet hatte, diesen Brief zu schreiben. Ich musste bei diesem Anblick ein schmerzendes dankbares Lächeln aufsetzen, auch wenn er es nicht sah. Ich sah, wie Mom und William ungeduldig hinter Dad standen. Mom rollte die ganze Zeit die Augen und William hatte, es-soll-Angst-einflößend-aussehen, die Arme verschränkt. Dad bückte sich vor und gab mir einen Kuss auf die Stirn, die Nasenspitze und je einen auf die Wangen. Dann hob er meinen leblosen Körper ein Stück weit an und umarmte ihn. Er umklammerte in richtig. Ich hörte ihn sagen: „Darling, ich brauche dich ...“

Meine toten, frisch gekämmten Haare wurden dort nass, wo sein Kopf war. Als er aufschaute, war sein Gesicht tränenüberströmt. Dad würdigte Mom und William keines einzigen Blickes. Er würdigte generell niemanden eines Blickes, außer dem Körper der toten Liz, den er sorgfältig wieder in sein neues Zuhause legte.

Draußen wurde dann mein Sarg von den Sargträgern über den Friedhof zu einem Platz getragen, an dem Erde ausgehoben worden war. Der Himmel war schwärzer als ich es zu dieser Jahreszeit gewohnt war. Schwarze Vögel kreisten hoch über der ausgehobenen Stelle, als die Sargträger den Sarg neben das Grab stellten. Die Menschenmenge trat Stück für Stück näher und der Männerchor begann in tiefer Stimmlage ein Lied zu singen.

Der Sarg wurde verschlossen und in die Erde gelassen. Bevor der auf einem Berg gesammelte Aushub auf meinen Sarg geschüttet wurde, warf jeder Trauernde eine Rose auf meinen Sarg. Der Pfarrer sprach nur wenige Worte dabei.

Ich würde meinen Körper nie wiedersehen. In keinem Spiegel. Konnte nie mehr an mir herunterschauen. Ich hatte nicht mal mehr ein Foto. Vor meinem inneren Auge hatte ich nur dieses eine Bild, wie ich blass, mit Flecken auf der Haut und geschlossenen Augen in diesem Sarg lag, und dann waren da noch die Gesichter jener, die mir die letzte Ehre erwiesen hatten.

Als der Sarg komplett mit Erde überschüttet war, schnitten alle die Schnur der roten Luftballons, die zusammengebunden leicht im Wind neben meinem Grabstein flatterten, durch. Die Ballons stiegen, versehen mit einer weißen Taube aus Pappe, in den Himmel.

Ich sah, wie Dad mit gesenktem Kopf einsam den Friedhofsweg entlangging. Ich war so traurig, dass ich, hätte ich Tränen gehabt, nicht mal hätte weinen können. Deshalb stellte ich mir vor, wie es wäre, ihm hinterherzulaufen und ihn zu umarmen. Genau in diesem Moment drehte er sich um und sah direkt in meine Richtung.

38.
2 Monate später

Ich schwebte mal hierhin, mal dorthin, lernte neue Orte kennen. Langsam hatte ich mich daran gewöhnt, für alle unsichtbar zu sein. Mit jedem Augenblick verkürzte sich meine Hoffnung darauf, irgendwann aus dieser Welt wegzukommen. Ich schwebte nach London, aber da war es mir trotz meiner Unsichtbarkeit zu gefährlich. Die Menschen waren dort viel hektischer. Dann schwebte ich weiter nach Oxford, aber da gefiel es mir nicht wirklich, also musste ich mich überwinden und nach Liverpool zurückschweben. Ich schwebte oft in die Schule und setzte mich in Klassenräume, um mein Wissen zu erweitern, was bei einem schwebenden Etwas noch viel anstrengender war, als bei einem Menschen. Also gab ich irgendwann auf und setzte mich nur noch in Klassenräume, um gewisse Menschen zu stalken. Ich wechselte oft meine ‚Übernachtungsplätze'. Man schaltet sich nur von der Welt ab und sinkt zu Boden. Wenn man wieder erwacht, steigt man wieder in die Luft. Am liebsten mochte ich ruhige Plätze wie den Stadtpark oder die Kirche. Ab und an, wenn ich merkte, dass ich anfing zu sinken und ich mich nach Normalität sehnte, flog ich sogar zum Schlafen in das Harrisonhaus und schlief in meinem Zimmer, das nicht verändert worden war. Meist blieb ich dann, bis Smith Lilly zum College fuhr, schwebte im Speisesaal herum und im Bad, beteiligte mich sogar an den Gesprächen, aber niemand hörte mich ... Sie redeten nicht viel über mich – nur ab und zu so was wie „Liz hätte jetzt gesagt ..." oder „Meinst du, es geht ihr gut, wo sie jetzt ist?".

Man hatte neben Avas Bild eines von mir gehängt. Ein besonders tolles war es nicht, aber okay. Jedenfalls wusste ich jetzt, wie es sich anfühlte, an seinem Gedenkbild vorbeizuschweben, obwohl man nicht oder fast nicht tot war, deprimiert schrecklich.

Als Smith Nagel und Hammer aus der Garage geholt hatte, bin ich trotz Pauls Verbot hinterhergeschwebt. Ich hab mich ein wenig umgesehen. Eigentlich sah die Garage aus wie jede andere. Eigentlich. Decke, Boden und Wände waren in tiefschwarz gestrichen. Die Werkzeugregale waren ebenso schwarz oder dunkelgrau, und dann war da diese eine Tür. Sie war knallrot. Ich konnte nichts bewegen und nichts anfassen, das war mein Schicksal, aber ich wartete einfach. Ich schätze, ich wartete fünf, sechs oder sieben Tage. Als Geist hat man ein noch schlechteres Zeitgefühl, als als Teenager. Ich wartete also fünf bis sieben Tage in der Garage vor der roten Tür, bis Smith irgendwann kam und sie öffnete. Er ging nur rein, um den Inhalt des Raums hinter der Tür zu checken, aber die Zeit reichte mir, um alles genauestens zu betrachten und wieder zur Tür hinaus zu schweben. Genau genommen gab es gar nicht viel zu sehen. Eine Wand hing voll Zetteln mit irgendwelchen Botschaften in geheimster Schreibweise, an der Wand gegenüber hingen Gewehre und ähnliches – und ihr könnt euch sicherlich denken, was sich an der dritten Wand befand. Richtig, ein gläserner Sarg, und in diesem aufrecht stehenden Sarg befand sich eine junge Frau: Ava. Daneben stand ein brauner Sack, auf dem in schwarzer Schrift irgendetwas stand, das so viel wie „zurecht gestorben" bedeutete. Was sich in diesem Sack befand, konnte man nicht erkennen.

In den Tagen darauf versuchte ich alle möglichen Bewohner des Harrisonhauses, ausgeschlossen Smith und Paul, in die Garage zu locken. Ich versuchte es mit Windstößen oder damit, Sachen runterzuwerfen, aber alle Harrisons hielten sich strikt und klar an die Vorschriften und das Verbot von Paul. Das Geheimnis um Ava würde für immer ungelöst bleiben.

Mason und Scarlett kamen am Ende des Schuljahres doch noch zusammen. Keine Ahnung warum und wie, aber immer, wenn ich unter den Bäumen des Stadtparks entlangschwebte, sah ich die beiden in dem See, in dem meine Schwangerschaftsblätter auf dem Grunde vor sich hingammelten, nackt baden. Und Mason und Scarlett badeten nicht nur nackt, sie machten auch rum. Ich weiß nicht, ob ich das wirklich beschreiben muss, aber wenn ihr es wirklich live und in Farbe sehen wollt: Schaut einen Porno.

Einmal, ich schätze, es war Sonntagmorgen, schwebte ich ihnen hinterher, während sie Hand in Hand durch die Stadt gingen, bis sie sie verließen und in einen Feldweg einbogen. Es war keine Anstrengung für mich, ihnen zu folgen. Sie gingen nämlich sehr langsam. Mason führte Scarlett auf ein Feld voller roter Tulpen. Ich hatte es davor noch nie gesehen, fand es hier aber eigentlich recht schön. In der Ferne konnte man die hoch gebauten

Wohnhäuser am Stadtrand sehen. Der Himmel war blau und die Sonne nicht zu giftig. Es ging ein angenehmer Wind, konnte ich annehmen. Scarlett hatte eine Picknickdecke dabei und breitete sie zwischen all den Tulpen aus und Mason kniete sich vor ihr auf die Decke. Er nahm ihre Hand. Selbst ich konnte erahnen, wie Scarletts Hand zittern und wie aufgeregt Mason sein musste. Er steckte ihr einen Ring an ihren zarten kleinen Ringfinger und Scarlett weinte. Mason nahm sie in den Arm und sie küssten sich zum dreihundertsten Mal an diesem Tag. Ich ließ sie alleine auf dem Feld kuscheln und schwebte zurück in die Stadt. Sie kamen auch ohne mich zurecht. Hätte mir aber zu Lebzeiten jemand gesagt, dass *das* aus Mason und Scarlett werden würde, hätte ich ihn für völlig verrückt erklärt.

Alles verlief blendend ohne mich. Mir kam es so vor, als hätte jeder nur darauf gewartet, dass ich mich in den Tod stürzte, dass es mich nicht mehr geben würde. Für mich war diese Entscheidung etwas Besonderes gewesen, denn vielleicht war es nicht mal eine Entscheidung, sondern einfach nur eine Tat, die das Leben von mir verlangte. Vielleicht hatte Gott es so gewollt. Jedenfalls war dieser Sprung in die Tiefe eine Art Befreiung für mich. Ich war nicht mehr der eiserne, traurige Mittelpunkt der glücklichen Welt und ein Feuerwerk aus Schmerzen hatte sich gelöst. Ich war zwar immer noch hier, aber trotzdem weg.

Es gibt nur eine einzige negative Sache, die mein Tod, für mich, mit sich brachte – und hätte ich diesen einen

Grund gekannt, hätte ich meinen Körper am Leben gelassen.

39.

Es stellte sich nach den Sommerferien heraus. Langsam hatte ich das Schweben satt, aber es wollte nicht aufhören. Mutter Erde wollte mich anscheinend nicht gehen lassen und ich schwebte vor der Haustür des Harrisonhauses herum. Nachbarn begannen, ihre Häuser neu zu streichen und die Blumenkästen auszutauschen. Leise fielen die verfärbten Blätter von den Bäumen und die Temperatur sank.

Irgendwann kamen drei schicke Staatsautos die Auffahrt zum Haus hoch. Ich hatte keines der drei jemals zuvor gesehen. Besonders das, welches in der Mitte der anderen fuhr – es war größer als die anderen beiden. In den ersten Momenten wusste ich nicht so recht, was geschah. Die drei hielten direkt vor dem Harrisonhaus, und innerlich hatte ich gehofft, dass es die Polizei war und sie Paul und Smith mitnehmen würden. Vielleicht hatten sie ein Geständnis abgelegt oder jemand anderes war ihnen auf die Schliche gekommen und hatte sie bei der Kriminalpolizei verpetzt. Mit meiner Vermutung lag ich gar nicht so falsch. Aus dem ersten und dem letzten Auto stiegen tatsächlich insgesamt acht in Uniform gekleidete Polizisten. Aber als sich die Türen des mittleren Wagens öffneten, war ich mir eigentlich ziemlich sicher, dass es weder ein Geständnis gegeben hatte, geschweige denn jemanden, der sie verpetzt hatte. Aus dem Staatsauto, das in der Mitte stand, stieg zuerst eine chic gekleidete Frau. Ich schätze, sie war etwa Mitte vierzig oder so. Hinter der Frau stieg ein junger Kerl aus – er war definitiv nicht älter als zehn und nicht jünger als fünf. Und hinter diesem kleinen Jungen stieg noch jemand aus: ein Mann Mitte vierzig. Wahrscheinlich waren sie eine Familie, die einen noch größeren Schuss in der Birne hatte als die Harrisons, wenn sie schon acht Polizisten als Geleitschutz brauchten.

Aber es war überhaupt keine Familie, wie sich herausstellte. Die Frau und der Mann waren irgendwelche Leute vom Jugendamt und sie forderten, dass Mr. Smith Mom holen solle, denn sie würden mit ihr alleine reden wollen. Smith verschwand in der Eingangshalle und es dauerte nicht lange, bis Mom erschien. An ihrem Blick konnte man erkennen, dass sie nicht wusste, wie ihr geschah. Die Frau redete ein so schnelles Englisch, dass sogar Mom Probleme hatte, sie zu verstehen, deshalb zog sie die Augenbrauen hoch und kräuselte ihr Kinn. Ich versuchte zwar, die Frau zu verstehen, schaltete aber irgendwann ab, ich gab auf.

Als der Junge zwischen der Frau und dem Mann hervortrat – der Mann hatte sich übrigens kein Bisschen an der Konversation beteiligt –, wurde Mom blasser. Sie riss ihre Augen auf. Ich weiß nicht, ob es Einbildung war, aber ich hätte das Gefühl, ich könnte ihren Herzschlag hören.

Der Junge wurde genauso blass wie Mom, die jetzt weinte. Sie schlug die Hände vor die Augen und schluchzte. Dann trat sie vor und der Junge machte ebenfalls ein paar Schritte in ihre Richtung. Als sie nicht mehr als wenige Millimeter voneinander entfernt standen, schlang Mom ihre Arme um ihn. Beide weinten. Die Frau und der Mann verzogen dabei keine Miene. Ich konnte nicht lachen, aber auch nicht weinen. Ich weiß, dass dieser Moment Mom ganz viel bedeutete. Mom hatte zwar William und ihre ganze Harrisonfamilie, aber ich wusste, dass sie sich nach diesem Augenblick lange gesehnt hatte. Jetzt hielt sie ihn wieder in den Armen: Bill.

Er war zurückgekehrt. Ich hätte ihn gerne ganz lange umarmt und ihm tausend Fragen gestellt, aber meine Zeit war abgelaufen. Ich konnte ihn sehen und hören. Viel verändert hatte er sich nicht, aber hätte ich ihn auf der Straße gesehen, ich hätte ihn nicht wiedererkannt. Traurig, eigentlich.

40.

Ja so war es. Jeder Mensch schreibt seine eigene Geschichte. Dies war meine. Der Preis dafür war letztendlich der Tod, der alle in einen neuen Lebensabschnitt führte. Der Umstand, unsichtbar zu sein, war teilweise großartig, teilweise ziemlich ätzend. Ich war die ganze Zeit auf der Suche nach dem Tor, das mich aus dieser Welt brachte und in den Himmel ließ, doch statt des Tors habe ich etwas anderes gefunden: euch.

Das Letzte, was ich euch sagen will:

Erster Rat für dein zukünftiges Leben:
Nimm niemals dein Handy mit, wenn du von zu Hause abhaust.

Zweiter Rat für dein zukünftiges Leben:
Denke niemals über Selbstmord nach, und wenn doch, fang dann niemals an zu weinen, wenn du gerade einen Fremden kennenlernst – vor allem nicht, wenn du dir davor Unmengen Wimperntusche auf die Augen geklatscht hast ... du wirst aussehen wie ein betrunkener Waschbär.

Dritter Rat für dein zukünftiges Leben:

Während du mit dem süßesten Jungen überhaupt telefonierst, solltest du nichts anderes machen. Egal was. Tu es nicht.

Vierter Rat für dein zukünftiges Leben:

Angenommen, du hast einen ganzen Ozean vollgekotzt, dann solltest du a) keine Rühreier essen, weil du b) die Rühreier mit Sicherheit wieder auskotzt, wenn du dir eine Badewanne eingelassen hast, weil du nach Kotze riechst. Du wirst früher oder später in deiner eigenen Kotze baden, was nicht unbedingt angenehm ist.

Fünfter Rat für dein zukünftiges Leben:

Erwarte nie eine feierliche Begrüßung oder ähnliches, wenn du weißt, dass es sowieso nichts Besonderes wird. Wenn du dir vorher alles wunderschön ausmalst, wird deine Enttäuschung am Schluss umso größer sein.

Sechster Rat für dein zukünftiges Leben:

Solltest du jemals das Glück haben, unter lauter blutigen, verprügelten Menschen zu stehen, die Liebe deines Lebens auf dich zukommen sehen und wissen, du siehst nicht so verprügelt aus wie alle anderen, leg dich hin und tu so, als ob du es doch wärst.

Meine Angst ist verschwunden. Endlich konnte ich jemandem mitteilen, was es bedeutete, Liz Harrison zu sein. So ist meine Zeit, so war sie und jetzt habe ich sie euch erzählt. Mir gelingt es nun, mich von allem zu befreien, und meine Zeit als Unsichtbare geht zu Ende. Ich werde gehen. Für immer. In das neue Wunder hinein. Aus blassem Gold und Stein.

Großer Dank geht an alle

Suicide-Alien

SELBSTMORD IST KEINE
LÖSUNG.